Einar Kárason · Feindesland

Einar Kárason

Feindesland

Roman

Aus dem Isländischen
von Helmut Lugmayr

btb

Die isländische Originalausgabe erschien 2001
unter dem Titel »Óvinafagnaður«
bei Mál og menning, Reykjavík

Umwelthinweis:
Dieses Buch und der Schutzumschlag wurden auf chlorfrei gebleichtem Papier gedruckt.
Die Einschrumpffolie (zum Schutz vor Verschmutzung) ist aus umweltschonender und recyclingfähiger PE-Folie.

Der btb-Verlag ist ein Unternehmen der Verlagsgruppe Random House.

1. Auflage

Satz: Uhl + Massopust, Aalen
Druck und Bindung: GGP Media, Pößneck
Printed in Germany
ISBN 3-442-75116-0
www.btb-verlag.de

Þórður

Ich kann es mir vielleicht nicht leisten, mich groß über Hurerei, Saufgelage und Schlägereien aufzuregen, aber ich hatte trotzdem die Nase voll von all dem in Trondheim, diesem Rattennest. Wie lange war ich eigentlich schon dort? Viel zu viele Jahre auf jeden Fall...

Wer sein Leben in der Nähe des norwegischen Königshofs verbringt, der wird zum Jammerlappen. Auf Dauer hält es dort auch keiner aus – außer Lumpenpack, wie ich...

Und doch übt der Name dieser Stadt überall im Norden eine magische Anziehungskraft aus, nicht zuletzt seit sich König Hákon hier niedergelassen hat. Vogeljäger von den Hebriden, färöische Walfänger, schwedische Bauernlümmel und norwegische Kaufmannssöhne, aber in erster Linie Verbrecher, Mörder und verbitterte Landstreicher von Grönland im Westen bis zum Baltischen Meer im Osten kommen hierher, um in den Soldatenlagern Unterschlupf zu suchen, in der Hoffnung auf Beförderung und fette Beute auf Kriegszügen an friedlicheren Gestaden. Oder um in die Palastwache aufgenommen zu werden und dort ihre Lust an Mord und anderen Grausamkeiten zu stillen. Und schließlich kommen auch Männer aus Island hierher, nicht zuletzt Söhne angesehener Sippenoberhäupter, wie ich, den Kopf voll wirrer Träume: Vasall des Königs zu werden und von ihm Titel und Ländereien verliehen zu bekommen, oder Lobgesänge auf Fürsten und Herzöge zu dichten und Schiffe und kostbare Geschenke als Lohn dafür zu empfangen...

Ich weiß nicht mehr, was es war. Ich weiß nur, dass ich nicht mehr die geringste Ahnung hatte, in welcher Absicht ich an diesen üblen Ort gekommen war.

Bevor ich von zu Hause aufbrach, hatte man allerdings davon gesprochen, dass mir eine große Karriere am Königshof so gut wie sicher sei, auch wenn das nicht der Grund für meinen Aufbruch aus dem Haus meines Vaters gewesen war. Alle hatten gesagt, man würde mich in Norwegen wie einen Fürsten empfangen, wegen der Blutsbande und der Freundschaft, die den König mit meiner Sippe verbindet. Und zu Anfang stand mir auch wirklich so manche Tür offen, solange die Leute wussten, dass ich genug Geld im Sack hatte. Aber im gleichen Maß, wie mein Beutel schrumpfte, und das tat er bei dem Lotterleben rasch, kühlten auch die Gastfreundschaft und Freundlichkeit mir gegenüber ab. Ich kann allerdings auch nicht behaupten, dass mein Benehmen besonders dazu beigetragen hätte, meine Beliebtheit zu steigern. Und nach und nach begann ich zu begreifen, dass ein mittelloser Isländer so ziemlich die unbedeutendste Kreatur ist, die man am norwegischen Königshof kennt. Wir werden noch weniger geachtet als die Schweden – sind in Wirklichkeit um nichts besser als die Finnen, die manchmal mit ihren Rentierherden von den Bergen kommen, um Handel zu treiben und zu feilschen, und die für ihre Verschlagenheit und Hinterlist berüchtigt sind, wenn sich auch die wenigsten mit ihnen anzulegen wagen, wegen ihrer Zauberei und Hexenkunst. Und diese Lappen sprechen nicht einmal eine nordische Sprache wie die anderen, denn auch wenn die Leute sich hier, je nachdem woher sie kommen – aus welchem Land sie fliehen –, in Aussprache und Betonung unterscheiden, so sprechen doch, wenn man genau hinhört, alle dieselbe Sprache.

Zu Hause hatte man erzählt, dass meinem Bruder Sturla ein königlicher Empfang bereitet worden wäre, als er hierher kam, aber ich bekomme langsam den Verdacht, dass irgendetwas daran nicht ganz stimmt. Meine ganze Kindheit hindurch hatte ich davon gehört, welch großes Ansehen und wie viel Respekt mein Onkel Snorri am Königshof genieße. Dass ihn die königliche Familie als einen der Ihren betrachte und dass in ihrem Kreis die Wiedersehensfreude niemals inniger und der Beifall niemals größer seien, als wenn er nach der Überfahrt von Island auf wackeligen Beinen in die Halle träte. Ich hatte bei ihm zu Hause in Reykholt viele Kostbarkeiten gesehen, die er aus den Händen des Königs oder von Fürsten empfangen hatte: Gold und wertvolle Kleinodien als Lohn für seine Dichtung und die Treue zu seinen Verwandten unter den norwegischen Herrscherfamilien. Und so glaubte ich, als ich vor einigen Wintern hierher kam, es würde reichen, Snorris Namen zu nennen und zu sagen, dass ich sein Neffe sei, um sogleich mit offenen Armen aufgenommen zu werden. Ich hatte mir als Kind immer ausgemalt, wie Snorri an den Königshof kam und ihm eine Schar fürstlich gekleideter Männer entgegenging, die ihn vor den König geleiteten, während das ganze Volk in Respekt und Bewunderung das Haupt vor diesem großartigen Mann neigte.

Aber das waren natürlich nichts als Hirngespinste und lächerliche Kindereien. Denn in Norwegen betrachtet man Snorri Sturluson auch nur als gewöhnlichen isländischen Bauernlümmel. Als einen dieser sonderbaren, vom Wind zerzausten Isländer, über die man sich vielleicht noch lustig machen kann und die man bei Geschäften gerne über den Tisch zieht. Die Leute hier wissen nämlich, dass die Isländer am liebsten mit Geld um sich werfen und weder handeln noch feilschen – denn das ist nur die Sitte von Habenichtsen. Man lässt sie deshalb für alles den doppelten Preis bezahlen, was sie auch freudig und mit stolzgeschwellter Brust tun. Hinterher lachen sich die Einheimischen ins Fäustchen, wenn sie ihr Geld zählen.

Ich habe meinen Onkel Snorri einmal getroffen, seit ich

hierher nach Norwegen kam. Man hatte mich mit ein paar anderen im Auftrag des Königs nach Bergen gesandt – es war eine belanglose Mission und das Anliegen völlig unbedeutend. Dort angekommen begann ich, unter den Leuten am Hof von Skúli Jarl nach Snorri zu fragen. Immerhin, die meisten kannten ihn – lächelten bei dem Gedanken an ihn. »Ja, der Dichter!«, sagten sie. Nein, sie wüssten nicht, wo er sich aufhielte. »Sieh aber heute Abend in der Schenke nach!« Ich kenne solche Orte, man kann dort Bier und Met kaufen, und dahin ging ich am Abend – wäre ohnedies hingegangen... Nachdem ich einige Zeit bei meinen Kameraden gesessen hatte, sah ich meinen Onkel Snorri hereinkommen. Er war allein, setzte sich aber zu einigen Männern, die er kumpelhaft ansprach. Aber bald hatten diese ihre Becher geleert und waren verschwunden, ohne dass ich bemerkt hätte, dass sie sich von ihm verabschiedet hatten. Er blieb allein zurück. Ich bat meine Tischgenossen, mich zu entschuldigen, und setzte mich zu ihm.

»Sei gegrüßt, Onkel«, sagte ich.

Er war in Gedanken versunken und grüßte mich zuerst so, als ob ich ihm irgendwie bekannt vorkäme, ohne dass er sagen könne, woher. Dann besann er sich allerdings rasch, wirkte überrascht, stand auf und umarmte mich innig, küsste mich auf beide Wangen und nannte mich seinen lieben Neffen. »Neffe Kakali!«

Ich hatte erst Bedenken gehabt, ihn anzusprechen, weil er, wie so viele andere, mit meinem Bruder Sturla in Streit geraten war und dabei den Kürzeren gezogen hatte. Aber Snorri machte mich nicht für meinen Bruder verantwortlich, er wusste wahrscheinlich, dass ich tatsächlich nichts mit dieser Sache zu tun hatte. Schließlich war es nicht unwahrscheinlich, dass auch ich mich mit meinem Bruder überworfen hätte, wenn ich nicht beizeiten das Weite gesucht hätte. So etwas ging schnell, damals in Island...

Snorri wollte mich einladen. Er kehrte seine Großzügigkeit hervor, die er stets uns Verwandten gegenüber an den Tag legt. Er warf dem Wirt eine Münze zu, die in hohem Bogen durch die Luft flog, und trug ihm auf, er solle zusehen, dass es seinem jungen Neffen nie an Trunk fehle. Alles auf seine Kosten selbstverständlich. Dann blickte er sich um. Er wollte mich bedeutenden Männern vorstellen, wollte Bekanntschaften für mich stiften – aber dort gab es keine bedeutenden Männer. Zu Beginn des Abends spielte er den großmütigen Herrn, fragte, wie es mir ginge, was ich für Pläne hätte, hörte aber den Antworten kaum zu und unterbrach mich sofort wieder mit Sätzen wie: »Ja, da sprichst du eine Sache an, über die ich mich lange mit dem Jarl unterhalten habe…«

Aber je länger der Abend dauerte und je größer die Zahl der geleerten Becher wurde, desto aufrichtiger wurde unser Gespräch. Wir redeten allerdings wenig über die Angelegenheiten in Island, auch wenn ich spürte, dass ihn das Vorgehen meines Bruders Sturla und meines Vaters Sighvatur schmerzte. Sie waren immerhin Brüder, mein Vater und Snorri, und trotzdem hatte Sighvatur seine Hand im Spiel gehabt, als man Snorri von seinen Gütern und Ländereien vertrieb. Aber Snorri erwähnte das mit keinem Wort, fragte nur halb im Scherz, ob ich nicht auf dem Weg nach Hause sei, um den Ruhm zu genießen, der doch damit verbunden sein müsse, ein Bruder des Mannes zu sein, der gerade Alleinherrscher über ganz Island würde – falls er es nicht schon war. Aber ich antwortete darauf nur kurz, ich hätte den Glanz, den mein Bruder Sturla verstrahlte, noch nie zu schätzen gewusst, ebenso wenig wie die Schatten, die er warf…

Also sprachen wir, je weiter die Zeit fortschritt, mehr und mehr über die Norweger, und da löste sich Snorris Zunge. Ich merkte, dass er böse auf sie war. Die Norweger hatten ihn im Stich gelassen. Über die Königsfamilie sagte er: »Die stammen zum Großteil von Stallknechten und Sklaven ab – sogar wir kommen aus einem viel vornehmeren Geschlecht als diese Leute, wenn man es genau betrachtet.«

»Diese Leute!« Es war also so, wie ich schon vermutet hatte: Snorri war in ihren Augen trotz allem nur ein isländischer Tölpel.

»Aber du hast die Lebensgeschichte aller bedeutenden norwegischen Könige geschrieben, oder nicht?«, sagte ich.

»Doch«, sagte er, und ein kurzes Blitzen flackerte in seinen Augen auf. »Man sollte glauben, dass ihnen das etwas bedeutet.«

Und dann vertraute er mir an, dass er jetzt aufgehört habe, über diese norwegischen Könige zu schreiben, das müssten die von jetzt an selber tun. Auch Lobgesänge zur Verherrlichung »dieser Leute« würde er keine mehr dichten. Dagegen wäre er dabei, ein anderes Buch zu schreiben, über einen Mann von ganz anderem Schlag, unseren Vorfahren Egill Skallagrímsson von Borg, den Skalden und Wikinger. Und was ist an ihm geschichtsträchtig? Gewiss, Egill war ein Rohling, grob, ausgesprochen hässlich und ungehobelt, ein halber Wilder vielleicht, schließlich stammte er von Halbtrollen und Werwölfen wie seinem Großvater Kveld-Úlfur und dessen Sohn, dem Landnehmer Skallagrímur, ab. Der Wikinger und brutale Totschläger Egill focht sein Leben lang einen blutigen Kampf gegen die edlen norwegischen Könige, gegen »diese Leute« – und es ging oft hoch her in diesem Kampf. Es endete damit, dass Egill sein Leben als alter, starrköpfiger Bauernschädel zu Hause in Island beschloss, eine Spottfigur für alte Weiber. Aber auf Dauer und für die Ewigkeit hatte er in seinen Scharmützeln mit den norwegischen Königen doch einen glorreichen Sieg errungen. Und warum? Weil er ein Skalde war. Seine Dichtung wird länger leben und mehr Ruhm genießen als alle Heldentaten der norwegischen Könige zusammen. Und darüber wollte mein Onkel Snorri ein

Buch schreiben. Das vertraute er mir unter vier Augen dort in der Schenke an, in der die Zahl der Gäste ebenso wie der Lärm immer mehr zunahm.

Halldóra

Es ist so vieles, was ich nicht verstehe …

Warum wollten mein Mann und mein Sohn über allem thronen? Fehlte es uns an etwas auf unserem großen, reichen Hof in Grund in Nordisland, als die Welt noch in Ordnung war? Nicht, dass ich wüsste. Und Sighvatur wurde von allen in der Umgebung geachtet, war bei jedermann beliebt. Alle im ganzen Eyjafjord sprachen freundlich von ihm, das weiß ich und habe es selbst oft gehört, obwohl das Volk im Allgemeinen hinter dem Rücken seiner Anführer schlecht über ebendiese sprach, wie über alle, die sich irgendwie behaupten konnten, es herrschten schließlich Krieg und Blutvergießen im Land. Ich selbst habe immer gewollt, dass wir uns da so weit wie möglich raushalten. Und zu Beginn war Sighvatur auch nicht machtgierig gewesen, er regelte ganz einfach alles, was es im Eyjafjord zu regeln gab. Aber er war nicht darauf aus, sich überall im Land Besitz und Einfluss zu verschaffen, wie es die Art seines Bruders Snorri war …

Doch tief in seinem Innersten beneidete er Snorri vielleicht um dessen Reichtum, Bildung und Ruhm. Er freute sich beispielsweise im Alter manchmal diebisch darüber, was für unglaubliche Versager Snorris Söhne doch waren. – Vor allem wenn er in Winternächten beim Trinken saß und mich aus dem Bett holen ließ, um jemanden zu haben, mit dem er sprechen konnte, jemanden, der ihm zuhörte. – Darüber konnte sich mein Sighvatur freuen wie ein kleines Kind. Zu wie wenig Snorris Söhne taugten. »Dummschwätzer und Maulhelden« nannte er sie, seine Neffen. Und dann lachte er und hustete, bis seine Augen zu schmalen, roten Strichen wurden.

Natürlich verglich er sie mit unseren Söhnen, und das mag schon stimmen, dass Órækja Snorrason und sein Bruder Jón Murtur bei einem solchen Vergleich schlecht wegkamen. Als unsere sieben Söhne heranwuchsen, merkte Sighvatur bald, dass er an ihnen weit mehr Hilfe und Stütze hatte als sein berühmter Bruder Snorri an seinem Nachwuchs. Deswegen machte es ihm auch nichts aus, dass unser Sohn Sturla den Besitz und die Macht des Onkels an sich riss, bis mein armer Schwager Snorri gezwungen war, vor der Hemmungslosigkeit unseres Sohnes außer Landes zu fliehen.

Und doch hatte Sighvatur, obwohl er lauter starke, tüchtige Söhne besaß, nur Augen für Sturla, unseren Zweitältesten. Alle anderen standen in seinem Schatten, sogar der Erstgeborene, Tumi der Ältere. Ihm wurde eigentlich erst dann die gebührende Ehre zuteil, als er getötet und von seinem Vater und Bruder mit der geziemenden Grausamkeit gerächt worden war.

In der Nacht, in der Sturla zur Welt kam, hatte eine zauberkundige Frau hier in der Gegend geträumt, dass ein Junge geboren worden sei, der den Beinamen »der Kampfesstarke« bekommen sollte. Und ich kann mich noch erinnern, wie glücklich, stolz und hoffnungsfroh Sighvatur war, als er das hörte. Er, der sein Lebtag kein Interesse an Säuglingen gezeigt hatte, konnte jetzt ganze Abende über diesem Kind sitzen, es mit zärtlichen Augen anblicken und zu sich selbst und dem schlafenden Jungen sprechen... Er hatte nicht den geringsten Zweifel, dass »der Kampfesstarke« unser schöner neugeborener Sohn war. Und es war nicht zu leugnen, dass sich Sturla schon als Kind von anderen Jungen unterschied, sowohl im Aussehen als auch durch eine gewisse Würde, die er ausstrahlte. Alle Frauen rissen sich darum, ihn wiegen und liebkosen zu dürfen, sie träumten davon, den Jungen zu küssen – was keineswegs nachließ, als aus dem Kind ein Mann wurde … Und bei jedem Wettkampf und jedem Kräftemessen trug er den Sieg davon. Er übertraf alle anderen Jungen, und es war, als ob das den anderen ganz natürlich erschiene. Sogar Tumi der Ältere fand sich damit ab, dass ihn Sturla zu Boden warf – nur wenn sich Sturla mit dem drittältesten der Brüder, meinem Þórður, anlegte, konnte das noch am ehesten in Streit und Blut enden. Sonst war Sturla immer der Sieger, und sein Vater stand mit glückstrahlenden Augen dabei. Sturla war der Sohn, den sich alle Väter wünschen.

Ich weiß nicht, wie ich es sagen soll, ich spreche natürlich von meinem Sohn, und Mütter bemerken vielleicht etwas, was anderen entgeht, aber ich habe mich immer ein wenig gescheut, zu viel Aufhebens darum zu machen, wie mutig Sturla sei. Er war es nämlich nicht … Oder nicht immer, wie ich fand. Natürlich war er bei allen Spielen der Anführer, bei allen Streichen zusammen mit seinen Brüdern und anderen Jungen war er derjenige, der die Ideen hatte. Aber wenn es irgendwo brenzlig wurde, verstand er es, alle anderen vorzuschicken und sich selbst im Hintergrund zu halten. Und angesichts von Dingen, die schwierig oder gar unmöglich schienen, kam es vor, dass ihn der Mut verließ, dass er einfach alles fahren ließ. – Einmal zündelten die Jungen in einem leeren Schafstall, steckten altes Heu an, und alles ging in Flammen auf. Die Kinder wurden natürlich ganz hysterisch vor Angst und weinten, und das hörten wir Erwachsenen und liefen herbei. Aber alle Jungen hatten es doch irgendwie geschafft, sich schreiend und plärrend ins Freie zu retten – alle außer Sturla. Er saß wie gelähmt auf einer Holzwand mitten im Feuer und rührte sich nicht, schien nicht einmal zu hören, wie wir Frauen ihm zuriefen, er solle sich retten, ihn unter Tränen anflehten, hinauszulaufen. Er starrte nur vor sich hin, mit aufgerissenen Augen und offenem Mund, und ich weiß nicht, wie alles geendet hätte, wozu ich imstande gewesen wäre, wäre da nicht einer der Söhne von Dufgus – wahrscheinlich war es der Älteste, Svarthöfði – gewesen, selbst fast noch ein Kind. Er watete in das Flammenmeer, packte meinen Jungen und stürzte mit ihm aus dem brennenden Schuppen.

Þórður

An jenem Tag…

Ich saß beim Schachspiel, als ich die Nachricht hörte, ich saß da und spielte um Geld, einmal mehr.

Und ich war verkatert, fühlte mich elend. Der Abend zuvor hatte in einer Schlägerei geendet, einer turbulenten Schenkenprügelei, und ich war vom Trinken und den Hieben so zugerichtet, dass ich meinte, ich würde den Tag nicht überleben. Mir wurde bei der kleinsten Bewegung schwindlig. Das Herz hämmerte schwer und unregelmäßig in meiner Brust, und der quälende Schmerz in meinem Schädel erinnerte an einen Helm, der auf Stirn und Schläfen drückt. Ich behielt kaum etwas im Magen, hatte aber schon ein Bier intus und musste die Schachpartie zu Ende bringen, um mir ein zweites leisten zu können.

Man hatte mich am Morgen beim ersten Hahnenschrei aus einem bewusstlosen Schlaf gerissen. Zwei Männer kamen herein, wo ich in Gesellschaft von zwei jungen Frauen auf dem Boden lag, und begannen, mich unter frechem Geschrei erbarmungslos auf die Beine zu bringen:

»Þórður! Þórður Kakali! Wach auf, verdammter Saufkopf!« Und bevor ich noch richtig klar sehen konnte, wurde ich durch einen langen Gang bugsiert und vor einen der Hofmeister des Königs gestellt.

Er war ein ganz besonders widerlicher Protz und aufgeblasener Idiot. Ihm gehörte das Haus, in dem ich mein Nachtlager hatte, Hallvarsgarður. Er liebte es, mich zu erniedrigen und mich hinter meinem Rücken vor allen schlecht zu machen, die es hören wollten – und deren Zahl übrigens zunahm –, denn er hatte eine ganz besondere Abneigung gegen Isländer und nicht zuletzt gegen solche, die aus den vornehmeren Familien unseres Landes stammten. Selbst war er ein Mann von überaus beschränktem Verstand, ein Wucherer und Verleumder und ein hässlicher Schlappschwanz, wenn ihm auch, wie gesagt, jenes Haus gehörte.

Und bevor ich recht wusste, wie mir geschah, ehe ich noch die meiste Übelkeit hinabgewürgt und begonnen hatte, meine Umgebung durch den Nebel des Rauschschlafes deutlicher wahrzunehmen, fing er an, mich mit Schimpfwörtern zu überhäufen. All das war so unwirklich, dass ich vor Lachen fast platzte, was seine Raserei noch verdoppelte.

»Ja, du glaubst, du kannst dir das Lachen leisten, Isländer-Narr! Ehrliche Männer haben versucht, eine schützende Hand über dich zu halten, aber ich war schon lange der Meinung, dass man dich von hier fortjagen und scharfe Hunde hinter dir herhetzen sollte, und das so schnell wie möglich. Du bereitest hier nur dir selbst Schande und anderen Verdruss. Und nach dem, was gestern Abend vorgefallen ist, ist deine allerletzte Galgenfrist endgültig verstrichen!«

»Ist gestern Abend etwas vorgefallen?«, beging ich den Fehler zu fragen. Ich war ja noch kaum bei Bewusstsein und bemühte mich, irgendetwas aus der finsteren Höhle meines Gedächtnisses hervorzukramen. Aber dort war nichts anderes zu finden oder zu vernehmen als vereinzelte Basstöne, wenn der Schmerz gegen die Schläfen polterte.

Das steigerte seinen Zorn noch mehr. Er begann zu schreien, das sei ganz nach Art des Isländers, der kaum etwas dabei fände, eine ganze Schenke kurz und klein zu schlagen und so auf die Gäste des Hauses einzudreschen, dass fünfzehn Mann in blutiger Ohnmacht auf dem Boden lagen! »›Ist etwas vorgefallen?!‹ fragt er dann wie ein Idiot. Nein, für solche Leute ist es nicht der Rede wert, wenn sie nicht wenigstens das Leben eines anderen auf dem Gewissen haben, am liebsten gleich das von vielen, aber selbst von solchen Kleinigkeiten machen sie kein großes Aufheben.«

Und so fuhr er fort, begann all meine Fehler und Vergehen aufzuzählen, dass ich ein nichtsnutziger Säufer und Weiberheld sei, das könne gut sein, dass mein Bruder und meine Verwandten dort droben im Eismeer als große Männer gälten, aber das Wohlwollen, das ich ihnen zuliebe selbst beim König genossen hätte, sei schon lange aufgebraucht, und dass sich alle in dieser Stadt am meisten über den Tag freuen würden, an dem ich mich mit dem nächsten Schiff wieder nach Hause, nach Island, scherte. Das wäre der rechte Platz für Taugenichtse, Trunkenbolde und Radaubrüder, ganz abgesehen von den Dieben, Mördern und Hochverrätern, die man vor langer Zeit dorthin verjagt hatte, was hierzulande eine gründliche Säuberung bedeutet und Platz für anständige und tüchtige Leute geschaffen hätte…

Solche Reden hatte ich schon gehört, und das recht oft, aber jetzt war ich doch neugierig geworden, was am Abend zuvor passiert war, und begann, mich endlich dunkel daran zu erinnern, dass ich beim Trunk gesessen und mit irgendwelchen Männern in Streit geraten war…

»Habe ich fünfzehn Mann verprügelt?«, fragte ich. »Mit bloßen Händen und ohne Waffen?«

»Ja«, sagte der Hofmeister, »man hat mir gesagt, ihr hättet mit Trinkhörnern und Kerzenleuchtern aufeinander eingeschlagen. Und fünfzehn Männer seien am Ende bewusstlos dagelegen. Blut und Met sei über die zerschlagenen Tische und Bänke geflossen. Jetzt wird man Entschädigung von dir verlangen, und ich weiß, dass viele auf Rache sinnen, da kannst du sicher sein. In Wahrheit ist es eine unverdiente Gutherzigkeit meinerseits, dass ich dir all das erzähle. Noch ein Vorfall solcher Art, und man wird dir Hände und Füße abschlagen, und du kannst dich glücklich preisen, wenn du auf den Stummeln noch durch den Dreck aus der Stadt kriechen kannst!«

So fing, wie gesagt, dieser denkwürdige Tag, was mich betrifft, an. Nach dieser Strafpredigt und nachdem ich sah, dass sich die Mädchen, die so herzensgut gewesen waren, die Nacht über bei mir zu liegen, aus dem Staub gemacht hatten, verkroch ich mich in die Dachkammer des Hauses, wo sich die einfachen Soldaten gerne aufhalten. Ich wollte mich fürs Erste im Hintergrund halten, falls irgendwer auf Vergeltung aus sein sollte. Und ich fühlte mich schon wieder ein wenig besser, denn ich hatte dieses halbe Bier hinabgewürgt, ohne es wieder rauszukotzen, und saß beim Schachspiel mit einem Mann von den Hebriden, der sich schon lange am Königshof herumtrieb. Zu diesem Zeitpunkt hatte ich ihn schon ordentlich in der Zange, seinen König aus der Deckung gedrängt, griff ihn mit Springer und Turm an. Es blieben ihm nur noch wenige Züge. Ich war schon wieder unbeschwerter Stimmung, wie es manchmal vorkommt, glaubte, mir könnte nichts Schlimmes mehr zustoßen, nichts Schlimmeres als bisher... Ich fasste meinen Gegner am Schachbrett ins Auge, er suchte verzweifelt nach einem Ausweg, bemerkte, dass ihm das »Schachmatt« drohte. Ich nahm ruhig einen Schluck vom Bier, Singvögel zwitscherten in meiner Brust.

Da drang lautes Stimmengewirr vom Eingang herauf. Jemand, der große Neuigkeiten zu berichten hatte, war gekommen. Männer standen von ihren Bänken oder Lagern auf, um besser zu hören, sie scharten sich um den lauten Mann, der so bedeutende Nachrichten überbrachte. Ein Schiff war eben von Island gekommen, wurde in diesem Augenblick an der Landungsstelle unten hochgezogen, und die Mannschaft hatte die Nachricht mitgebracht, dass eine große Schlacht in Island stattgefunden habe, ein fürchterliches Gemetzel.

»Und man hat sie alle umgebracht!«, rief der Bote unten

am Eingang mit lauter, aufgeregter Stimme. »Alle namhaften Anführer der Sturlungen wurden umgebracht, Sighvatur von Grund und alle seine Söhne!«

Ich leugne nicht, dass ich erschrak. Ich hatte erwartet, vom endgültigen Sieg meines Bruders über seine Gegner zu hören. Und jetzt überkamen mich wieder dieser Schwindel und das Gefühl, gar nicht dort zu sein, wo ich war.

»Sie haben Sighvatur Sturluson und alle seine Söhne umgebracht«, wiederholte die aufgeregte Stimme unten, und beinah hätte ich gerufen: »Noch bin ich nicht ganz tot!«, aber ich brachte es nicht über mich. Ich raffte mich nicht einmal dazu auf, mich vom Schachbrett zu erheben und zu den anderen hinunter zu gehen, um Genaueres zu erfahren, denn jetzt war mein Gegner am Zug. Er zog mit dem König, wich dem Schach aus, aber es war ein schlechter Zug. Jetzt hatte er seine letzte Chance vertan.

»Sturla Sighvatsson war mit einem Heer in den Skagafjord gekommen, um Kolbeinn dem Jungen endgültig den Garaus zu machen. Aber Kolbeinn gelang es mit Gissur Þorvaldsson, die Sturlungen zu überrumpeln, und sie wurden hingemetzelt! Es soll ihnen angeblich nicht viel Mühe bereitet haben, sie zu erschlagen wie die Hunde. Zum Abschlachten haben sie sie in den Schafspferch von Örlygsstaðir getrieben!«

Mein Gegner hatte ebenfalls begonnen, dem Boten ein Ohr zu schenken. Ich fand, er sollte seine Gedanken lieber beim Spiel und dem Unheil, das ihm dort drohte, haben.

Ich machte den nächsten Zug. »Schach.«

»Die Macht der Sturlungen ist gebrochen«, rief der Bote. »Man hetzt ihre Verwandten und Verbündeten durch das ganze Land und schnappt sie sich, wo man sie erwischt.«

Mein Gegner zog einen Läufer vor. Das Beste wäre gewesen, aufzugeben, so wie die Lage stand.

»Halldóra Tumadóttir, früher die reichste Frau Islands,

zieht angeblich mit einer Schar von Bettelweibern in Nordisland von Hof zu Hof!«

Mein Gegner sperrte die Ohren auf und drehte den Kopf zu den anderen um. Er schien zu grinsen. Für einen Augenblick war ich drauf und dran, auf ihn loszugehen, denn hier wurde mit meiner guten Mutter Spott getrieben, aber das begriff er nicht.

»Man hat Sighvatur umgebracht und alle seine Söhne: Sturla, Kolbeinn, Markús und Þórður Haken!«

Jetzt schreckte mein Gegner hoch, blickte mich rasch an und machte große, verwunderte Augen. Er musste irgendetwas sagen – wir waren seit langem in derselben Soldatenunterkunft untergebracht.

»Warte mal, bist du nicht einer von diesen Brüdern?«

Ich zog den Turm und sagte: »Die Isländer schlachten mehr als nur Kühe.« Das war vielleicht nicht besonders originell, aber das Einzige, was mir in dem Moment einfiel. Abgesehen von dem, was auf den Zug mit dem Turm folgte: »Schachmatt.«

Björn Baumstamm

Ich weiß nicht …

Ich sah nie einen Grund, den Mut zu verlieren. Aber wir haben den Mut verloren. Oder aufgegeben. Ich sah nie einen Grund aufzugeben. Und ich will vielleicht auch gar nicht behaupten, dass irgendeiner wirklich den Mut verloren oder aufgegeben hätte, es ist nicht an mir, das zu beurteilen. Und doch ist es dann so gekommen, so viel zumindest weiß ich, aus bitterer Erfahrung …

Man kann nicht behaupten, dass sie uns überrascht hätten. Der Angriff lag in der Luft, und wir hatten auf sie gewartet. Gewartet und gewartet … Es hatte uns natürlich etwas aus dem Konzept gebracht, dass Kolbeinn mit seinem ganzen Trupp aus dem Skagafjord geflohen war, als wir ankamen, denn wir hatten ihn dort angreifen, sein Heer in alle Winde zerschlagen, den letzten Widerstand im Lande endgültig brechen wollen, wie wir dachten. Und es ist immer am besten, wenn man so ein Vorhaben im ersten Ansturm erledigen kann, das ist am bequemsten und macht vielleicht auch am meisten Spaß, wenn es irgendwie geht …

Und doch hat es mir, und ich glaube uns Brüdern allen, immer gelegen, uns zu wehren. Auch alleine gegen viele, und auch wenn die Lage nicht gerade rosig aussah. Wir Brüder sind nie schlecht damit gefahren, denn wie Svarthöfði sagt: »Man wird irgendwie so verdammt stark, wenn man blind vor Wut ist und es keinen Ausweg zu geben scheint.«

Aber aufgeben, selbst wenn Kolbeinn und seine Leute vielleicht ein paar mehr gewesen sein mochten, als sie endlich zurückkehrten und auf der anderen Seite des Tales auftauchten, in scharfem Ritt den Hang herabkamen, ich weiß nicht... Ich hatte keine Angst, und auch nicht meine Brüder Kolbeinn oder Svarthöfði, die bekommen niemals Angst. Und wir waren dort alle beisammen, wir Brüder, und wir waren gekommen, um zu kämpfen, das hätte ein Spaß werden können... Oder vielleicht nicht direkt ein Spaß, aber so ein richtiger Kampf eben...

Aber der Anführer, Sturla Sighvatsson selbst, unser berühmter Führer, was war mit ihm?...

Er stand wie versteinert da und sah zu, wie der Trupp näher kam. Und das machte einem Angst, es lief mir kalt über den Rücken. Denn das war Sturla, der Sohn unseres Großonkels, wir folgten ihm, und wir Brüder wollten ihm ja nicht vorgreifen, er war der Anführer, wir Brüder waren niemals irgendwelche Anführer gewesen, aber wir waren immer bereit, mit unseren Führern zu kämpfen, niemand hätte anderes von uns behaupten können. Aber sie hätten natürlich den Befehl geben müssen, Sturla und sein alter Vater Sighvatur, sie hätten die Männer in einer Schlachtordnung aufstellen, die Leute zum Angriff anspornen müssen und zur Verteidigung... Zumindest Sturla, er war der Heerführer. Sighvatur war zugegebenermaßen schon ein alter Mann und nie ein großer Krieger gewesen, aber für mich immer ein Mann von Ehre, ein guter Mensch, Sighvatur, stets gut gelaunt und uns Brüdern gegenüber zu Scherzen aufgelegt, ich habe nie einen besseren Kerl kennen gelernt als ihn, niemals eingebildet oder hochgestochen wie sein Bruder Snorri...

Ich weiß nicht. Ich versteh' das nicht... Ich wäre absolut bereit gewesen, mich für den alten Sighvatur zu opfern, er war ein echtes Sippenoberhaupt – anstatt hilflos zuzusehen, wie er zuerst geschlagen und dann an der Schafspferchmauer umgebracht wurde. Schließlich zerrten ihm die Bluthunde die Kleider vom Leib und schleiften die kreideweiße, blutverschmierte, nur noch mit Unterhosen bekleidete Leiche durch den Dreck...

Warum warteten wir dort, ohne uns zu rühren? Soll ich das begreifen? Wir wussten natürlich, dass Kolbeinn der Junge im Anmarsch war, wir hatten seit einiger Zeit erwartet, dass er mit Verstärkung aus dem Süden, mit Gissur und seinen Männern, über das Hochland nach Norden käme. Und wir lungerten dort am Schafspferch herum und warteten. Das war doch keine Festung, der verdammte Pferch, es war nicht so, dass wir uns eine Schanze gebaut, uns einen geeigneten Platz für den Kampf gesucht hätten. Dort auf dieser gottverdammten Wiese. Wir Brüder waren schon lange unruhig geworden, hatten versucht, Sturla zu fragen, ob wir nicht vielleicht versuchen sollten, uns irgendwo zu verbarrikadieren, zu den Felsen hoch zu steigen, wo man uns nur von einer Seite angreifen könnte, Steinbrocken zu sammeln, allein damit hätten wir viele töten können...

Ich war sogar dafür gewesen, Kolbeinn entgegenzureiten, denn alle hatten den Verdacht, dass er über das Kjölur-Hochland von Süden käme, und mein Bruder Svarthöfði fragte Sturla geradeheraus, ob man nicht versuchen sollte, sich ihnen auf dem Hochland entgegenzustellen. Aber Sturla war sich nicht sicher. Das, sagte er, sei nicht sicher, dass sie von dort kämen... Und selbst wenn sich später herausstellte, dass sie über das Kjölur-Hochland kamen, dann stimmt es schon, dass es keiner mit Sicherheit im Vorhinein wissen konnte, keiner wusste irgend etwas, und das war ja schon unheimlich genug... Tag für Tag hatten wir Späher ausgesandt, aber keiner von ihnen kam zurück, man hat nie mehr etwas von ihnen gehört. Es war, wie in die Dunkelheit hinein zu rufen und nicht einmal sein Echo antworten zu hören, das hatte Sturla gesagt, und das bedrückte ihn schwer. Wir warteten schweigend. Sogar die

Wiesenvögel schienen eine Ahnung von dem zu haben, was bevorstand, und schwiegen. Und im Nachhinein kommt es mir so vor, als ob selbst der ständig rauschende Gletscherfluss im Tal still gestanden habe. Und nichts durchbrach das Schweigen, bis Kolbeinn und Gissur auf der Bergkuppe auf der anderen Seite des Tales auftauchten, mit mehr als tausend Mann, schwer bewaffnet. Und dann jagten sie mit Gebrüll den Hang herab, kamen über den Fluss auf uns zu…

Ich weiß nicht…

Wir hätten uns wohl verteidigen können. Wir hätten siegen können, wenn wir vorbereitet gewesen wären und uns irgendeiner zum Kampf eingeteilt hätte. Aber die Männer standen bloß verwirrt herum und warteten auf Befehle, die nicht kamen… Sogar unsere Schilde waren noch an den Pferden festgebunden. »Sollte man nicht den Männern befehlen, ihre Schilde loszubinden?«, hörte ich Svarthöfði fragen. Er ist der älteste von uns Brüdern, er führt für uns das Wort. Aber Sturla antwortete nicht. Der Schweiß stand ihm im Gesicht, und er hatte rote Punkte auf den Wangen, merkwürdig große, runde Augen… Dann ging er endlich in diesen Schafspferch hinein. Das war keine Schanze, nur ein Schafspferch, für Schlachtvieh gedacht, und dorthin folgten wir unserem Anführer, wie Gespenster manchen Leuten folgen, wir trotteten in den Pferch, wie Schlachtvieh…

Und sie kamen schreiend und brüllend heran, bevor man sich recht versah, waren sie schon da, und ich wurde sofort mit ein paar anderen umzingelt, viele griffen mich von hinten an, wir wurden mit Füßen getreten und geschlagen, man nahm uns die Waffen ab, man vergönnte uns nicht die Ehre, wie Soldaten im Kampf zu sterben. Sturla fuchtelte dort mit einem alten, schiefen, verzierten Speer herum, hatte ihn kaum ein halbes Mal im Kreis geschwungen, als sie schon anfingen, auf ihn einzustechen. Sie konnten ihr Spiel mit ihm treiben, machten sich einen Spaß daraus, ihm ins Gesicht zu stechen, durch die Wangen, ihm die Mundwinkel aufzuschlitzen. Sie beneideten ihn, weil er schöner war als andere Männer. Und dann kam Gissur und brachte ihn, am Boden liegend, um…

Ich weiß nicht…

Man lacht uns aus, uns, die wir den Kampf überlebten. Wir wurden nur verprügelt, wir wurden ausgelacht, es fielen nur zwei, drei Schwächlinge aus Kolbeinns und Gissurs Reihen, und im ganzen Land wurde lauthals darüber gelacht, dass sie über ihre eigenen Waffen gestolpert seien. Wir verletzten keinen. Ich wurde geohrfeigt wie ein unartiger Bengel, man sagte mir, ich solle mich nach Hause scheren. Und dasselbe galt für meine Brüder…

Ich weiß wirklich nicht…

Warum wir keinen töteten? Warum wir nicht wie Männer kämpften? Warum wir nicht wenigstens in Ehren fielen? Warum Sturla nur darauf wartete, dass er umgebracht wurde? Ich weiß es nicht. Ich glaube, er hat sich in die Hosen geschissen…

Þórður

Aber es hat mich doch tief getroffen…

Zu Anfang war es das unerwartete Gefühl, nirgendwo mehr zu Hause zu sein. Ich hatte mich in Norwegen trotz allem und trotz der vielen Jahre als Gast betrachtet oder als Reisender, der früher oder später nach Hause zurückkehren würde. Und zwar erst, wenn es mir selbst passte…

Und dann wachte ich eines Nachts vor Übelkeit oder vor Kopfschmerzen mit dem Bewusstsein auf, dass diese kalte Dachkammer in Trondheim, wo ich zwischen Vagabunden und Taugenichtsen aller Art schlief, mein einziges Zuhause war. Es gab keinen anderen Ort, an den ich hätte gehen können. Dort begriff ich, dass ich eine Heimat besessen hatte, ein großes, fruchtbares Heimatland im Nordmeer. Eine Zuflucht, die mir immer offen gestanden hatte, wie sehr ich mein Leben auch sonst vermasselte – die besaß ich jetzt nicht mehr. Und diese Erkenntnis jagte mir mehr Angst und Unsicherheit ein, als ich es je für möglich gehalten hätte.

Das andere, dass ich jetzt völlig ohne Geld dastand – nicht nur vorübergehend pleite, aber mit der reichsten Familie Islands als Bürge in der Hinterhand, sondern dass ich jetzt ein stinknormaler besitzloser und verschuldeter Taugenichts war –, das war viel leichter zu ertragen.

Ich kam in die Schenke, bat wie gewöhnlich um Bier, wollte später bezahlen, das hatte ich zu guter Letzt immer getan, das wussten die Leute. Aber der Wirt war wie verstockt, tat, als ob er mich nicht sähe. Ich musste ihn am Wams packen, und als ich Bier verlangte, fragte er:

»Wo ist das Geld?«

»Ich habe genug Geld, zu Hause in Island«, sagte ich, »das weißt du wohl!«

»Gar nichts weiß ich«, sagte er. »Und offen gesagt, habe ich ganz anderes gehört.«

Schließlich erbarmte er sich aber meiner, gab mir ein Bier auf Pump, nachdem ich versprochen hatte, mich dann wieder zu verdrücken.

Ein Bier. Das mir, wo ich vor dem Zehnten kaum etwas spüre.

Es fing langsam an, verdrießlich zu werden. Ich hatte den Großteil meines Plunders schon verpfändet, besaß aber noch einen weiten, uralten Umhang, den die Vorfahren meiner Mutter getragen hatten. Sie wollte, dass ich dieses Stück bekäme, diesen Purpurmantel, und aus diesem Grund hatte ich mich bisher geweigert, ihn wie alles andere zum Pfandleiher zu tragen. Meine Mutter hatte sich so sehr dafür einsetzen müssen, dass ihn nicht mein Bruder Sturla bekam, wie das meiste andere. Sie wollte, dass »ihr Þórður« auch etwas bekäme.

Als nächstes versuchte ich, Genaueres darüber in Erfahrung zu bringen, was zu Hause bei der »Schlacht von Örlygsstaðir«, wie man das Blutbad nannte, geschehen war …

Dass meinem Bruder Sturla sein Stolz und seine Hemmungslosigkeit irgendwann auf den Kopf fallen würden, brauchte einen, wenn man es recht überlegte, nicht unbedingt zu überraschen. Schon gar nicht in Anbetracht dessen, wie er zuvor diejenigen, die seine Mörder werden sollten, verraten und betrogen hatte, Kolbeinn den Jungen und Gissur Þorvaldsson.

Aber dass sie meinen Vater umbringen und dann die Leiche schänden, sie entkleiden und unter dem schallenden Gelächter der blutrünstigen Meute über Stock und Stein schleifen konnten, das raubte mir viele Nächte lang den Schlaf. Und auch meine anderen Brüder wurden umgebracht, zur Schlachtbank geführt – Markús fiel zwar, wenn ich es recht verstand, im Kampf, aber die Jüngeren, mein Bruder Kolbeinn und mein kleiner Namensvetter, Þórður Haken, hatten sich, so erzählte man, in die Kirche gerettet, in der sie Unantastbarkeit und Asyl genossen. Aber man ließ sie nicht heraus, um ihre Notdurft zu verrichten. Kolbeinn der Junge und Gissur umstellten die Kirche, während sich die Eingeschlossenen drinnen quälten, weil sie das Gotteshaus nicht beschmutzen wollten. Und als sie die Natur endlich ins Freie auf den Abtritt zwang, wurden sie enthauptet. Die einzige Gnade, die man ihnen gewährte, war die, dass man meinem Bruder Kolbeinn den Wunsch erfüllte, zuerst getötet zu werden, damit er nicht zusehen müsse, wie Þórður, einem halben Kind noch, der Kopf abgeschlagen wurde…

Ich war der Hinterbliebene, zusammen mit meinen zwei Schwestern. Eine lebt in Nordisland, die andere im Süden. Man hatte aber zweifellos alles schon so eingerichtet, dass sie nicht das Geringste unternehmen konnten. Und dann war da noch mein Bruder Tumi, Tumi der Jüngere – er hatte noch nie als besonders tüchtig gegolten, über ihn hörte man in der ganzen ungeheuren Geschichte kein Wort. Wahrscheinlich glaubten die Feinde, ihn nicht fürchten zu müssen.

Es kam ein Mann aus Bergen, wo mein Onkel Snorri sich aufhielt und von den Ereignissen gehört hatte. Er sandte mir eine Strophe, die er gedichtet hatte. Sie handelte davon, dass jetzt aus der Brüderschar nur noch wir zwei am Leben seien; Wölfe und Schweine hätten die übrige Sippe eingekreist und würden in ihren Überresten wühlen. Dieses Gedicht von Snorri war mir Ansporn, ich verstand ihn so, dass wir von nun an zusammenhalten würden. Ich dachte sogar daran, ihn aufzusuchen und Geld von ihm zu leihen, damit ich mein Leben hier weiter so führen könnte wie bisher, fand das aber dann doch zu erbärmlich. Plötzlich regte sich bei all dem Unglück irgendein Stolz in mir. Wenn ich mich dorthin verirrte, wo Männer beim Trinken saßen, konnte ich viele bösartige Bemerkungen über die Niederlage des Sturlungengeschlechtes in Örlygsstaðir hören, sie war jetzt unter den Männern im Norden in aller Munde – von den meisten anderen Kriegsschauplätzen gab es wenig Neues zu berichten. Eines Nachts begann ein Betrunkener, eine Geschichte durch den Saal zu schreien, von einem der Männer Kolbeinns des Jungen, der mit einem Speer vom Schlachtfeld heimgeritten kam, der ganz krumm und verbogen war. Und als man ihn danach fragte, sagte er, der Speer sei so geworden, als er damit auf meinen Vater, den Goden von Eyjafjord, eingestochen habe: »Er hat sich an den Knochen des Goden so verbogen«, sagte er. Ich prügelte mich in dieser Nacht mit allen, die über die Geschichte lachten, mit allen in der Schenke dort. Aber es war eine lustlose Prügelei, ich war dieses Leben plötzlich Leid, dieses Lumpendasein. Ich wurde zum Einzelgänger …

Ich hörte, dass mein Onkel Snorri die Heimreise im Sinn hatte, und überlegte, dass ich vorerst einmal abwarten würde, um zu sehen, wie es ihm erging. Er hatte sich Kolbeinn oder Gissur gegenüber nie etwas zu Schulden kommen lassen, im Gegenteil, er war vor allem mit meinem Bruder Sturla im Streit gelegen. Wenn es Snorri gelänge, wieder etwas von seiner früheren Macht und seinem Besitz zurückzuerobern, ergab sich damit vielleicht auch für mich eine Möglichkeit, nach Hause zurückzukehren und eine Zeitlang unter seiner schützenden Hand im Land zu bleiben – ich hatte plötzlich Lust, nach Island zu fahren, und ich hatte das Gefühl, ich müsse meiner Mutter beistehen, irgendjemandem beistehen, zum ersten Mal in meinem Leben …

Aber im Augenblick stand mir nichts anderes zu Gebote als das gleiche alte Lotterleben in Trondheim – Schachspiel und Katzenjammer bei Tage, Saufgelage und Schlägereien bei Nacht – oder die Einsamkeit. Ich irrte viel umher und hungerte.

Þórir Jökull

Das Schlimmste in der Kirche war eigentlich, dass wir alle kurz davor waren, uns in die Hosen zu pinkeln. Tief im Herzen war ich jedoch überzeugt, dass man uns, dem einfachen Fußvolk, freies Geleit geben würde. Das war trotz allem Sitte. Ich vermied es, in Richtung von Sighvaturs Söhnen zu blicken. Sie mussten sich wie zum Tode Verurteilte fühlen, wie sie dort so in der Kirche hockten, und das ganze Heer draußen vor der Tür, bis an die Zähne bewaffnet. Ein streunendes Rudel blutrünstiger Wölfe. Kolbeinn und Gissur hatten vielleicht auch allen Grund, sich an Sighvatur und Sturla und allen Sturlungen zu rächen, aber wir, das gemeine Volk, wir waren nur Bauern, die aufzustehen und ihren Anführern in den Kampf zu folgen hatten, wenn diese es verlangten. Ich war schon früher als Gefolgsmann in blutige Kämpfe hineingezogen worden, zuletzt in die grausame Schlacht von Bær, wo wir zusammen mit Sturla dreißig Männer töteten, die wenigsten von ihnen hatte ich je zuvor gesehen. Aber ich hatte wenig Muße, mir in der Kirche dort den Kopf darüber zu zerbrechen, denn der Gedanke, auf den Abtritt zu kommen, wurde bald stärker als alle anderen. Wir waren dort viele beisammen, bleich in den Gesichtern, standen herum oder wetzten unruhig auf den Bänken hin und her, vermieden es, zu Sighvaturs Söhnen hinzusehen. Der eine war eigentlich noch ein Kind, ich sah das Entsetzen in seinen Augen. Zuerst sprach keiner ein Wort, dann rief Gissur in schroffem Ton von außen, sagte, alle Männer drinnen sollten ihre Namen nennen.

Der Skalde Sturla Þórðarson nannte seinen als Erster, er war der Vernünftigste von allen. Er rief ihn mit ruhiger, fester Stimme, obwohl er als Neffe von Sighvatur zum innersten Kreis der Sturlungen gehörte.

»Sturla Þórðarson«, sagte Gissur, »komm heraus. Du sollst von mir freies Geleit bekommen.«

Sturla warf einen schnellen Blick auf uns andere in der Runde. Seine Augen blieben an Ásgrímur Bergþórsson hängen. Dann rief er zu Gissur hinaus, dass er darauf bestehe, Ásgrímur unter denselben Bedingungen mit sich hinaus nehmen zu dürfen. Gissur erklärte sich ohne Zögern damit einverstanden. Sturla stand auf und reichte Ásgrímur auf dem Weg hinaus stützend die Hand. Er war so gerührt, dass er kaum gehen konnte.

Oben auf dem Kirchendach saßen ein paar Männer, zumindest einer der Söhne von Dufgus, glaube ich, wahrscheinlich eher Kolbeinn Schnauzbart als Svarthöfði. Dufgus' Söhne waren Haudegen und für ihre Verwegenheit berüchtigt. Sie konnten nicht wie das gemeine Volk in das Gotteshaus fliehen. Ich glaubte jedenfalls zu hören, wie Gissur Kolbeinn Dufgusson freies Geleit versprach. Die Brüder hatten bei vielen Leuten einen Gefallen gut. Und so verschwanden die Männer einer nach dem andern unter freiem Geleit aus der Kirche hinaus, bis wir nur noch zu sechst übrig waren, die beiden Söhne von Sighvatur und vier von uns einfachen Soldaten. Angst hatte begonnen, um sich zu greifen, und es würde nicht mehr lange dauern, bis sich die Männer in die Hosen machten – aus mehr als nur einem Grund.

Ich trat schließlich ans Fenster, versuchte, ein furchtloses Gesicht zu machen und rief denen, die da draußen standen, zu: »Darf ich nicht hinaus?«

Ein paar zuckten mit den Schultern, ich spürte, dass irgendetwas im Gange war, etwas Sonderbares. Dann kam Klængur, einer von Gissurs Heerführern, daher und blickte mir scharf in die Augen. Hinter ihm stand ein aufgebrachter Mann, der ihm über die Schulter spähte und dann mit kreischender Stimme zu schreien anfing: »Das ist er. Þórir Jökull. Er hat meinen Bruder umgebracht, in der Schlacht von Bær!«

Die Worte trafen mich wie ein Blitz. Ich vergaß mit einem Schlag, dass ich auf den Abtritt musste. Versuchte, einen gelassenen Eindruck zu machen, richtete meine Worte an Klængur.

»Was soll das«, sagte ich, »wer ist dieser Mann?«

»Er hat meinen Bruder umgebracht! Hat ihn mit einem Hammer erschlagen!«

Klængur drehte sich nach ihm um: »Wer war das noch mal?«

»Guðlaugur Halldórsson! Guðlaugur Kellenklapperer! Þórir Jökull hat ihm mit einem Axthammer den Schädel eingeschlagen. Und das soll jetzt gerächt werden! Das soll jetzt …«

Klængur schob ihn beiseite und hieß ihn den Mund halten. Klængur schaute mich an. Er war offensichtlich müde und erschöpft.

»Warst du in der Schlacht von Bær dabei?«

»In der Schlacht von Bær? Ja, ich … ich weiß nicht mehr … ich hab' noch nie von diesem Kellenklapperer gehört.«

Klængur verschwand. Wir warteten schweigend und mit Entsetzen in den Gesichtern zu sechst in der Kirche.

Es ist Abend geworden. Sie haben mehr als einmal gedroht, die Kirche niederzubrennen, wenn wir nicht hinauskämen. Sie sagten, sie sei durch den Aufenthalt von uns Verbrechern ohnehin geschändet. Kolbeinn Sighvatsson hat mehr als einmal alles angeboten, was ihm irgendwie das Leben retten konnte: das Land zu verlassen und nie mehr zurückzukehren, all sein Hab und Gut. Aber es hat ihm nichts anderes eingebracht als kaltes Gelächter. Es ist, als ob draußen alles gefroren sei, als ob man an eine Wand aus Eis stoße, wenn man versucht, mit denen da draußen in Kontakt zu kommen. Ich habe versucht zu fragen, wie es um meine Sache steht, aber man begegnet mir mit höhnischem Grinsen. Hermundur Hermundarson sitzt neben mir, er hat angefangen zu schluchzen. Wischt sich mit dem langen, blonden Haar die Tränen weg. Er verbreitet einen üblen Gestank, und ich rücke zur Seite.

Kolbeinn ruft hinaus, dass wir kommen. Wir wollen auf den Abtritt. Sie antworten nicht. Wir hören irgendein Getrampel vor der Tür. Kolbeinn sagt dem Jüngsten von uns, er solle öffnen, er zieht den Verschlag von der Tür und drückt sie vorsichtig auf. Draußen stehen sie in zwei Reihen aufgestellt, bilden eine Gasse dazwischen, Ehrenspalier zum Abtritt …

In der Halle neben dem Donnerbalken lagen Verwundete, Männer aus unseren Reihen, denen man freien Abzug gewährt hatte. Einer rief erstaunt und freudig: »Lässt man euch auch laufen?!«

Dann sah er die Mienen der Brüder und unsere und wurde verlegen. Alle anderen blickten zur Seite. Irgendeiner schluchzte, ich glaube, es war Hermundur mit dem blonden Haar …

Sie haben die beiden Brüder schon getötet und noch zwei andere. Ihre Köpfe sind von den Leibern getrennt und die Leichenteile liegen auf einem Haufen an der niedrigen Friedhofsmauer. Aber ich glaube in meinem Herzen fest daran, dass sie mich verschonen, ich spüre, dass ich noch Leben vor mir habe; man hat mir in meiner Jugend prophezeit, dass ich im Meer ertrinken werde. Und ich habe oft von diesem Tod geträumt und sogar eine Strophe über meine Todesstunde auf See gedichtet, über einen Heldentod. Hermundur weint lauthals und wirft sich den Leuten vor die Füße, bettelt um sein Leben. Aber die Männer sind müde und gereizt, wollen das zu Ende bringen, und alle Gefühlsduselei macht sie nur schlechter Laune. Er wird auf die Mauer gestoßen, und jetzt ist es, als ob er begreift, dass er keine Hoffnung mehr auf Leben hat. Er streicht sich sein Haar aus dem Nacken und hält es oben am Kopf fest, will nicht, dass es mit Blut besudelt wird. Dort kommt ein neuer Henker und ergreift die Axt. Es ist eine gewaltige Waffe, sie hat dem alten Sighvatur gehört, er hatte sie *Stern* genannt... Dort steht der Kreischende neben dem Henker, als ob er darauf warte, dass die Reihe an ihn kommt. Wer war noch mal dieser Mann, sein Bruder, Guðlaugur... Doch, irgendwie kann ich mich an ihn erinnern...

Es hat Hermundur nicht viel geholfen, sein Haar nach oben zu kämmen, der erste Schlag ging ihm in den Schädel, unten am Nacken, ich glaube, die Wunde ist tödlich, das Blut spritzt ihm über den ganzen Kopf und das Gesicht. Man stößt mich auf die Mauer, sie ist glatt und blutig. Der Kreischende hat die Axt in die Hand genommen, ich kann mich jetzt ganz deutlich an seinen Bruder erinnern, die erstaunte Miene in seinem Gesicht, bevor er zu Boden stürzte, ich kann mich jetzt an alle Gesichter erinnern, die ich im Nahkampf gesehen habe, in Schlachten, an alle Gesichter, die mir in meinem Leben je begegnet sind, sie scharen sich um mich, sie blicken mir alle in die Augen, das ist ein gutes Omen, und die Strophe kann ich noch auswendig, ich hebe die Hand, verlange das Wort: »Klettern sollst du auf den Kiel« – Nun, das tut vielleicht nichts zur Sache... »kalt ist des Meeres Wasserspiel« – Aber jetzt kommt das Stoßgebet: »Ermanne dich, versuche Mut zu fassen, / hier wirst du dein Leben lassen.« Und ich spüre zu meiner großen Freude, dass mir das das Leben retten wird, alles kaltherzige Gelächter ist verstummt, ein Mann, der so dem nackten Tod entgegentritt, dem schenkt man das Leben, auch wenn Klageweibern wie Hermundur der Kopf abgeschlagen wird. Ich spüre, wie die Kraft in meine Stimme zurückkehrt, den zweiten Teil der Strophe trage ich triumphierend vor, ich trage ihn gut vor, ich spüre, dass ich in den

Fußstapfen alter Skalden wie Egill von Borg stehe, der mit dem Gedicht *Haupteslösung* seinen Kopf gerettet hat, und die letzten Zeilen klingen wie eine Freudenhymne: »Der Mädchen Liebe konntest du erwerben / einmal muss jeder sterben«, und ich spüre, dass man mich zuletzt von diesem Richtblock aufrichten wird, ein Mann, der ein solches Gedicht vorträgt, der wird versch…

Hálfdan von Keldur

Es ist natürlich nicht meine Meinung, im Gegenteil, aber sie maulen manchmal, die anderen Bauern, besonders die von den kleineren Höfen, dass sie doch eine rechte Plage sind, all die Truppenaufmärsche im Land und diese Kriege zwischen den großen Sippen. Nun, ich beteilige mich natürlich nicht an solchem Geschwätz. Das ist die Denkweise von Duckmäusern, von Leuten, die nicht über den eigenen Tellerrand hinaussehen – meist Kleinbauern und vielleicht der eine oder andere, der etwas mehr besitzt, aber aus weniger vornehmem Geschlecht stammt. Sie jammern, weil sie zu jeder Zeit von ihren Höfen weggeholt werden, damit sie ihren Anführern auf Kriegszüge folgen, auch in entfernte Gegenden des Landes, wenn es sich so ergibt, was freilich recht oft der Fall ist, das lässt sich gar nicht leugnen, obwohl ich natürlich über solches Geschwätz erhaben bin. Das sind nur Bauern, die jammern – Bauern jammern immer. Aber das ändert nichts daran, dass man die armen Kerle irgendwie verstehen kann. Sie sind vielleicht von den Streitigkeiten im Land nicht besonders betroffen, und es spielt wohl keine besondere Rolle für sie, wie das Sippenoberhaupt heißt, das gerade am Ruder ist. Selbst haben diese Bauern ja im besten Falle nichts zu gewinnen, aber im schlimmsten alles – das heißt ihr Leben – zu verlieren. Das ist es doch, was die Männer auf diesen Kriegszügen riskieren. Das kann man gut und gerne zugeben und vielleicht sogar verstehen. Das ist es, was ich sage. Merkwürdig, dieses

Bestreben, eine so simple Betrachtungsweise ständig und auf jede erdenkliche Weise in ihr Gegenteil verkehren zu wollen…

Nun, es kamen ja auch viele dabei um. Zu Hunderten sind sie gefallen, die Bauern. Ich finde es normal, dass sie das grämt. Auch wenn das in meinem Fall natürlich anders ist, schließlich habe ich mich aus diesem Unsinn immer rausgehalten. Und wer behaupten will, ich hätte mich irgendwie in dieser Richtung geäußert, der soll gefälligst Zeugen nennen! Mehr verlange ich nicht. Da rede ich allerdings nicht vom Zeugnis einiger halb besoffener Bauern, mit denen man sich, sagen wir, einen fröhlichen Tag gemacht hat, nach einem schwierigen Schafabtrieb oder vielleicht nach einem Markttag, wenn man sich ein wenig amüsieren will, da fängt man natürlich keinen Streit an, selbst wenn man völlig gegenteiliger Meinung ist. Was ich natürlich bin, denn man muss zu seinen Leuten stehen, wenn die Zeiten schlechter werden, zu seinen Schwägern halten, schließlich habe ich trotz allem, und wie man die Sache auch dreht und wendet, in den Kern der mächtigsten Sippe, der Sturlungen, eingeheiratet. Meiner Steinvör, meiner lieben Frau, liegt der Kampfgeist ja sozusagen im Blut, als Tochter des seligen Sighvatur Sturluson und als Schwester Sturlas und der Brüder, die alle in Örlygsstaðir im Skagafjord gefallen sind, was immer sie auch dort verloren hatten… Was ich natürlich nie so sage, dass meine Steinvör es hört. Die würde ein ordentliches Donnerwetter loslassen, wenn sie erführe, dass ich in das unzufriedene Murren einstimme, das aber unleugbar unter den Leuten zu vernehmen ist, davor sollte man die Augen nicht verschließen… Aber es sind zumeist unbedeutende Leute mit wenig Verstand, die nur Frieden haben wollen, um ihr Land zu bestellen, das Vieh zu versorgen und Frau und Kinder zu ernähren, was meiner Ansicht nach auch kein völlig unverständlicher Standpunkt ist – das heißt, für Leute, die keine anderen Ideale und keine höheren

Ziele im Leben haben als nur den Kampf ums tägliche Brot und vielleicht das Gedeihen ihrer Höfe … Aber in meinem Fall ist das etwas ganz anderes. Ich verfolge natürlich höhere Ziele. Ich stand immer voll und ganz hinter den Idealen meiner Steinvör und ihrer Leute, der Schwäger – der Sturlungen. Aber dann kam es eben, wie es kam, mit den Luftschlössern der Sturlungen, alles brach in sich zusammen und wurde in Örlygsstaðir in den Schmutz getreten. Und wenn mich irgendeiner, ich sage irgendeiner, ganz egal wer, nach diesen Ereignissen etwas in der Art hat sagen hören, dass wir Bauern jetzt wenigstens fürs Erste von dem Joch befreit seien, jederzeit unsere Werkzeuge fallen lassen zu müssen, vielleicht mitten in der Heuernte oder zur Schlachtzeit (die wahrscheinlich die beliebteste Zeit für Kriegszüge ist, denn im Herbst führen die Flüsse wenig Wasser), dann ist mir das nur so im Spaß entschlüpft, weil man seinen Freunden und Nachbarn ja nicht ständig widersprechen und ihnen nicht den Spaß verderben will, wenn sie vielleicht beim Trunk sitzen und versuchen, sich zu amüsieren – und da habe ich über die Dinge sicher auch unter diesem Gesichtspunkt gesprochen, der auf der Hand liegt: dass der Krieg vorbei ist. Er ging in Örlygsstaðir zu Ende. Wie sollte man das denn anders verstehen, als dass das allen klar sein müsse, zumindest tief in ihrem Innern. Sogar meiner Steinvör, auch wenn sie sonst mehr Mumm in den Knochen hat als die meisten Männer, das muss man ihr lassen, eine Kämpferin, das ist sie. Aber ihr Vater ist dennoch tot und auch alle ihre Brüder. Außer dem Nachzügler Tumi und natürlich Þórður Kakali, falls er noch irgendwo lebendig herumläuft …

Aber so ist es nun mal mit Þórður, selbst wenn aus ihm vielleicht ein Mann hätte werden können, hat er schon seit langem seine ganze Kraft in Lotterleben und Hurerei vergeudet, ebenso wie seinen Ruf und sein gesamtes Geld, darüber sind sich alle einig, die ihn kennen oder je von ihm gehört haben. So sind die Früchte auf diesem Zweig des Stammbaums nun mal. Natürlich wäre ich der Glücklichste von allen, wenn sich meine angeheiratete Verwandtschaft wieder von dem Schlag erholen könnte, ich würde mich am meisten und aufrichtigsten darüber freuen, aber so ist die Lage nun mal. Und schöne Worte und ein großes Maul ändern daran nichts, genauso wenig wie Starrköpfigkeit und Prahlerei.

Þórður

Mir blieb im Augenblick kaum etwas anderes übrig, als zu versuchen, mich anständig zu benehmen – ich spielte nicht viel und trank noch weniger. Das war kein besonders unterhaltsames Leben, aber irgendwie war mein Mut nicht so unerschütterlich wie früher, oder vielmehr, die Lust an Raufhändel – ich hatte plötzlich das Gefühl, es gäbe kaum Erbärmlicheres als eine Wirtshausprügelei, wegen nichts … Ich sage nicht, dass ich vor irgendwelchen Trunkenbolden den Schwanz eingezogen hätte, aber ich hatte den Eindruck, das Leben würde allmählich langweilig. Ich begann auch, das Interesse an Frauen zu verlieren, wie ein alter Eunuch – hatte sogar schon daran gedacht, ins Kloster zu gehen … Und so wartete ich auf irgendetwas oder hatte wenigstens das Gefühl, auf etwas zu warten, denn ich wusste, dass mein Onkel Snorri auf dem Weg nach Hause war. Er war das Oberhaupt der Sippe und hatte sich mir gegenüber immer freundschaftlich gezeigt. Ich spielte mit dem Gedanken, dass ich zu guter Letzt Abschied von der Langeweile und dem Exil in Trondheim nehmen und unter Snorris schützender Hand nach Island zurückkehren könnte, sobald er seine Stellung dort gefestigt hätte. Dann könnte ich auch beginnen, Anspruch auf den Besitz meines Vaters zu erheben, oder zumindest auf einen Teil davon. Ich würde ja nicht viel brauchen – in Norwegen hatte es oft kaum fürs Essen gereicht, die Ansprüche waren also nicht so hoch … Alleinherrschaft über das ganze

Land, wie mein Bruder Sturla sie sich erträumt hatte? Nichts lag mir ferner. Kaum etwas fand ich weniger verlockend, als sich in jede Bauernstreitigkeit im Land einmischen zu müssen. Sturlas Feinde konnten von mir aus herrschen, über wen sie wollten, ich würde bauchige Metfässer, gutes Essen, muntere Zechkumpane und schöne Frauen vorziehen... Meiner Mutter müsste ich allerdings zu Hilfe kommen, wenn es stimmte, dass sie, wie man behauptete, von all dem halb den Verstand verloren hatte. Ich könnte nicht zusehen, wie sie als Landstreicherin durchs Land zieht, als Bettlerin. Welcher Sohn könnte so etwas zulassen? Natürlich ist es meine Pflicht, meinen Vater zu rächen, falls sich Gelegenheit dazu bietet, aber ich würde auch einen Vergleich nicht ausschlagen. Einen Teil des Besitzes und der Achtung, die meine Familie besessen hatte, müsste ich natürlich versuchen zurückzugewinnen, sonst wäre meine Ehre verspielt und mein Ruf keinen Pfifferling mehr wert.

Solche Gedanken gingen mir durch den Kopf, in jenem Winter, als ich in Norwegen gegen Langeweile und Schwermut ankämpfte und wartete, auf Nachricht aus der Heimat wartete. Ab und zu sagte ich zu mir selbst, jetzt müsse alles bald besser werden, es könne gar nicht anders sein, ich bräuchte nur noch zu erfahren, wie es meinem Onkel Snorri erginge, dann würde ich von irgendjemandem Geld für die Überfahrt nach Island leihen und in friedlicher Absicht nach Hause fahren, um alles in der Welt, in Frieden...

So grenzenlos dumm kann man sein.

Denn die nächste Nachricht, die mich aus Island erreichte, lautete, dass sie auch Snorri Sturluson umgebracht hatten.

Gissur hatte Mörder und Schergen zu Snorri nach Reykholt geschickt, sie verfolgten den Dichter bis in den Keller hinab und schlugen ihn dort mit der Axt tot. Und in der Geschichte, wie ich sie hörte, hieß es weiter, dass Gissur da im Auftrag des norwegischen Königs gehandelt habe. Snorri hatte gegen den Willen des Hofes verstoßen, als er ohne Erlaubnis nach Island fuhr. Manche behaupteten, dass Gissur früher oder später hierher nach Trondheim kommen und freudig willkommen geheißen werden würde, als der Mann, der jetzt die Isländer gleich welchen Standes gelehrt hatte, was es bedeutete, sich den Geboten des norwegischen Königs zu widersetzen. Man munkelte bei Hof, dass Gissur dafür zum Jarl von Island ernannt würde, er würde Statthalter des Königs werden. Mir war unwohl bei dem Gedanken.

Der arme Teufel Snorri. Ich hoffe, es ist ihm gelungen, seine Geschichte über den Halbtroll und Bauernlümmel Egill, der die norwegischen Könige so gründlich an der Nase herumgeführt hat, zu Ende zu schreiben.

Aber wenn sie nicht zögerten, Snorri Sturluson in seinem Keller den Schädel zu spalten, was würden sie dann mit Nichtsnutzen wie mir machen?

Kolbeinn der Junge

Gestern kamen zwei Männer hierher nach Flugumýri, zwei Bauernsöhne aus dem Miðfjord. Sie hatten ein Skaldengedicht für mich zusammengereimt, wollten Vasallen an meinem Hof werden.

Ich bat sie herein. Musste lachen! »Ihr seid unterhaltsame Burschen«, sagte ich. Aber das waren sie nicht. Unterhaltsamkeit lag ihnen fern und entsprach nicht ihrer Natur, das waren gestandene Kerle mit breiten Schultern, gestählt vom vielen Rudern und von harter Arbeit. Sie wollten Helden werden. Ich hörte mir das Gedicht an, zum Spaß. Darin war alles in Worträtsel, in Kenningar, verpackt: die Schlacht von Örlygsstaðir, ich selbst, gemäß den Strophen der unermüdliche Anführer, der große Heerführer. Eigentlich hatte Gissur den Oberbefehl geführt, darauf hatten wir uns geeinigt, und überhaupt war alles ein wenig übertrieben, die himmelhohen Leichenberge und die wild tobende Schlacht, die sie im Gedicht beschrieben. In Wirklichkeit war es nie zu der Schlacht gekommen, die zu erwarten gewesen wäre – aber ich ließ es gut sein, sie hatten es in guter Absicht getan, diese Bauernsöhne, man konnte sich über sie amüsieren. Ich ließ uns am Langfeuer ein Gelage bereiten, ein Zicklein am Spieß braten, ließ mehrere Männer von den Nachbarhöfen rufen, und wir zechten tüchtig. Ich erzählte bis in den Morgen Geschichten, und die Burschen hörten mit offenen Mäulern zu, dann schenkte ich ihnen einen Ring als Skaldenlohn. Aber als wir heute alle wieder auf den Beinen waren, sagte ich ihnen, sie sollten nach Hause gehen, sich Weiber suchen und anfangen, ihr Land zu bestellen. Ich sei in Wirklichkeit kein Krieger oder Landesherr, geschweige denn ein Fürst oder Jarl. Ich sei ein Bauer, träumte davon, Skalde zu werden und in Ruhe meinen Hof bewirtschaften zu können und meinen Schöpfer zu lobpreisen, wie mein Onkel Kolbeinn der Ältere. – Habt Dank, Jungs, ich gebe euch Bescheid, wenn ich euch brauche.

Ich war zugegebenermaßen der Herr über dieses Land und diese Leute hier, seit Gissur ins Ausland gefahren war und die Herrschaft über seine Hälfte des Reiches in meine Hände gelegt hatte. Aber um mit Recht Heerführer oder Jarl genannt zu werden, hätte es wenigstens des Ansatzes eines Hofstaates oder Heeres bedurft. Nicht nur eines unorganisierten Haufens von Bauern, die von den Höfen hier im Umkreis rekrutiert wurden und gerade mal mittelmäßige Lust aufs Töten hatten. Vielen bedeutete es mehr, sich um ihre Höfe und ihr Vieh zu kümmern, was nicht ganz unverständlich ist. Aber die Sturlungen hatten diesen Krieg angezettelt, und er hatte sich zu einem Kampf ausgeweitet, in dem eine Seite untergehen musste, sie oder wir – und sie gingen unter. Aber besonders seit meinem Unfall, bei dem ich mir beinahe das Genick gebrochen habe und der mir immer öfter qualvoll durchwachte Nächte bescherte, beschlich mich der Gedanke, es wäre das Beste, man dürfte in Frieden leben – ohne Totschlag und Verstümmelungen und ohne die ewig über einem schwebende Rache.

All das Blut, all die vor Entsetzen entstellten Gesichter. Männer, die weinend zum Richtblock geführt werden, Köpfe, die Stück für Stück von Leibern gehackt werden, Kehlköpfe, die man durchtrennt, Greise, denen man die Hände abschlägt – all das verfolgt mich in schweren Nächten und von Mal zu Mal schlimmer.

Nach der Schlacht von Örlygsstaðir hätte es eigentlich vorbei sein sollen. Dort hatten wir den Sieg errungen, einen so umfassenden Sieg, dass uns die Feinde nicht mehr gefährlich werden sollten – deswegen habe ich auch der Notwendigkeit zugestimmt, dass man die jüngeren Söhne Sighvaturs köpft, meine nahen Verwandten, junge, schöne Männer. Aber nachdem sie beseitigt waren, glaubte ich, dass alle Unruhen ein Ende hätten, dass wir in diesem Land wieder in Frieden leben und unsere Felder bestellen könnten. Vor Tumi dem Jüngeren habe ich keine Angst, ihn kann man getrost in Ruhe lassen, und es besteht kein Grund, Sturlungen wie den weisen Sturla Þórðarson zu fürchten, er wird kein Heer auf die Beine stellen.

Bleibt nur der Kakali. Er könnte noch Unruhe stiften. Ich habe zwar gehört, dass er in Suff und Elend in Norwegen verkommt, aber ihm wäre alles zuzutrauen, wenn er eines Tages nüchtern werden und nach Hause zurückkehren würde. Er dürfte zwar nicht viel ausrichten können, aber Vorsicht schadet nie. Ich habe deshalb angeordnet, dass man mich unverzüglich verständigt, wenn er irgendwo auftauchen oder man von seinem Kommen erfahren sollte. Wo und wann immer man Schiffe aus dem Ausland erwartet, stehen meine Männer Wache, und sollte sich Þórður blicken lassen, wäre es mir am liebsten, man würde ihm gleich bei seiner Ankunft den Kopf abschlagen. Auf dass der glatte Tang unter seinen Füßen und die Schwertschneide an seinem Hals das einzige sind, was er von seiner Heimat zu spüren bekommt, sobald seine Sohlen die steinige Küste berühren.

Björn Baumstamm

Ich gehe ins Ausland«, sagte mein Bruder Kolbeinn. »Hier lebt man nur in Schande.«

Svarthöfði war offensichtlich derselben Meinung, ich sah es daran, wie er das Gesicht verzog, wie er es immer tut, wenn er etwas hört, das er unangenehm findet, von dem er aber weiß, dass es wahr ist.

»Ich weiß nicht …«, sagte ich.

»Was weißt du nicht?«, fragte Svarthöfði und sah mich mit bitterem Grinsen an. »Dass wir in Schande leben? Ist es das, was du nicht weißt?«

»Nein, nicht unbedingt …«, sagte ich. »Es ist nicht unbedingt das, was ich nicht weiß. Ich weiß nur nicht, ob ich Lust habe, ins Ausland zu fahren.«

»Gewiss wäre es das Beste, zu Hause bleiben zu können«, sagte Svarthöfði. »Ihr wisst, dass es mein größter Wunsch ist, zu heiraten, mit meiner Verlobten einen Hausstand zu gründen. Aber vielleicht war mir dieses Los niemals bestimmt. Es wird wohl mein Schicksal sein, mein Leben lang ein Vagabund zu bleiben. Da haben wir wohl keine andere Wahl, als nach Konstantinopel zu gehen und in die Leibwache des Kaisers einzutreten. Wir sind Soldaten.«

Ich hörte nicht auf, Einwände zu erheben. In Wahrheit graute mir bei dem Gedanken, von hier wegzufahren, irgendwohin, weit über das schäumende Meer. Hier bin ich aufgewachsen, hier ist das Land, das ich kenne.

»Wahrscheinlich ist die Zeit gekommen zu beschließen, dass man sich von nun an aus allen Zwistigkeiten im Land heraushält«, sagte ich. »Es gibt viele Bauern, die der Meinung sind, es wäre am besten, wenn die Streitereien ein für alle Mal zu Ende wären. Man sollte sein Land bestellen und sich Frau und Kinder anschaffen.«

An dieser Rede hatte ich lange herumgetüftelt, sie im Geiste oft memoriert.

»Und ständig in der Angst zu leben, dass Kolbeinn oder Gissur kommen und dich töten?«, fragte mein Bruder Kolbeinn.

»Warum sollten sie mich töten?«, fragte ich. »Ich weiß nicht… dann hätten sie es doch schon tun können…«

»Es stimmt, was unser Bruder Kolbeinn sagt, das ist kein Leben«, meinte Svarthöfði. »In Gnade oder Ungnade seiner Feinde zu leben, als besiegter Mann. Da wäre es besser, tot zu sein. Die bittere Wahrheit ist, dass unsere Seite den Krieg verloren hat. Die Sturlungen sind führerlos. Sturla Þórðarson ist vielleicht ein weiser und kluger Mann, aber er wird kein Heerführer werden. Genauso wenig wie sein Bruder Ólafur, der weiße Skalde.«

»Und Sturla Sighvatsson und seine Brüder sind tot«, fügte Kolbeinn hinzu.

»Nicht Tumi der Jüngere«, sagte ich aufs Geratewohl, denn ich hatte Tumi den Jüngeren vor kurzem erst getroffen. »Er ist nicht tot.«

Aber da lachten meine beiden Brüder. Sie lachten lange und voll Bitterkeit.

»Tumi der Jüngere! Willst du mit ihm als Anführer in den Krieg ziehen?«, fragte Svarthöfði endlich. Da platzte Kolbeinn wieder los: Der Schluck, den er eben genommen hatte, um seine Kehle nach dem Lachanfall zu kühlen, schoss in weitem Bogen aus ihm heraus.

»Nein«, sagte ich erbittert, denn natürlich verhöhnten sie

mich. »Ich sage nur, dass nicht alle Söhne Sighvaturs getötet wurden. Was ist mit Þórður Kakali? Er war irgendwo in Norwegen am Leben, als man das letzte Mal von ihm hörte.«

Meine Brüder merkten, dass es jetzt genug war mit dem Spott. Kolbeinn hörte auf zu lachen und wischte sich über den Mund. Svarthöfði machte ein ernstes und nachdenkliches Gesicht.

»Ja«, sagte er. »Der Kakali. Wenn der käme, könnte man vielleicht überlegen, ob sich etwas unternehmen ließe. Aber ich glaube nicht, dass er nach Island kommt, so dumm ist er nicht. Er weiß wahrscheinlich zu gut, dass ihm Kolbeinns und Gissurs Männer im selben Augenblick den Schädel spalten, in dem sein Schiff an der Küste anlegt und er von Bord springt.«

Þórður

Ein Handelsschiff lag im Fjord und wurde für die Fahrt nach Island klar gemacht. Man nahm Bier und Met und andere Waren an Bord. Ich ging hin und sprach mit dem Steuermann, Jón Lindiás. Fragte, ob er mich mitnähme.

»Wir segeln für Kaufleute«, sagte er. »Wir segeln mit dem, wofür bezahlt wird. Hast du Geld?«

Er schielte mich ständig von der Seite an, vermied es aber, mir in die Augen zu blicken, als ob ich ein Todgeweihter wäre oder mit Aussatz oder Furunkeln geschlagen. Kannte er mich?

»Ich habe genug Geld, zu Hause in Island«, sagte ich, »du brauchst dir keine Sorgen zu machen.«

Und dann kam es – er wusste, wer ich war.

»Bist du sicher, dass deine Leute noch Geld besitzen?«, sagte er. »Ich habe anderes gehört.«

Das war absurd, und er wusste es wohl – ich hatte Schwestern, Verwandte und Schwager, die für mich bezahlen würden. Aber er wollte mich am liebsten nicht mitnehmen, als ob er Angst hätte, in Schwierigkeiten hineingezogen zu werden. Er sagte, es käme nicht in Frage, dass ich auf seinem Schiff mitführe, außer gegen Bezahlung im Voraus, und glaubte mich damit los zu sein.

Ich versuchte Geld zusammenzukratzen, bat den einen oder anderen, mir eine kleine Summe zu leihen, Freunde, die mir noch nicht den Rücken gekehrt hatten. Schließlich sah ich mich gezwungen, den roten Umhang zum Pfandleiher zu tragen.

Er faltete das verstaubte Bündel auseinander, begutachtete das Stück, es war zugegebenermaßen da und dort von Motten angefressen. Er machte eine gequälte Miene, schüttelte den Kopf.

»Das ist ein kostbares Stück!«, sagte ich.

»So, so?«, sagte er mit müdem Gesicht.

»Es war lange im Besitz meiner Sippe!«

»Ja, das glaube ich gern«, meinte er und lächelte noch müder.

Aber dann wurde er freundlicher. »Ich habe nichts gegen dich, Isländer«, sagte er. »Wir machen schon lange Geschäfte miteinander, und ich weiß, wie es um dich und deine Familie steht.«

»Manches spricht sich schnell herum«, sagte ich.

»Ja, ich erfahre einiges«, sagte er. »Fast alles. Erst gestern ist mir zu Ohren gekommen, dass einer der Mörder deines Vaters auf dem Weg hierher ist, um sich mit dem König zu beraten. Heißt er nicht Gissur?«

»Doch, das könnte sein«, sagte ich.

»Ich gebe dir jetzt Geld für diesen Umhang«, sagte der Pfandleiher, »nicht, weil ich daran verdienen würde, sondern weil wir lange Zeit gute Geschäfte miteinander gemacht haben. Und weil ich glaube, dass es nicht gut für dich ist, noch länger hier zu bleiben.«

Also konnte ich am nächsten Morgen zum seeklaren Schiff des Jón Lindiás hinauswaten, und als ich das Geld in seine Hand zählte, blieb ihm nichts anderes übrig, als mich mitzunehmen.

Guðný Sturludóttir

Mama war auf der ganzen Überfahrt nach Norwegen seekrank gewesen, aber die Heimreise war noch schlimmer, denn jetzt lag sie fast die ganze Zeit nur unglücklich und ganz ohne Hoffnung auf ihrem Lager und wollte am liebsten mit niemandem sprechen. Wir Schwestern lagen bei ihr und versuchten, uns an ihr zu wärmen und uns, so gut es ging, um sie und uns zu kümmern. Aber so war es, seit Papa und Großvater und alle unsere Onkel gestorben waren und sich alles geändert hatte und die Armut zu uns nach Sauðafell gekommen war. Auch wenn unsere Mutter zuerst tapfer gewesen war und versucht hatte, ihr Recht und ihren Besitz zu behaupten, war doch alles umsonst gewesen. Und jetzt segelten wir wieder nach Hause, nach einer erfolglosen Fahrt. Wir hatten vorgehabt, den Winter in Bergen zu verbringen, aber dann wurde plötzlich beschlossen, dieses Schiff in Trondheim zu erreichen, und wir schafften es mit knapper Not noch rechtzeitig an Bord, nach einer rastlosen Fahrt mit einem Boot zwischen Schären und Inseln. Unsere kleine Schwester Þórður weinte und jammerte, sie wolle nach Hause. Und als Mama sie schimpfte, rief sie nach Papa, er solle kommen und sie trösten, wie er es immer getan hatte…

Und dann war auf dem Schiff auf einmal dieser Onkel, fröhlich, laut und lächelnd. Er nahm uns Kinder auf den Arm und ließ uns im Kreis herumwirbeln und Purzelbäume schlagen. Er verzog das Gesicht und lachte, und die kleine Schwester wurde bei all dem nur noch hysterischer und bekam vor Angst und Weinen fast keine Luft. Ich konnte mich nicht erinnern, diesen Mann schon einmal gesehen zu haben, obwohl er mich sofort mit meinem Namen ansprach und sagte: »Willst du etwa behaupten, dass du dich nicht an deinen Onkel Kakali erinnerst?!« Unser Bruder Jón erinnerte sich an ihn, er ist auch der Älteste – er sagte, er habe gehört, dass es ein »ewiges Trauerspiel« sei mit diesem Onkel Þórður, der immer so laut war und immer so viel Wirbel machte – er konnte niemals ruhig sitzen und wir sahen nie, dass er schlief oder sich hinlegte –, egal ob wir bei Tag auf unserem Lager saßen oder in sternenklarer Nacht aufwachten, er war immer auf den Beinen, trieb sich irgendwo allein herum oder brachte die Seeleute zum Lachen. Das, abgesehen vom schönen Wetter und der raschen Überfahrt, erleichterte uns das Leben sehr. Es war schön, einen Onkel zu haben – wo unsere Mutter doch so krank war. Er brachte uns Essen und Wasser und kam mit trockenen Fellen, damit wir nicht frieren mussten. Und nach und nach hörte unsere kleine Schwester auf, Angst zu haben; sie begann, sich richtig an den Onkel zu hängen, wollte am liebsten immer bei ihm sein – vielleicht erinnerte er sie an unseren Vater. Obwohl ich sie nicht ähnlich fand. Onkel Þórður hatte irgendwie einen größeren Mund und war dunkler und zerzauster, er hatte auch größere Augen und ein Gesicht voller Schrammen und Narben. Sein Lachen und seine Stimme, alles war irgendwie so groß... Ich spürte eine eigenartige Angst in der Brust, und jedes Mal, wenn ich ihn sah, lief mir ein unheimlicher Schauer über den Rücken, seit ich meine Mama leise stöhnen gehört hatte: »Er weiß nicht, dass er, auch wenn er noch lebt, schon so gut wie tot ist.«

Þórður

Ich hatte es trotz aller Ungewissheit und einer unterschwelligen Angst genossen, in Richtung Land zu blicken – Island. Vor zwei Tagen waren die blauen Berge zum ersten Mal am Horizont aufgetaucht, und schon da hatten sie eine überraschende Freude in mir ausgelöst, die ich seit vielen Jahren nicht verspürt hatte. Ich hatte das Gefühl, nach Hause zu kommen… Obwohl ich natürlich kein Zuhause mehr hatte auf dieser kalten Insel und es dort keinen sicheren Zufluchtsort für mich gab. Aber je mehr wir uns dem Land näherten, desto stärker wurde das Gefühl, dass ich dort hingehörte und nirgendwohin sonst. Die Berge der Ostfjorde ragten glasklar und hoch aus dem Meer empor, und zwischen ihnen blitzten tiefe Fjorde auf. Wir segelten die Küste entlang nach Norden. Ich lag am Bug auf Backbord, blickte verträumt zu den Bergen hin und sog ihren Duft ein, den ich vom Land bis zu uns herüber zu verspüren glaubte. Von meinen Reisegefährten, die abgesehen von der Schiffsmannschaft hauptsächlich aus norwegischen Kaufleuten bestanden, hielt ich mich so gut wie möglich fern. Aber es waren auch einige Passagiere an Bord, darunter meine Schwägerin Solveig, die Witwe meines seligen Bruders Sturla, und deren Kinder. Ich hatte versucht, ihnen während der Überfahrt auf hoher See das Leben etwas erträglicher zu machen, wollte aber jetzt ihre Not nicht noch vergrößern, indem ich mich bei der Ankunft in ihrer Gesellschaft zeigte. Sie war ins Ausland gefahren, um vor norwegischen Familienoberhäuptern ihre Sache zu vertreten. Sie hätte die Unterstützung mächtiger Männer gegen die Übergriffe und die Unerbittlichkeit Kolbeinns des Jungen und Gissur Þorvaldssons gebraucht, aber sie hatte nichts erreicht. Verzweifelt und bedrückt bangte sie der Ankunft entgegen, nicht zuletzt wegen mir. Sie schien davon überzeugt, dass Kolbeinn und Gissur es nicht riskieren würden, dass dieser verbliebene Sohn Sighvaturs in ihrem Herrschaftsgebiet Streit und Unfrieden stiftete. Ich war nicht so besorgt wie sie. Tief in meinem Inneren glaubte ich, dass ich zumindest unbehelligt an Land gehen, meine Verwandten und Freunde treffen und in Ruhe alles überdenken könnte. Es war ja nicht so, dass ich als ausgesandter Scherge oder gedungener Mörder nach Hause käme, um den Machthabern im Lande nach dem Leben zu trachten. Ich glaubte, in der Absicht zu kommen, mich um den Nachlass meines Vaters und mein Erbe zu kümmern. Um herauszufinden, ob nicht eine Einigung zwischen mir und Kolbeinn möglich wäre – wir hatten oft miteinander gesprochen, und das stets im Guten. Ich hatte erfahren, dass Gissur nach Norwegen gesegelt war, und die größten Wellen des Unfriedens hätten sich eigentlich gelegt haben müssen. Abgesehen davon lebte meines Wissens ja auch mein Bruder Tumi der Jüngere noch in Island und wurde in Ruhe gelassen.

Auf diese Weise überzeugte ich mich selbst davon, dass alles gut gehen würde und ich vorerst einmal meine Heimkehr genießen könnte.

Wir nahmen Kurs auf den Eyjafjord, jenen Ort, mit dem so viele Erinnerungen aus meiner Jugend verbunden sind, und wollten bei Gásar an Land gehen. Ich war oft mit meinem Vater und meinen Brüdern nach Gásar geritten, wenn man Schiffe erwartet hatte – hatte an Spätsommertagen wie diesem am Strand gestanden und zugesehen, wie die Schiffe an Land kamen, umtost und gepeitscht von den Wellen des Ozeans. Damals beneidete ich die Männer, die mit dem Glanz der

Ferne in den Augen von Bord gingen, in nordischer Sprache sprechend wie wir, aber mit einem fremden Akzent. Und immer hatte ich dabei den Wunsch im Kopf, selbst irgendwann groß genug zu sein, um mit den Kaufleuten fortsegeln zu können, im Steven zu stehen und auf ferne Länder zuzusteuern. Aber jetzt erfüllte nur ein Gefühl mein Herz: nach Hause kommen. – Was mich insofern überraschte, als ich nicht hätte behaupten können, in all den Jahre, die ich in Norwegen verbracht hatte, irgendwann Heimweh verspürt zu haben. Ich wusste bisher gar nicht, dass es etwas wie Heimweh gab, wusste nicht einmal, dass ich irgendwo daheim war, obwohl ich mich dort, wo ich war, wahrlich fast zu Tode gelangweilt hatte…

Der Eyjafjord. Hier sind die Wellen ruhig, hier schaukelt die See sanft und ohne Ungestüm. Es ist so windstill, dass der Rauch von den Häusern an Land schnurgerade in den Himmel steigt. Wir segeln so nahe an der Insel Hrísey vorüber, dass wir hören, wie uns ein Mann von dort etwas zuruft, aber ich kann die Worte nicht verstehen, kümmere mich auch nicht darum. Ich will mich so weit wie möglich im Hintergrund halten. »Ich glaube, er ruft deinen Namen«, sagte die Tochter meiner Schwägerin Solveig. »Was für ein Unsinn!«, sagte ich und lachte. Obwohl mir das irgendwie nicht recht behagen wollte…

Wir segeln an Árskógar, Kálfskinn, Fagriskógur, Hjalteyri vorüber. Ich habe mein Bündel geschnürt, meine Waffen bei der Hand, die Schuhe an den Füßen gebunden, bin reisefertig. Habe mich von Solveig und ihren Kindern verabschiedet, will mich nach Grund beeilen, wo ich bei meiner Halbschwester einen sicheren Unterschlupf fände, falls irgendetwas schief liefe.

Bei Gásar ließen die Matrosen das Beiboot zu Wasser. Ich bat, mit dem ersten Boot an Land gehen zu dürfen. Und während sie auf die Küste zuruderten, musterte ich das vertraute

Land – es lagen noch zwei andere Schiffe am Strand, eines davon offensichtlich erst vor kurzem angekommen, denn die Männer waren eifrig damit beschäftigt, Waren aus dem Schiff in Zelte und Buden oberhalb des Strandes zu schaffen. Dort stand eine Handvoll Leute, und mir fielen sofort zwei Männer auf, die sich von den anderen abhoben. Sie hockten schwer bewaffnet auf ihren Pferden und starrten mit scharfen Augen auf das Boot. Als wir näher kamen, merkte ich, dass sie mich fixierten. Es schoss mir durch den Kopf, sie zu fragen, ob sie etwas von mir wollten, aber ihr Blick war solcher Art, dass ich beschloss, Vorsicht walten zu lassen. Ich starrte nur zurück und tastete vorsichtig nach meinen Waffen. Sobald ich Boden unter dem Bug des Bootes spürte, sprang ich von Bord und watete die letzten Schritte an Land, direkt auf die Männer zu.

»Habt ihr etwas mit mir zu besprechen, Burschen?!«, fragte ich.

Sie schienen zu erschrecken oder zumindest eines der Pferde, denn es stieg auf die Hinterbeine und wich zur Seite. Das machte auch das andere Pferd scheu, und nachdem die Männer einen schnellen Blick gewechselt hatten, schlugen sie auf ihre Gäule ein und ritten in scharfem Galopp davon.

Es strömen immer Leute herbei, wenn sie hören, dass sich ein Schiff dem Land nähert. Ein Stück weiter entfernt standen ein paar Frauen, in Kopftücher gehüllt. Plötzlich löste sich eine von ihnen aus der Gruppe und kam mit ausgebreiteten Armen auf mich zu. Meine Mutter, die Gute, die ich all die Jahre nicht gesehen hatte – wie alt und gebrechlich sie geworden war. Aller Glanz einer stolzen Frau war von ihr gewichen, nur die alte Herzensgüte und Liebenswürdigkeit waren noch in ihren Augen. Sie fiel mir um den Hals und küsste mich auf beide Wangen.

»Þórður. Þórður, mein Sohn.«

»Ja, jetzt bin ich nach Hause gekommen, Mama.«

Aber sie drückte mich fest an sich und begann, lauthals zu weinen. Sie weinte unter schweren Stößen. Sie weinte nicht vor Freude…

»Was ist los, Mutter, freust du dich nicht, mich zu sehen?!«

»Jetzt weiß ich, dass ich auch dich verlieren werde. Kolbeinns Schergen werden kommen, dich zu töten, und sie sind nicht mehr weit entfernt.«

Björn Baumstamm

So einen Ritt unternimmt man nicht zu seinem Vergnügen.

Meine Brüder sagten, dass ich gehen müsse, keiner von ihnen wäre besser dafür geeignet. Ich müsse gehen und mit diesem verfluchten Kolbeinn dem Jungen reden, versuchen, irgendeinen Vergleich oder eine Art Frieden auszuhandeln. »Ich soll reden?!«, brachte ich mit Müh und Not hervor und wiederholte dann noch ein paar Mal: »Ich soll reden?« Mir wurde schwarz vor den Augen bei dem Gedanken, dass ich das Wort ergreifen müsste, aber auch weil es mich wütend machte, dass meine Brüder so über mich bestimmen wollten. Trotzdem brachte ich nichts anderes heraus als: »Ich soll reden?«, denn es hat mir nie besonders gelegen zu reden, und dann ging ich…

Þorsteinn Hjálmsson, ein Bauer aus Hóp am Húnaflói, war mein Begleiter. Ihm liegt das Reden sehr, aber er sagt viel kindisches Zeug, und er hält uns Brüder für etwas Besonderes, weil wir Kämpfer sind und Haudegen, er selbst ist klein und mickrig, ein Schwätzer. Er musste sich, wie ich, aus irgendeinem Grund mit Kolbeinn aussöhnen, ich weiß nicht, warum. Er war irgendwann in den Trupp der Sturlungen geraten, ohne von Nutzen zu sein. Aber ich glaube kaum, dass ein großer Held wie Kolbeinn der Junge sich die Mühe machen würde, dem Bauern Þorsteinn Hjálmsson ein Haar zu krümmen. Eher würde er den Kampf mit uns suchen, die wir eine größere Herausforderung darstellen. Aber vielleicht wollte sich Þorsteinn auch nur beim Sippenoberhaupt einschmeicheln. Es ist ein wenig seine Art, sich einzuschmeicheln … Und dann beabsichtigte er auch, vor Kolbeinn meine Angelegenheit zu vertreten oder mir dabei zu helfen, wenn es nötig war. Das beschwichtigte meine Bange ein wenig, und daher ertrug ich den Kerl und all sein Geschwätz auch auf dem Weg, versuchte zu antworten, wenn er fragte. Wir ritten durch das Tal Langidalur und den Pass Vatnsskarð hoch, und es war viel, was Þorsteinn wissen wollte, wirklich unglaublich, was der alles wissen wollte, dieser Þorsteinn …

»Verzeih mir, wenn ich frage … aber hättet ihr Brüder nicht das Land verlassen sollen, hat euch nicht Kolbeinn dieses Versprechen abgenommen?«

»Doch … äh, ja, doch …«

»Aber euer Schiff wurde von Gegenwind zurückgetrieben, war es so?«

»Ja, voriges Jahr, wir sind abgesegelt, aber … das Schiff, Gegenwind – zurückgeblie …? zurückgetrieben …«

»Kolbeinn der Junge hat das gelten lassen?«

»Mein Bruder Svarthöfði ist zweimal abgesegelt, aber … zurückgetrieben …«

»Viele waren überrascht, dass man euch freies Geleit gegeben hat in Örlygsstaðir. Euch Brüdern.«

»Wie?«

»Es wäre natürlich ein schlimmer Verlust gewesen, wenn man euch getötet hätte, solche Krieger, wie ihr seid, aber es hat trotzdem viele überrascht, dass Kolbeinn und Gissur es wagten, euch leben zu lassen. Und euch fürchten zu müssen. Solch große Kämpen …«

»Ja? Ich weiß nicht.«

»Warum haben sie das getan? Man hat gehört, dass ihr bei vielen im Land einen Gefallen gut habt?«

»Was? Bei vielen? Nein …«

»Oh doch, warte, war da nicht irgendein … «

Ich musste mich räuspern. Ich hatte kaum Lust, das unwidersprochen zu lassen, wenn ich auch kaum Lust hatte, darüber zu sprechen. Über die Schlacht von Örlygsstaðir war fast nicht zu sprechen, ohne dass man Kopfweh bekam und einen Wutanfall.

»Das war der Ólafur… äh… Svartsson… Ja? So heißt er, Svartsson. Von Hamrar in Grímsnes. Er… er ist reich, sie hören auf ihn…«

»Wie?«, fragte Þorsteinn verwundert. »Ach ja?«

»Ja, verstehst du, man hört oft auf alle möglichen Schwachköpfe, ha? Wenn sie reich sind.«

»Ja, ja, ich verstehe… Aber war es ihm zu verdanken, dass man euch verschonte? Die größten Recken aus Sturla Sighvatssons Reihen. Die größten Hau…«

Wollte das denn gar nicht in seinen Schädel rein?! Ich musste ihm das Wort abschneiden.

»Nein, das war bei einer Hochzeit vor vielen Jahren, bei Snorri Sturluson. Viele waren besoffen, und irgendwelche Bauern von Suðurnes wollten Ólafur verprügeln. Wollten ihn einfach ersäufen. Hatten ihm schon die Kleider vom Leib gezerrt und ihn in das heiße Bad gestoßen. Und wir Brüder hatten begonnen, uns zu langweilen, es war nicht viel los dort, und so fingen wir an, uns mit diesen Leuten von Suðurnes zu prügeln, das war ganz lustig…«

»Und Ólafur hat gemeint, das habe ihm das Leben gerettet?«

»Ja, und wie! Es trieb einem die Tränen in die Augen! – Wenn ich euch das irgendwann vergelten kann! Haha!«

»Und dann hat er es euch vergolten, in Örlygsstaðir…«

»Wie?«

»Er hat euch die Lebensrettung in Örlygsstaðir vergolten?«

»Ich weiß nicht. Es macht keinen Spaß, in Schande zu leben. Auf Gnade und Ungnade…«

Wir waren an den See Svínavatn gekommen. Das Wetter war schön und klar, auch wenn mein Sinn trüb war. Dort kam uns ein Mann entgegen, allein, zu Pferd. Þorsteinn sprach ihn an, neugierig auf alle und auf alles. Wer der Mann sei? Er blickte nur mich an, erkannte mich wieder; da fiel mir ein, wer er war, er wurde Jón Gefolgsmann genannt, ist oft zusammen mit Kolbeinn dem Jungen. Schien ein wenig Angst vor mir zu haben. Ich reichte ihm freundschaftlich die Hand, er atmete auf und begann, mit Þorsteinn zu reden, stellte sich vor, sagte, er sei auf dem Weg nach Westen zu den Strandir.

»Unter anderem, um dich zu treffen«, sagte er zu Þorsteinn, »euch, die größeren Bauern.«

»Und was führt dich zu uns, junger Mann?« Þorsteinn richtete sich auf dem Pferd auf, plusterte sich geradezu auf vor Wichtigkeit …

»Gestern kam ein Schiff bei Gásar an Land«, sagte Jón, »mit Isländern an Bord. Unter ihnen Þórður Sighvatsson Kakali.«

Ich sperrte die Ohren auf.

»Was? Þórður Kakali?«

»Þórður Sighvatsson Kakali ist nach Island gekommen und versteckt sich irgendwo.«

»Ich habe ihn nicht gesehen«, sagte Þorsteinn und lachte.

»Nein, aber Kolbeinn der Junge hat uns an alle größeren Bauern ausgeschickt mit dem Befehl, dass man Þórður, wo immer er auftaucht, ergreift und zu Kolbeinn nach Flugumýri bringt, tot oder lebendig.«

Ich wollte Jón am liebsten mit beiden Händen fassen, Genaueres aus ihm herausquetschen – wusste man nicht, wohin Þórður unterwegs war? Und was meinte Kolbeinn damit, tot oder lebendig? Aber ich beherrschte mich, sagte nichts, tat nichts. Das wäre nicht richtig gewesen, und zu kompliziert …

»Þórður ergreifen! Dann weiß ich Bescheid, soll gemacht werden!«, sagte Þorsteinn mit aufgeblähtem Hals, als ob er der Mann wäre, der Þórður festnimmt. »Wir sind selbst gerade auf dem Weg nach Flugumýri zu Kolbeinn, du aber reite nur weiter nach Westen.«

Wir verabschiedeten uns, und Jón Gefolgsmann machte sich wieder auf den Weg; Kolbeinn hatte ihn gut mit Proviant versorgt und ihm zwei Pferde mitgegeben. Er sollte offensichtlich nicht unnötig aufgehalten werden bei dieser Mission.

Aber mir fiel es gar nicht ein, weiter zu Kolbeinn zu reiten, nach dem, was ich da gerade gehört hatte. Auch wenn wir jetzt noch ein Stück weiter ritten. Þorsteinn saß auf seinem Pferd und redete mit geschlossenen Augen vor sich hin, war guter Laune, zerbrach sich den Kopf darüber, wie lange es wohl dauern würde, bis Kolbeinn Þórður in die Finger kriegte, als ob er über den Ausgang eines Pferdekampfes oder eines Wettstreites spekulierte. Aber ich wollte bei diesem Kampf nicht Zuschauer sein. Als ich sah, dass Jón hinter einem Hügel verschwand, ließ ich deshalb mein Pferd langsamer gehen. Als Þorsteinn endlich aus seinem Geschwätz hochschreckte und die Augen öffnete und merkte, dass ich zurückgefallen war, wendete er sein Pferd und sah mich mit großen fragenden Augen an.

Ich wusste nicht, was ich sagen sollte, bedeutete ihm nur, er solle weiterreiten. »Reite weiter, ich komme nach!«

»Soll ich nicht auf dich warten?«

»Nein, äh... ich muss scheißen.«

»Soll ich nicht warten?«

»Nein, ich... ich will dort zum See hinunter...«

»Soll ich mit dir kommen?«

Ich wurde zornig. »Mit mir zum Scheißen?!«, stieß ich hervor.

»Nein«, sagte er und wusste nicht recht, was er von all dem halten sollte, es sei denn, er war schon misstrauisch geworden.

»Ich komme nach«, sagte ich, »reite du weiter!« Ich deutete mit der Hand nach vorn. Er zockelte davon, weiter über die Hochheide, ich aber führte mein Pferd am Zügel zum See hinab. Als Þorsteinn hinter dem Horizont verschwand, stieg ich auf und gab dem Gaul die Sporen. Ich beeilte mich nach Hause zu meinen Brüdern. Wenn Þórður Kakali gekommen war, um uns, die wir in der Schlacht von Örlygsstaðir so schändlich verhöhnt und zugerichtet worden waren, Genugtuung zu verschaffen, dann sollten andere hingehen und inzwischen einen Frieden mit Kolbeinn dem Jungen aushandeln.

Þórður

Nachdem ich versucht hatte, meiner Mutter Mut zuzusprechen, und mich mit dem Versprechen verabschiedet hatte, dass wir uns wiedersehen würden, wandte sich ein alter, einhändiger, gebückter Mann mit einem Pferd am Zügel an mich. Er hielt mir die Zügel hin und sagte: »Das ist ein tüchtiges Pferd.«

Ich blickte dem Alten ins Gesicht. Seine Augen waren kränklich und wässrig, aber es lag erstaunlich viel Härte in seiner Miene, beinahe blanker Hass. Ich sagte, ich würde zusehen, dass das Pferd zurückgebracht wird, sobald ich bei meiner Schwester in Grund sei – wohin sollte ich es bringen?

»Mach dir darüber keine Gedanken, Þórður Kakali. Ich war ein Freund deines seligen Vaters, und man hat mich dafür büßen lassen.«

Er hob, wie zum Beweis, den Handstummel. Ich wollte ihn genauer danach befragen, aber da drückte er mir ungeduldig die Zügel in die Hand, blickte in den Fjord hinein, und ich spürte, dass dies nicht die Zeit zum Plaudern war.

Ich erreichte Grund, hatte aber auf dem ganzen Weg irgendwie das Gefühl, dass mir jemand auf den Fersen sei. Solch einen Schreck hatte mir das Treffen mit meiner Mutter eingejagt, und auch die Angst in den Augen der Menschen, die mir wohl gesonnen waren. Ich trieb das schnelle Tier an – es stimmte, was der alte Mann gesagt hatte, es war ein tüchtiges Pferd. Ständig blickte ich über die Schulter, behielt die Umgebung im Auge. Ich dachte, wenn ich es bis Grund schaffte, wo meine Schwester Sigríður lebt, wäre ich in Sicherheit. Dort auf dem Familiensitz kämen keine Häscher an mich heran.

Als die Leute einen Mann im Galopp auf ihren Hof zusprengen sahen, kamen sie aus dem Haus. Dort stand meine Schwester Sigríður mit zwei stämmigen, misstrauisch blickenden Knechten. Als sie sah, wer ich war, ging sie mir mit einem schüchternen Lächeln entgegen, half mir vom Pferd; dann küsste und umarmte sie mich, blickte sich dabei aber mit ängstlichem, nervösem Gesicht um.

»Wann bist du angekommen?«, fragte sie.

»Gerade erst.«

»Weiß jemand, dass du in Island bist?«

Ich sagte ihr die Wahrheit, dass Kolbeinns Männer wahrscheinlich gerade mit der frohen Botschaft zu ihm unterwegs waren. Für sie war das jedoch kein Grund zu scherzen. Mit derselben harten, ernsten Miene flüsterte sie einem der Knechte, der mich mit feindseligem Ausdruck gemustert hatte, etwas zu. Er verschwand, kam aber bald darauf mit dem Bauern Styrmir, meinem Schwager, zurück.

Ich saß da bereits in der Wohnstube. Man hatte mir in aller Eile Essen vorgesetzt, und ich war dabei, es hinunterzuschlingen. Trotzdem hoffte ich, dass ich mir dann etwas Ruhe gönnen könnte, ich war ausgelaugt von der Seereise und dem Ritt durch den ganzen Eyjafjord, wollte mich am liebsten hinlegen und schlafen. Um dann aufzuwachen und mich über das Wiedersehen mit dem Schauplatz meiner Kindheit zu freuen. Hier waren wir aufgewachsen, die ganze große Geschwisterschar, die sich inzwischen auf so tragische Weise verkleinert hatte. Ich hatte, als ich den Weg zum Hof heraufgestürmt kam, aus dem Augenwinkel so manche Stelle wiedererkannt. Die hätte ich mir jetzt gerne näher angesehen, die Hand über die alten Mauern gleiten lassen, aber so wie ich es verstand, war für dergleichen keine Zeit. Sigríður und Styrmir sagten, ich müsste so schnell wie möglich verschwinden, bei ihnen wäre ich nicht in Sicherheit. Sie hatten nicht einmal die Ruhe, sich zu mir an den Tisch zu setzen, huschten beide aufgeregt herum – sie hatten Wachtposten aufgestellt, um fremde Reiter zu erspähen. Kolbeinn der Junge hätte ohne Zweifel bereits eine Mörderbande auf mich losgehetzt, und es gäbe in Grund nicht genug Männer, sie abzuwehren.

Ich wurde langsam von der Hysterie, die dort auf dem Hof herrschte, angesteckt und versuchte nachzudenken, wohin ich fliehen könnte, wenn ich dort keinen Unterschlupf fände. Sigríður schlug vor, ich sollte versuchen, mich zu unserer Schwester Steinvör und zu Hálfdan nach Keldur in Südisland durchzuschlagen, dort müsste ich vor Kolbeinn sicher sein und könnte vielleicht sogar ein paar Männer um mich sammeln.

»Schade, dass der Junge nicht hier ist«, sagte Sigríður, »ich hätte ihn dir gerne mitgegeben.«

»Welcher Junge?«, fragte ich.

»Unser Sohn Teitur«, sagte sie. »Aber er ist mit einigen Männern zur Insel Grímsey gerudert.«

»Der kleine Teitur!«, sagte ich und musste lachen, trotz all der Unruhe, die in der Luft lag, und obwohl meine Schwester und mein Schwager ständig zwischen Tür und Fenster hin und her rannten, um hinauszuspähen, während ich selbst den Eindruck hatte, es würde mir nie gelingen, meine Schuhbänder zu schnüren.

»Er ist nicht mehr klein!«, sagte Sigríður, und zwar mit einigem Stolz. »Er ist ziemlich groß geworden und hätte eine Hilfe für dich sein können.«

»Ich hätte ihn nur ungern von zu Hause fortziehen lassen. Vor allem wenn die Zeiten wieder unsicher werden sollten, wovor uns Gott behüten möge«, sagte Styrmir. Dann fügte er, wie um es mir zu erklären, hinzu: »Kolbeinn der

Junge hat auf allen Höfen hier in der Gegend seine Männer postiert.«

Sigríður blickte Styrmir mit zornig funkelnden Augen an, ihre Miene war wie versteinert: »Ich hätte Þórður meinen Sohn Teitur als Verstärkung mitgegeben. Gerade weil ich im Augenblick und zu meinem großen Leidwesen nicht in der Lage bin, ihm in dieser Bedrängnis beistehen zu können. Aber wer weiß, vielleicht kommt der Tag noch!«

Styrmir begnügte sich daraufhin damit, mit verärgertem Gesicht etwas in seinen Bart zu murmeln.

In dieser Bedrängnis...

... war ich einen Augenblick später wieder im Sattel. Mit einem der misstrauischen Knechte als Führer und Begleiter an meiner Seite. Ich glaubte allerdings, mich in der Gegend dort recht gut auszukennen und keinen Führer nötig zu haben. Ich hatte das Gefühl, dass er vor allem sicherstellen sollte, dass ich wirklich so schnell und so weit wie möglich fortritt. Als es dann darauf ankam, kannte er aber doch einen selten benutzten Pfad hinauf ins Hochland, den so genannten Nordweg in die Hochlandwüste Sprengisandur, so dass er doch von gewissem Nutzen war...

Bevor wir losritten, hatte ihn der Bauer Styrmir allerdings beiseite nehmen und ihm scharf ins Gewissen reden müssen. Ich hörte den Mann jammern: »Warum schickt man mich mit diesem Todgeweihten?« Aber Styrmir fauchte ihm irgendwelche Drohungen ins Gesicht, so dass der Mann auf mich zuschlurfte und mich, der ich reisefertig auf ihn wartete, mit finsterer Miene fragte: »Bist du endlich fertig?!«

Man hatte uns zusätzlich zu dem Tüchtigen, den ich bei Gásar von dem alten Mann bekommen hatte, noch drei ausgeruhte Pferde mitgegeben. Und reichlich Proviant, geräuchertes Fleisch und getrockneten Fisch, aber ich hatte in all der Eile vergessen, um trockene Überkleider zu bitten. Dann sprengte der Knecht davon, den Berghang hoch, und ich hinter ihm her – ich war jetzt selbst schon schlechter Laune wegen all der überstürzten Hast und des Eindrucks, dass ich im Hause meiner Kindheit, bei meiner guten Schwester Sigríður, einfach nicht willkommen war. Wer würde mich dann aufnehmen?

Aber wir waren noch nicht weit geritten, als der Knecht plötzlich von seinem Pferd sprang und mir mit hastigen Gesten deutlich machte, ich solle das gleiche tun. Wir führten unsere Pferde in aller Eile in eine mit Büschen bewachsene Schlucht und warfen uns spähend zu Boden.

Und tatsächlich. Da ritt ein Trupp von Männern in gestrecktem Galopp ins Tal hinein. Man sah ihre Waffen und Schilde blitzen. Es waren mindestens dreißig Mann, und sie schlugen die Richtung nach Grund ein.

Wilder Zorn flammte in mir auf, und zugleich hatte ich beinah Tränen in den Augen – mir kam das alles so absurd vor. Ein so großes Missverständnis. Es hätte nicht viel gefehlt, und ich wäre aufgesprungen und auf diese Männer zugeeilt, um ihnen Aug' in Auge gegenüberzutreten und sie zu fragen, ob sie denn wirklich meinten, ich hätte mir ihnen gegenüber etwas zu Schulden kommen lassen. Aber der Knecht, der mich begleitete, war so außer sich vor Angst, dass das zum Glück nicht in Frage kam. »Lass dich um Gottes willen von keinem sehen«, flüsterte er und hätte beinahe zu schluchzen angefangen. Als die Reiter hinter einem Hügel verschwunden waren, sprangen wir wieder in die Sättel und gelangten unbemerkt über die Vaðlaheide in das Tal Fnjóskadalur hinab. Von dort ritten wir das Tal Bleiksmýrardalur hoch, wo der Nordweg auf den Sprengisandur führt…

Spät am Abend, als wir schon weit von bewohntem Gebiet entfernt und abseits aller vielbenutzten Wege waren, begann sich der Knecht endlich zu beruhigen. Es gelang mir sogar, ihm seinen Namen zu entlocken. »Hámundur Þorsteinsson«, antwortete er und blickte sich, dort in der Wüste, sogleich nervös in alle Richtungen um, als ob er befürchtete, sich nun doch verraten zu haben.

Ich kann nicht behaupten, dass mir seine Begleitung besonderes Vergnügen machte, schließlich war er ein ausgesprochen widerlicher und verstockter Kerl. Sobald sein Entsetzen darüber, dass wir Rast machten, nachgelassen hatte, verfiel er wieder in seine missmutige Stimmung.

Trotzdem war ich, so wie die Dinge standen, froh, überhaupt einen Begleiter zu haben, schon allein, weil ich diesen Weg quer durch das Hochland nicht kannte. Das waren, wenn ich es recht verstand, mindestens drei anstrengende Tagesritte. Über dem Hochland lag Nebel, der sich bei Nacht in einen scheußlichen Regen mit Windböen verwandelte – ich wurde bis auf die Haut nass. Es schien, dass Hámundur Þorsteinsson mich für dieses Wetter verantwortlich machte. Er fluchte in regelmäßigen Abständen laut und inbrünstig darüber und blickte mich danach jedes Mal bitter an. Für ihn war alles eine »gottverdammte Hölle«. »Scheißwetter hier in dieser gottverdammten Hölle«, wiederholte er immer wieder und achtete darauf, dass ich seine Worte nicht überhörte. »Man verirrt sich noch in dieser gottverdammten Hölle«, sagte er ebenfalls einige Male. Dem konnte ich tatsächlich nicht widersprechen, denn ohne ihn hätte ich mich gewiss verirrt. »Warum lässt man sich bloß in so eine gottverdammte Hölle hetzen?!«, jammerte er, während wir aßen. Und als wir uns spätabends hinlegten, wünschte er nicht einmal eine gute Nacht, sondern knurrte nur ein paar Mal lang und heftig in sich hinein. Er hatte offenbar so richtig die Schnauze voll von diesem ganzen Ritt und seinem Reisegefährten…

Ich war den Mann ebenfalls so gründlich leid, dass ich beschloss, ihn von nun an nicht mehr anzusprechen – mal sehen, wie lange er mein Schweigen ertragen würde. Ich hätte ihm am liebsten eine Tracht Prügel verpasst und ihn nach Hause gejagt, wenn ich ihn nicht gebraucht hätte. Den ganzen nächsten Tag lang ritten wir schweigend dahin und machten nur Rast, um schweigend zu essen. Er blickte mich manchmal an, als ob er damit rechne, dass mir etwas auf dem Herzen läge, aber ich tat, als ob ich ihn nicht sähe. Als wir am dritten Tag die grünen Ebenen des Südlandes in der Ferne vor uns liegen sahen, hatte er endlich aufgehört, in sich hinein zu murmeln. Er war offensichtlich dabei, zu überlegen, auf welche Weise er das Schweigen brechen könnte. Und als wir an einem Bach Rast machten, verfiel er auf die Idee, einen Trinkbecher zu füllen und ihn mir zu reichen. Wir waren abgestiegen, um die Pferde nach dem langen Ritt über Schotter und schwarzen Sand eine Zeitlang an dem grünen Ufer weiden zu lassen. Und während ich aus dem Becher, den ich wortlos entgegennahm, trank, räusperte er sich einige Male und sagte dann: »Das war schlimm, wie es deinem Vater und allen deinen Brüdern erging.«

»Ja, das war es.«

»Aber man kann sagen, dass seitdem wenigstens Ruhe herrscht.«

Ich beschloss, nicht darauf zu antworten, es ihm nicht auf die schlechteste Weise auszulegen…

Er grübelte offensichtlich über etwas nach, das er hätte hinzufügen können, oder suchte vielleicht nach geeigneten Worten für seine Gedanken. Endlich blickte er mich an, und es schien fast, als ob er sich darüber freute: »Aber für dich sieht es nicht gut aus.«

»So?«

»Nein, für dich sieht es wirklich nicht gut aus. Ich hoffe nur, dass sie nicht kommen, um dich umzubringen, solange ich noch bei dir bin.«

»Dann verschwinde«, sagte ich. »Los, scher dich zum Teufel und nach Hause.«

Er blickte mich zweifelnd, fast verblüfft an, öffnete den

Mund, sagte aber nichts. Dann lief er los, holte sein Pferd, griff ein zweites am Zügel, sprang in den Sattel und eilte, ohne sich ein einziges Mal umzudrehen, nach Norden davon, bis ich ihn endlich in der Sandwüste aus den Augen verlor.

Hálfdan von Keldur

Es waren so unsichere Zeiten damals, dass mir, schon einige Zeit bevor Þórður vor das Haus geritten kam, die Nachricht zugetragen wurde: Ein Mann, allein, groß und von kriegerischem Aussehen, käme mit einem zweiten Pferd am Zügel vom Hochland herabgeritten und nähere sich den Höfen hier im Tiefland. Das war natürlich einer dieser »heldenmütigen« – um nicht zu sagen: blind ins Verderben rennenden – Sturlungen, mein Schwager Kakali. Scheinbar der Einzige, den die Mächtigen des Landes in Wahrheit zu fürchten hatten. Þórður Kakali zeigte natürlich nicht das geringste Anzeichen von Furcht. Er ging ein gutes Stück zu Fuß, führte die Pferde am Zügel hinter sich her, als ob er zu seinem Vergnügen unterwegs wäre, allein und leicht bewaffnet.

Welch ein Irrwitz, welch ein Leichtsinn! Und ganz in der Art von anderen Mitgliedern dieser Familie.

Aber so war das damals. Die Leute stürzten sich blind und gedankenlos in Schlachten und Kriegszüge, ohne dass ihnen je in den Sinn gekommen wäre, es könnte ihnen dabei selbst an den Kragen gehen. Ich sage das natürlich vor niemandem laut, denn ich kann mir vorstellen, welche Szene mir Steinvör, mein liebes Weib, machen würde, wenn ihr so etwas zu Ohren käme – aber ehrlich gesagt bin ich trotzdem der Meinung, dass ihr Bruder Sturla nur das bekam, was er für seinen Hochmut und seine ganze Hemmungslosigkeit verdient hatte. Oder wie die Alten sagten: Wer andere mit Feuer und Schwert angreift, wird zuletzt selbst mit Feuer und Schwert angegriffen.

Bei uns hier im Süden war die Lage so, dass die Haukdælingar, Gissur Þorvaldsson und seine Leute, von Rechts wegen nur westlich des Flusses Þjórsá zu bestimmen hatten, aber praktisch das ganze Gebiet südlich des Hochlandes regierten – die Leute hatten zu tun und zu lassen, was sie wollten. Und wenn ihnen Soldaten fehlten, um weit entfernte Bezirke zu überfallen, dann wurden wir Bauern von Rangárvellir erbarmungslos zu den Waffen gerufen – mit allen dazugehörigen Unannehmlichkeiten für Haus und Hof. Und man kann sagen, dass Kolbeinn und Gissur nach der Schlacht von Örlygsstaðir, in der die Macht der Sturlungen vernichtet wurde, das Land buchstäblich unter sich aufteilten. Jetzt war Gissur allerdings außer Landes, er wollte angeblich im Auftrag der beiden beim König vorsprechen und hat inzwischen Hjalti Magnússon als Verwalter über sein Herrschaftsgebiet im Süden eingesetzt. Dieser Hjalti schien mir zwar kaum ein Krieger vom Schlage Gissurs zu sein, aber hinter ihm stand Kolbeinn, immer bereit, wenn nötig, einzugreifen. Und einen listigeren und grausameren Mann als Kolbeinn den Jungen findet man im ganzen Land nicht. Wir Bauern wagten kaum daran zu denken, dass vielleicht etwas passieren könnte, das Kolbeinn mit seiner blutrünstigen Schar von Menschenschindern aus dem Skagafjord nach Süden kommen ließe.

Und dann war mein Schwager Þórður Kakali vor meinem Haus aufgetaucht. Er führte seine Mähren ohne ein Wort auf meine Weide und stand einfach da, voller Narben und ein wenig aufgedunsen im Gesicht, wie nach langem Saufen, aber mit einem Grinsen von einem Ohr zum anderen, ganz so, als könne ihm und seinen Leuten nicht Böses widerfahren. Wir hatten in der Wohnstube noch nicht lange miteinander gesprochen, als es mir auch schon gelang, aus ihm herauszulocken, was ich befürchtet hatte: dass er sich sehr wohl vorstellen könne, eine bewaffnete Schar von Männern um sich zu sammeln, um den mächtigsten Sippenoberhäuptern im Lande die Stirn zu bieten.

Die machen keine halben Sachen, diese Sturlungen.

»Und wie viele Männer hast du schon beisammen?«, fragte ich.

»Noch keinen«, antwortete er und grinste. »Ich wende mich natürlich als Erstes an dich, lieber Schwager.«

Als Erstes an mich...?! Das war ja noch hirnverbrannter, als ich mir je hätte träumen lassen.

Aber ich räusperte mich und versuchte, mir nichts anmerken zu lassen: »Ich kann mir vorstellen, dass die Leute im Eyjafjord ganz verrückt danach sind, sich um dich zu scharen, um den Sohn des Goden Sighvatur. Seine geliebten Untertanen und Gefolgsmänner.«

»Das sind sie zweifellos«, sagte Þórður, »das sind sie zweifellos. Aber sie trauen sich nicht einmal, den kleinen Finger zu rühren, aus Angst vor Kolbeinn dem Jungen.«

»Aber du erwartest, dass ich hier aufstehe und meinen Hof im Stich lasse, mitten im Herrschaftsgebiet von Gissur Þorvaldsson?«

»Er ist nicht einmal im Lande«, sagte Þórður und wischte meine Bedenken mit einer nachlässigen Handbewegung vom Tisch. Als ob das die Hauptsache wäre! Ob Gissur im Lande ist oder nicht!

Da kam meine Steinvör in die Stube. Ich hatte gehofft, es würde mir, bevor sie käme, gelingen, Þórður zur Vernunft zu bringen, ihm klar zu machen, wie die Situation im Land wirklich war. Aber mit Steinvör als Zuhörerin war das so gut wie unmöglich. Ich beschloss, es dennoch zu versuchen.

»Dein Bruder Sturla, dein Vater Sighvatur und deine anderen Brüder hatten fast zweitausend bewaffnete Männer zu befehligen. Und sie waren noch dazu die Alleinherrscher über gut die Hälfte des Landes. Dennoch hat es nicht gereicht.

Im Handumdrehen hatten Kolbeinn der Junge und Gissur ein noch größeres Heer aufgestellt. Und so kam es, wie es kam. Man braucht diese schreckliche Tragödie gar nicht weiter in allen Einzelheiten auszuführen. In Anbetracht dessen sehe ich uns beide, dich und mich, einer solchen Übermacht kaum gewachsen, auch wenn wir Schwager Seite an Seite kämpfen.«

Þórður kicherte, er hörte die Ironie in meiner Stimme. Aber meine gute Steinvör, meine schlanke, schöne Ehefrau, die ich so sehr liebe, sie verstand die Ironie nicht. Sie war, wie ihr seliger Bruder Sturla, unempfänglich für Anspielungen und Doppeldeutigkeiten. Dafür stets direkt und unverblümt in ihrer Rede. Jetzt ergriff sie das Wort, und zwar mit beiden Händen…

Þórður

Ich war dort plötzlich zwischen die Fronten eines Ehestreits geraten – es gibt kaum etwas, das mit mehr Bitterkeit, mit traurigeren und schmerzlicheren Empfindungen verbunden ist als ein Kampf dieser Art.

Allerdings konnte ich nicht umhin, meine Schwester Steinvör, diese Heldin, dieses Kraftweib, für ihre Redegewandtheit und ihre Wortgewalt zu bewundern, als sie anfing, ihrem Ehemann die Leviten zu lesen und ihm allerhand Vorwürfe an den Kopf zu schleudern. Sie sagte, »jedem alten Weib« wäre es eher zuzutrauen als ihm, ihren Vater und ihre Brüder zu rächen. Und nachdem sie ihren Zorn eine Weile um diesen Gedanken hatte kreisen lassen, sprang sie plötzlich auf und wollte selbst die Waffen holen, rief zur Tür hinaus, die Knechte sollten ihr Reitzeug bereithalten und die Pferde satteln, es sei schon lange an der Zeit, aufzubrechen und ein Heer zu sammeln. »Irgendjemand muss sich ja gegen den Abscheu der Kapitulation erheben. Wo bleibst du noch, Þórður?!«

»Nur mit der Ruhe«, sagte ich, denn ich wollte die Sache noch etwas ausführlicher mit Hálfdan und mit ihr besprechen. Aber das war nicht das, was meine Schwester hören wollte. Sie sagte, die Leute seien lange genug ruhig gewesen – und nicht nur ruhig, sondern geradezu wie blinde Schafe. Ihre Verwandten und sie selbst hätten zugesehen, wie diese Mörderbande, diese Verbrecher Gissur und Kolbeinn, nach und nach die ganze Sippe ausgerottet hatten. »Sie erschlagen ein Familienoberhaupt nach dem anderen, so dass nur noch Weiber und Halbwüchsige übrig sind und Männer mit Hasenherzen und vielleicht noch irgendwelche Dichterschädel im Westen, die sich nur hinterm Ohr kratzen und zum Himmel gaffen, als ob von dort Rache oder Genugtuung zu erwarten wäre. Unsere Mutter hat völlig den Verstand verloren, eine gebeugte und gebrochene Frau. Sie streunt rastlos umher, wie ein Bettelweib. Wir müssen einfach etwas unternehmen, verstehst du das, Þórður, und wenn es nur um ihretwillen ist, um unserer Mutter willen!«

»Da hast du natürlich völlig recht«, stammelte ich.

Aber sie hörte nicht zu, sondern war schon wieder aufgesprungen und sagte, sie wolle sich jetzt sofort rüsten und bewaffnen. »Wo bleibst du noch, Þórður?!«, wiederholte sie, ließ es dann aber doch fürs Erste dabei bewenden, aus der Stube zu stürmen, um bald darauf mit einem Schlüssel zurückzukommen, ihn Hálfdan hinzuwerfen und zu sagen: »Da hast du den Schlüssel zur Vorratskammer!« Wenn sie es übernehmen musste, der Herr im Haus zu sein, weil es sonst ja keiner tat, dann musste er sich eben um die Angelegenheiten der Hausfrau kümmern. Sie war so in Rage, dass sie wieder aus der Stube stürmte und man eine Weile nichts hörte außer ihren lauten Rufen aus den entferntesten Winkeln des Hauses. Während wir in bedrückendem Schweigen in der Stube saßen, merkten wir, wie der Wortschwall wieder näher kam. Und dann stürzte sie herein, die Arme mit Kleidern beladen, genauer gesagt mit ihren Festtagskleidern, seidenen Kopftüchern und Leinenschürzen. All das warf sie ihrem Mann Hálfdan ins Gesicht und rief: »Hier, das sind die passenden Kleider für solche Männer!«

Und da brachte Hálfdan endlich doch ein Wort heraus. Er sagte: »Was denn, was denn?« Und nochmal: »Was denn, Steinvör, was denn?!« Zu mehr reichten seine Redekunst und sein Wortschatz nicht gegen das Zetermaul meiner Schwester, dieser tapferen und unbeugsamen Kämpferin. »Was denn, was denn?«, wiederholte er, während er sich die Kleider meiner Schwester vom Kopf räumte, bis an die Glatze hochrot im Gesicht und ansonsten völlig sprachlos.

Und wenn ich es bisher noch nicht begriffen hatte, wie Recht Hálfdan in Bezug auf meine hoffnungslose und absurde Lage hatte, dann wurde es mir während der furiosen Rede meiner Schwester Steinvör klar. Wie inhaltsleer solch große Worte in Wirklichkeit doch waren. Sie erinnerte mich sehr an unseren seligen Bruder Sturla, wie sie so da stand, groß und würdig und weit über solche erdverbundenen Durchschnittsmenschen wie ihren Mann Hálfdan erhaben. Aber waren es nicht gerade diese erdverbundenen Durchschnittsmenschen, die zum Schluss immer den Sieg davontrugen? Hálfdan von Keldur, Gissur Þorvaldsson…

Die Szene endete genauso wie andere Ehekräche auch, mit tränenverschwollenen Augen und bitteren Mienen. Meine Schwester Steinvör brach in keinen Krieg auf, sie hatte ja auch niemals in einen aufbrechen wollen, dazu war sie nicht dumm genug, im Gegenteil. Ich fühlte mich hingegen immer mehr wie ein Idiot, weil ich hierher gekommen war und all das angezettelt hatte. Ich stand da wie ein Dummkopf, der gegen eine hoffnungslose Übermacht in den Kampf ziehen will. Es war ein bedrückendes Schweigen, in dem ich mich am Abend zur Ruhe legte. Zugegebenermaßen eine trockene und saubere Ruhe in einem warmen Haus, und das allein war in meiner Situation schon eine positive Abwechslung – abgesehen davon gab es meiner Lage aber nichts Positives abzugewinnen, so viel lag auf der Hand. Ich war allein, umzingelt von einer Übermacht, die es so schnell wie möglich hinter sich bringen wollte, mich aus dem Weg zu räumen, mich am liebsten wie einen Wurm zu zertreten und im selben Augenblick schon zu vergessen. – Ich selbst wusste noch nicht einmal, was ich vorhatte! Ich hatte es versäumt, diesen Gedanken zu Ende zu denken… Hätte ich irgendeinen Fluchtweg aus diesem Feindesland gesehen, ich wäre noch am selben Abend aufgebrochen, wäre aus diesem sauberen, weichen Bett gesprungen und hätte mich aus dem Staub gemacht.

Vielleicht wäre es das Nächstliegende gewesen, mich zu besaufen. Das war der Ausweg, den ich oft aus allem möglichen Schlamassel und mancher Notlage gefunden hatte. Ich hatte irgendwie erwartet, dieser Abend würde damit enden, dass Hálfdan seinen reichlichen Trinkvorrat dezimierte, denn er und seine Frau waren für ihre Gastfreundschaft und dafür bekannt, dass sie niemals bei ihren Gästen am Trunk sparten. Aber so wie sich dieser Abend entwickelte, wurde daraus natürlich nichts. Auf der anderen Seite hatte ich – warum auch immer – gar keine Lust zum Trinken, und das war tatsächlich eine Abwechslung. Irgendwie hatte mich die Nachricht von der Ausrottung meiner Familie in Trondheim gründlich ernüchtert. Ich spürte, dass ich keine Lust mehr zum Trinken bekommen würde, bevor ich nicht irgendeine Ordnung in meine Angelegenheiten gebracht, irgendeine endgültige Lösung gefunden hätte. Das brachte immerhin den Vorteil mit sich, dass ich, wenn man mich auch aller Voraussicht nach umbringen würde, nicht besoffen verreckte, wie ein Lump…

Kolbeinn der Junge

Nun, man verglich mich also mit Heerführern und Fürsten. Es kommt schon vor, dass ich mich am Abend manchmal ein wenig stolz darauf zur Ruhe lege, bewaffnete Männer zu befehligen und sie hierhin und dahin schicken zu können. Das sind ja keine Memmen, die hierzulande das Sagen haben, denke ich dann und zwirbele mir den Bart nach der Art der vornehmen Herren hoch.

Ansonsten könnte man manchmal vor Wut darüber zerspringen, wie unsäglich tölpelhaft und dumm eben diese bewaffneten Männer sind, die man zu befehligen hat. Wie sie sich immer wieder als völlig untauglich erweisen, wenn man nicht ständig ein Auge auf sie hat und jeden ihrer Handgriffe und Schritte überwacht. Hätte ich Verliese und tiefe Keller, ich könnte sie zweifellos mit Männern füllen, die sich der Nachlässigkeit und Feigheit schuldig gemacht haben. – Aber dann kann man eigentlich doch nur wieder lachen. Denn es gibt ja keine Keller und Verliese und kein Schloss, wie es auch keine Soldaten und keinen Fürsten gibt. Wir sind bloß, was wir sind: Bauern. Jeder mit sich selbst beschäftigt. Und vielleicht bin ich der Dümmste von allen, weil ich überhaupt auf die Idee komme, dass dieses Pack zu irgendetwas taugt, aber das tut es natürlich nicht, wie sich herausstellte, als Þórður Kakali hier im Eyjafjord an Land ging, als ob er ein Fürst oder großer Mann wäre und ein willkommener Gast in jedem Haus.

Doch, doch, sie waren schon zur Stelle, die Männer, die ich als Wachtposten und als Späher ausgesandt hatte. Und sie sahen ihn kommen, und sie sahen, dass er allein war – und verfielen da sogleich auf die geniale Idee, über das Gebirge zu mir zu reiten, um mir die Nachricht zu überbringen!

»Kolbeinn, er ist da.«

Wenn Þórður auf einem eigenen Schiff gekommen wäre, vielleicht mit einer Schar bewaffneter Männer bei sich, oder sich irgendwo bei Nacht wie ein Dieb an Land geschlichen hätte, auf einer felsigen Halbinsel oder in einer abgeschiedenen Bucht, dann hätte man verstehen können, dass das gewisse Schwierigkeiten bereitete. Aber es war ja nichts dergleichen. Er war allein gewesen, als Passagier von norwegischen Kaufleuten, die alljährlich hierher kommen und immer an die gleiche Stelle, nach Gásar im Eyjafjord. Das ist nicht gerade der am seltensten angesteuerte Hafen des Landes.

Der Kakali watet an Land, begrüßt seine Leute und trollt sich dann davon.

Und meine Leute, die dort warten? Anstatt das zu tun, was ihnen aufgetragen war, gafften sie den Mann nur an, diesen einen leicht bewaffneten, von der Seereise noch schwankenden Mann – und gaben ihren Pferden die Sporen. Sie ritten über Berg und Tal den ganzen Weg bis hierher in den Skagafjord, um mir die Nachricht überbringen zu können: »Er ist da, er ist da!«

»Nun, wo ist er? Lebt er, oder ist er tot? Zeigt ihn mir sofort.«

»Nein, er ging davon«, sagten sie. Mit fassungslos erstaunten Gesichtern, wie ein Kind, das seinen Schnuller auf den Boden wirft und dann sagt: »Plumps.«

Es fiel mir nicht ganz leicht, die Fassung zu behalten. Ich musste verbissen grinsen, damit man nicht sah, dass ich vor Zorn fast platzte. So ruhig wie möglich sagte ich:

»Und, wollte er denn nicht mit euch kommen?«

Wahrscheinlich haben sie den Spott in meiner Stimme gemerkt, obwohl es nur Stallknechte waren, denn sie machten lange, verärgerte Gesichter und begannen, unruhig von einem Bein aufs andere zu treten.

»Ich hatte aber doch davon gesprochen, dass man ihn mir sofort bringen soll, entweder tot oder gefesselt und gebunden. Oder hatte ich vergessen, das euch gegenüber zu erwähnen?«

»Nein«, sagte der eine von ihnen und scharrte mit dem Fuß in der Erde. Sie machten so hilflose, beschämte Gesichter, dass ich noch breiter grinsen musste, um nicht die Beherrschung zu verlieren.

»Waren das sehr komplizierte Befehle? Es ist ja schließlich nicht so, wie ein Mädchen zum Tanz zu bitten. Ihr solltet euch nicht vor ihm verneigen.«

Sie hatten jetzt beide angefangen, mit den Füßen in der Erde zu scharren, und endlich fasste sich einer ein Herz: »Er war ja nicht allein dort.«

»Wie? War jemand bei ihm?«

»Ja, ja«, sagten sie.

»Und? Wer war das?«

»Also … also, seine Mutter war dort!«

Da war es vorbei mit meinem aufgesetzten Grinsen. Ich stürmte ins Haus und befahl den Knechten, die beiden zu fesseln und über Nacht in den Ziegenstall zu werfen.

»Seine Mutter war dort!«

Ich werde sie morgen freilassen. Es hat keinen Zweck, sich an diesen Idioten zu rächen. Sie können wahrscheinlich vor Angst nicht schlafen, da draußen im Ziegenstall. Aber auch ich spüre, dass es mir schwer fallen wird, Schlaf zu finden, bis ich den Kakali zu fassen gekriegt, ihn aus dem Weg geräumt habe – er soll mir nicht gefährlich werden können, aber er raubt mir doch den Schlaf, wie eine Laus, die einen bei der Nacht zwickt.

Þórður

Ich blieb die beiden nächsten Nächte in Keldur und versuchte zu überlegen, was zu tun sei. Zunächst sprachen die Eheleute kein Wort miteinander, und es herrschte eine düstere Stimmung im Haus. Hálfdan war verstockt und wich mir aus, aber ich erwischte ihn doch irgendwo draußen zwischen Hof und Ställen und sagte ihm unter vier Augen, dass ich keinen Groll gegen ihn hege, ich könne ihn sogar sehr gut verstehen.

Darüber war er offensichtlich erleichtert, und es löste seine Zunge. »Es ist nicht so, dass ich dir nicht helfen will, Þórður«, sagte er.

»Nein, ich weiß«, sagte ich, »aber du bist in einer schwierigen Lage.«

Er überlegte. Wollte mir offensichtlich zugestehen, dass auch mein Standpunkt etwas für sich hatte.

»Wenn es dir gelänge, die Unterstützung irgendwelcher bedeutenden Männer in den Westfjorden oder in Dalir zu gewinnen«, sagte er, »und wenn du mit ihrer Hilfe einen Prozess vor dem Thing anstrengen würdest, um den Besitz deines Vaters zurückzuerhalten, dann würde ich dir nicht im Weg stehen.«

Und jetzt begannen Hálfdans Augen zu leuchten, es war, als ob ihm plötzlich eine Idee gekommen wäre.

»Wenn du es schaffst, deine Klage gegen Kolbeinn so zu führen, dass ihr Geschwister euer rechtmäßiges Erbteil bekommt, dann werde ich gewiss nicht tatenlos zusehen.«

Er war fast ein wenig hitzig geworden.

»Nein, es ist wohl am besten, wenn ich versuche, einen Platz auf einem Schiff zu finden, und ins Ausland segle«, sagte ich. »Alles andere würde nur bedeuten, blind ins eigene Verderben zu rennen, wie du gesagt hast.«

»Ja, da hast du wahrscheinlich Recht«, sagte er, und seine Miene wurde wieder bedrückt.

Aber auch meine Schwester Steinvör schreckte aus ihrer Trübsal hoch, als sie merkte, dass ich im Aufbruch begriffen war. Ich hatte vor, nach Westen zu gehen. Sie ließ unserem Bruder Tumi, der sich irgendwo im Südland aufhielt, eine Nachricht zukommen, und Tumi tauchte am nächsten Tag auf – mit zwei Männern an seiner Seite, alle drei bewaffnet: einer mit einem verrosteten Speer, der andere mit Schild und Holzaxt, und Tumi selbst trug einen zerbeulten Brustpanzer und einen Helm und ein Schwert an seiner Seite. Diese Männer waren also zu allem bereit...

Ich wusste nicht, was ich von meinem Bruder Tumi halten sollte. Er war kleiner und schmäler als wir anderen Geschwister und hatte das zu spüren bekommen – als Kind war er oft verspottet und verhöhnt worden. Daraufhin hatte er stets mächtig zu heulen angefangen und versucht, sich mit Beißen und Kratzen zu wehren, wie es eben die tun, die mehr Willen als Kraft zum Raufen haben. Aber jetzt glühten seine Augen, glühten vor Eifer, wie ich ihn so oft gesehen hatte in diesen Augen, die ständig flackerten, stets auf der Flucht vor dem Blick eines anderen. Er kam herein und konnte nicht stillsitzen, wollte am liebsten sofort aufbrechen, ohne allerdings selbst einen Plan zu haben. Er wollte einfach nur los, ohne irgendein bestimmtes Ziel.

Das war dann also meine Mannschaft: Tumi und seine zwei Gefolgsmänner, die allerdings keinen besonders kriegerischen Eindruck machten, so auf den ersten Blick... An dem einen schien zwar alles halbwegs in Ordnung zu sein, bis ich ihn ansprach; da schwoll er im ganzen Gesicht an, verdrehte die Augen und presste irgendwelche unverständlichen Laute hervor.

»Kolbeinn der Junge ließ ihm nach der Schlacht von Örlygsstaðir die Zunge abschneiden!«, sagte der andere Begleiter, dem selbst die rechte Hand fehlte.

»Und dich haben sie so zugerichtet?«, sagte ich und zeigte auf den Stummel.

»Du solltest sehen, wie dieser Mann mit Steinen wirft!«, mischte sich Tumi voll Eifer ein – er hatte vielleicht das Gefühl, dass das Augenmerk zu sehr auf die Mängel dieses Heeres gelegt wurde. Tumi war so enthusiastisch, dass er verlangte, wir müssten auf der Stelle ins Freie gehen, damit der Einhändige seine Wurffähigkeiten unter Beweis stellte. So standen wir nach kurzer Zeit mit einem Haufen Steinbrocken hinter dem Stall. Tumi nahm seinen Helm ab und setzte ihn auf einen Zaunpfahl. Dann bekam der Einhändige das Zeichen, er solle werfen. Und ich muss gestehen, eine solche Wurfkraft und Treffsicherheit habe ich noch nirgendwo gesehen. Er schleuderte unter Verrenkungen und Schwüngen aller Art die Steine mit der linken Hand. Einer nach dem anderen donnerten sie auf den Helm, der zuletzt unter der Wucht eines Wurfes in hohem Bogen durch die Luft davonflog.

Tumi lief hin, holte den Helm und zeigte ihn mir, und ich konnte nicht anders als lachen bei dem Gedanken an den Kopf, den dieses rundum zerbeulte Ding hätte schützen sollen. Wir standen da und lachten alle, und sogar der Zungenlose gurgelte aufgeregt mit. Ich zeigte auf ihn: »Und dieser da, hat er auch irgendwelche besonderen Fähigkeiten?«

Tumi zitterte am ganzen Körper vor Anspannung, als er versuchte, sich eine Antwort einfallen zu lassen, dann sagte er mit einigem Stolz und voller Überzeugung – und meinte das nicht im Spaß, denn das war niemals seine Art gewesen: »Er ist die Verschwiegenheit in Person.«

Wir beschlossen, gleich am nächsten Morgen nach Westen aufzubrechen. Ich glaubte, es könne wohl kaum schaden, unsere Verwandten dort aufzusuchen, auch wenn Steinvör meinte, dort gäbe es nur »Dichterschädel, die sich hinterm Ohr kratzen und zum Himmel gaffen«. Insgeheim war ich nach wie vor der Meinung, dass es das Beste wäre, mich so schnell wie möglich aus dem Staub zu machen; so weit fort wie möglich von diesem ganzen wahnwitzigen Irrsinn. Aber mittlerweile war klar, dass ich es nicht schaffen würde, Island vor dem Herbst zu verlassen. Ich musste warten, bis im nächsten Sommer die Schiffe wiederkämen, und daher war es vernünftiger, sich einen sichereren Ort zum Überwintern zu suchen, als hier im Südland auszuharren, mitten im Hoheitsgebiet der Feinde. Es stellte sich auch heraus, dass Tumi schon vor der Nachricht unserer Schwester Wind von meiner Ankunft bekommen hatte, und es war nur zu wahrscheinlich, dass auch andere, mir weniger gewogene Menschen ebenfalls davon erfahren würden oder es bereits getan hatten. Steinvör beschloss, uns zwei stämmige Kerle aus den Reihen ihrer Knechte als Verstärkung mitzugeben, und so war ich schon ein wenig zuversichtlicher, als ich mich an jenem Abend zur Ruhe legte.

Und die guten Nachrichten nahmen gar kein Ende. Ich wurde in der Nacht von Hufgetrappel und Waffengeklirr vor dem Haus aus dem Schlaf gerissen. Als ich der Sache auf den Grund ging, stellte sich heraus, dass das nicht etwa meine Feinde waren, um mich aus dem Bett zu zerren – wie man am ehesten hätte erwarten können –, sondern mein Neffe Teitur Styrmisson, der Sohn meiner Schwester Sigríður aus Grund. »Der Junge«, der auf der Insel Grímsey gewesen war, als ich im Eyjafjord angekommen war. Und es stimmte, was meine Schwester gesagt hatte, dass er kein Junge mehr war, sondern ein Bild von einem jungen Recken. Und er hatte vier Männer aus dem Norden mitgebracht, allesamt bis an die Zähne bewaffnet.

So hatte ich einen recht ansehnlichen Trupp um mich, als ich mich am nächsten Morgen von Steinvör und Hálfdan verabschiedete und nach Westen losritt. Wir wählten Hochlandpässe und Pfade durchs Gebirge, denn ich wollte es bis zu meinem Vetter Sturla Þórðarson und anderen Großbauern dort im Westen schaffen, ohne vorher meinen Feinden zu begegnen.

Tumi

Das sind ja keine Männer, die Þórður hat, außer vielleicht die zwei von unserer Schwester Steinvör. Und wie er sich aufbläht, unser Neffe Teitur, weil er eine so tiefe Stimme bekommen hat. Wie ein Kind, das so tut, als wäre es ein Mann. Er ist ja fast ein wenig lächerlich, noch nicht ganz trocken hinter den Ohren und viel jünger als ich. Ich hoffe nur, er ist nicht so dumm, sich groß aufzuspielen, ich könnte sonst gezwungen sein, ihn darauf hinzuweisen, wer ich bin. Trotz allem Tumi Sighvatsson! Von unseren Männern taugen noch am ehesten die, die ich mitgebracht habe. Sie gehorchen mir. Das haben sie gelernt, seit sie letzten Winter wimmernd und hilflos zu mir gekrochen kamen und Rache verlangten – bereit, ihr Leben zu opfern, was auch käme, wenn sie nur Rache nehmen könnten. Sie gehorchen mir. Es ist daher am besten, wenn ich der Anführer bin. Ich hätte natürlich schon lange etwas unternommen, versucht, mein Erbe einzufordern und so, wenn ich nicht ganz alleine dagestanden hätte. Warum hat Þórður so lange gebraucht, um sich nach Hause zu trollen? In Norwegen schlug er die Zeit doch bloß mit Bier und Weibern tot, wie alle erzählen. Aber es ist natürlich gut, ihn zu haben, er ist stark. Er ist schon immer ein halber Wilder gewesen – Papa hat manchmal gesagt, dass aus Þórður sehr wohl etwas hätte werden können, wenn er nicht so leichtfertig und unberechenbar gewesen wäre und nicht dauernd von dieser angeblichen Bevorzugung Sturlas geschwafelt hätte.

Nun ja, Sturla ist uns jedenfalls nicht mehr im Weg… Aber es ist doch das Beste, wenn ich die Sache jetzt in die Hand nehme. Obwohl es nicht schlecht ist, dass Þórður da ist, besonders wenn es dazu kommt, dass wir uns schlagen müssen. Das ist ja angeblich auch das Einzige, was er in Norwegen wirklich gelernt hat…

Þórður

Und so war ich nach Dalir gekommen, in die ursprüngliche Heimat unserer Sippe. Hier hatten meine Vorväter seit den ersten Tagen der Besiedelung in Reichtum und Überfluss gelebt. Hier hatte alles Unheil seinen Anfang genommen …

Unsere Stammmutter, Unnur die Tiefsinnige, hatte hier Land genommen und den Hof Hvammur errichten lassen. Dort befand sich der alte Familiensitz. Dort hatte mein Großvater Sturla gewohnt und seine drei – wie die meisten fanden – anmaßenden und aufrührerischen Söhne großgezogen: Þórður, meinen Vater Sighvatur und den Dichter Snorri. Jetzt lebt in Hvammur ein Mann namens Svertingur Þorleifsson, und Tumi beschloss, mit einem Teil des Trupps dorthin zu reiten. Sie waren alte Bekannte, er und Svertingur. Ich aber entschied, weiter Richtung Westen zu reiten, nach Staðarhóll, zum Skalden Sturla Þórðarson; unsere Väter waren Brüder gewesen. Einen klügeren und geschichtskundigeren Mann als Sturla gab es nicht, und er wurde nicht umsonst im ganzen Land geachtet. Mit ihm als Rückhalt wäre meine Lage vielleicht nicht ganz so trostlos – mit seiner Unterstützung meine Verhandlungsposition vielleicht nicht völlig hoffnungslos.

Vetter Sturla empfing uns mit der Großzügigkeit eines Fürsten. Teitur und unsere Männer wurden zum Bad in der warmen Quelle und dann zu den Schlafstätten geführt. Sie waren todmüde. Mich aber bat er, ihm in das Nebenhaus zu folgen. Er wollte, dass ich ihm Geschichten aus Norwegen erzählte.

Es war ein stattlicher Hof, den Sturla da hatte, überall sah man Männer und Frauen bei der Arbeit, Rinderherden auf der Weide. Im Nebengebäude waren zwei Männer, einer stand am Schreibpult, der andere spitzte Schwanenfedern. Auf den Regalen lagen frisch gegerbte Pergamentblätter, Tinte stand in Fässchen bereit, und auf einem Stapel mit vollgeschriebenen Blättern lag eine gelbgescheckte Katze in tiefem Schlaf. Wir traten in die Kammer des Dichters, wo er Feuer machte. Dann nahmen wir auf schön verzierten Liegen Platz. Er öffnete ein Fläschchen Met und schenkte uns beiden ein. Als ich dankend ablehnte, machte er große Augen, prostete mir aber dennoch zu.

Dann rief er zu den Männern hinaus, sie sollten im Haus Bescheid sagen, dass man Essen für ihn und den Vetter Kakali zubereite. Danach blickte er mir forschend ins Gesicht und sagte: »Du lässt dich nicht ins Bockshorn jagen. Es bedarf für einen Mann in deiner Lage einigen Mutes, allein hierher nach Island zu kommen.«

»Ja, das scheint mir langsam auch so«, sagte ich und lächelte müde.

»Und wie beurteilst du die Lage? Mit den Augen des Exilanten. Hat sich nicht viel verändert hier zu Hause?«

»Hier sitzen alle wie auf Nadeln«, sagte ich. »Alle scheinen das Herz irgendwo tief in der Hose zu haben. Beinahe bekomme ich auch schon selbst dieses Gefühl.«

Er lächelte über die letzte Bemerkung, überlegte.

»In diesem Land herrschen seit langer Zeit schlimme Verhältnisse, aber in den letzten Jahren sind sie grauenhaft geworden. Ich habe versucht, mir darüber Klarheit zu verschaffen, die Geschichte studiert, versucht herauszufinden, wann die Streitigkeiten anfingen. Aber je genauer ich alles untersuche, desto weniger begreife ich. Hierzulande tobt seit einem halben Jahrhundert ein ständiger Kampf, und das, wie mir scheint, ohne besonderen Grund. Jedes Jahr werden blutige

Schlachten geschlagen, Männer werden gefoltert und ermordet, Höfe in Brand gesteckt und Frauen und Kinder an den Bettelstab gebracht – und keiner weiß, warum.«

»Ja, wie wäre es denn auch anders zu erwarten?«, sagte ich, denn ich hatte den Eindruck, der Vetter wurde zusehends hochtrabender.

»In Norwegen wurde zu Zeiten Harald Schönhaars gekämpft, weil er das ganze Land in einem Reich vereinen wollte. Das war ein absolut klares Ziel, und er errang den Sieg. Zu Zeiten von Ólafur Haraldsson wurde in Norwegen wieder gekämpft, weil er das ganze Land in einem Glauben, zu einem christlichen Reich vereinen wollte. Und deswegen wurde Krieg geführt. Wir kennen viele alte Geschichten, die davon erzählen, dass zwei Männer dieselbe Frau begehrten und um sie kämpften. Aber worum dreht sich all das Morden hier?«

»Nun, du kennst die Geschichte besser als ich…«, antwortete ich.

»Hier kann es passieren, dass irgendein Bauernlümmel aus einem Bezirk einer Stallmagd aus einem anderen über den Weg läuft, und bald darauf beginnt diese, um die Mitte dicker zu werden. Sie sind sich nicht ganz einig, inwieweit er tatsächlich mit ihrer zunehmenden Leibesfülle zu tun hat, und sie verklagt ihn bei ihrem Goden. Oder er beschwert sich bei seinem Herrn, dass man ihm zu Unrecht etwas in die Schuhe schieben würde. Dann fangen die Sippenoberhäupter an, Männer mit Klageschriften und Drohungen hin und her zu senden, was schon bald in Beleidigungen und Handgreiflichkeiten ausartet. Diese muss der jeweils andere dann rächen und lässt den Sohn des einen erschlagen, dem wiederum nichts Besseres einfällt, als dem anderen bei Nacht das Haus über dem Kopf abzubrennen; was schließlich zu Schlachten und Fehden führt, die gut einige Mannesalter dauern können. Zuletzt dreht sich alles um Ruhm und Ehre zweier angesehener Sippen. Aber keiner kann sich mehr an den Tölpel oder die Dirne erinnern, die sich zu Anfang begegnet sind, und schon gar nicht an den Bankert, der die Frucht dieses Zusammentreffens gewesen sein mag.«

Ich konnte nicht anders, als zu lachen. Vetter Sturla verstand es, die Dinge beim Namen zu nennen.

»Der einzige Krieg, der hierzulande in letzter Zeit irgendein vernünftiges Ziel hatte, war der Versuch deines Bruders Sturla, sich das ganze Land zu unterwerfen. Und ich wünschte, es wäre ihm gelungen. Denn nur eine mächtige Obrigkeit, der alle gehorchen, kann den Frieden garantieren. Aber es kam, wie es kam, dieser Kampf ging in Örlygsstaðir zu Ende. Ich war dabei und würde diesen Tag am liebsten so schnell wie möglich vergessen. Denn Sturla wäre der rechte Mann gewesen. Er war zum Führer des Landes geboren, schließlich hat es hier kaum je einen tatkräftigeren Mann gegeben als ihn.«

»Aber war mein Bruder Sturla weise genug?«, fragte ich und begann, es mir auf dem Lager bequem zu machen. »Wärest du nicht ein viel besserer Landesherr? Oder Onkel Snorri?«

Vetter Sturla grinste, als ich die Weisheit meines Bruders in Zweifel zog, und wehrte mit der Hand ab, als ich ihn selbst erwähnte. Aber als die Rede auf Snorri kam, verschluckte er sich fast an seinem Trunk. »Um Gottes willen, Snorri!«, sagte er. »Den hat doch keiner ernst genommen. Aber Sturla Sighvatsson war nicht nur der beste Krieger und wortgewandteste Redner von Island, sondern als man ihn in Rom von einer Hauptkirche zur anderen führte und er sich vor den Toren einer jeden geißeln ließ, da haben sich die Menschen an die Brust geschlagen und geklagt, weil einem so schönen Mann eine so schmähliche Behandlung widerfuhr. Frauen und Männer vergossen gleichermaßen Tränen in Strömen.«

Davon hatte ich noch nie gehört. Und doch hatte man mir schon so manche Ruhmesgeschichte von der Pilgerreise meines Bruders nach Rom erzählt. Alles wusste mein Vetter!

»Ist das wahr?«, fragte ich. »Wo hast du das erfahren?«

»Das weiß doch jeder«, sagte Sturla Þórðarson im Brustton der Überzeugung. »Die meisten Einwohner Roms standen auf der Straße, und Frauen wie Männer vergossen Tränen in Strömen darüber, dass ein so schöner Mann so schmählich behandelt wurde.«

Jetzt konnte ich mich nicht länger zurückhalten, sondern platzte fast vor Lachen. Sturla blickte mich prüfend an und lachte ebenfalls, leise, ich aber musste mich hinlegen vor Lachen, so komisch fand ich die Vorstellung von meinem Bruder, wie er gegeißelt und geohrfeigt vor den Kirchen Roms stand, umgeben von Rotz und Wasser heulenden Weibern.

Kurze Zeit später saß ich allein an der Festtafel in Staðarhóll, aber bald erschien Vetter Sturla und setzte sich zu mir. Er sagte, dass die Burschen schliefen, und meinte damit meinen Neffen Teitur und unsere Männer. Wir saßen also nur zu zweit beisammen, aber ich konnte mich nicht dazu aufraffen, ihn um Unterstützung zu bitten – er hatte mir so viel von überstürztem Handeln und unüberlegten Morden erzählt, dass ich ihn unmöglich um Beistand bitten konnte, ohne selbst genau zu wissen, was ich vorhatte. Also fragte ich ihn, womit er sich denn gerade beschäftigte, worüber er schriebe.

Da hellte sich das Gesicht meines Vetters auf, das war ein Gesprächsthema, das ihm behagte.

»Ich bin, unter uns gesagt, dabei«, sagte er, senkte seine Stimme wie ein Verschwörer und blickte sich um, ob auch beide Türen geschlossen waren, »ich bin dabei, ein Buch über unsere Vorväter und Stammmütter hier in Dalir zu schreiben: Unnur, Höskuldur und Hrútur, Melkorka und Ólafur Pfau. Und ich möchte die Ahnenreihe bis zu Kjartan und Bolli und Guðrún Ósvífursdóttir herauf verfolgen. Auch damals spielten sich große Tragödien ab, nicht weniger als heute.«

»Das klingt gut«, sagte ich. »Und wie kommst du voran?«

»Es fiel mir anfangs verdammt schwer, mich auf den Stoff zu konzentrieren, die Erzählung uferte in alle Richtungen aus. Sie zog schon einen ganzen Rattenschwanz an Geschichten hinter sich her, der wegen der Heiratsgeschichten von Hrútur bis ins Südland nach Rangárvellir reichte. Das ganze Gewirr löste sich nicht eher auf, als bis Gunnar von Hlíðarendi um die Hand von Hallgerður Höskuldsdóttir anhielt. Aber dann habe ich beschlossen, das alles fürs Erste zu überspringen. Es ist wohl Stoff für eine eigene Geschichte. Ich glaube fast, der Krieg, der in letzter Zeit hier bei uns getobt hat, hilft mir, die Ereignisse der vergangenen Jahrhunderte besser zu vermitteln. Aber sag du mir, Vetter, was du selber vorhast?«

»Das weiß ich noch nicht so genau«, antwortete ich. »Ich habe, so wie die Dinge stehen, scheinbar genug damit zu tun, einfach am Leben zu bleiben.«

»Das stimmt«, sagte Sturla, »und das ist an und für sich ein ausgezeichnetes Ziel. Manche scheinen es furchtbar eilig zu haben, sich töten zu lassen, auch wenn ich für mein Teil das nie als besonders dringlich empfunden habe. Versuche du, so lang wie möglich am Leben zu bleiben. Ich kenne Kolbeinn den Jungen und weiß, dass ihn nichts mehr verdrießen wird, als wenn dir nur das gelingt. Und ich weiß auch, welcher Männer du zu deinem Schutz bedarfst – bei allem Respekt vor denen, die du bereits um dich hast. Ich werde nach den Dufgussöhnen schicken lassen: Svarthöfði, Björn Baumstamm und Kolbeinn Schnauzbart. Mit solchen Männern an seiner Seite steht man nicht auf verlorenem Posten.«

Kolbeinn der Junge

Heute Nacht ging es mit den Alpträumen wieder los. All die Toten drängten sich weinend um mich. Sie reckten mir Handstummel oder ausgestochene Augen entgegen oder hielten mir sogar abgeschlagene, baumelnde Köpfe vor die Nase – Freunde wie Feinde… Und all diese entsetzlichen Schreie, und dann der Gestank, der Leichengeruch und das schleimige Blut… Zuletzt musste ich durch eine Art Treibsand waten, wie an einem endlosen Strand, auf dem die Flut heranrollt. Dort umringten mich Seehunde mit grimmigen Fratzen und unheimlichen Lauten und einem fürchterlichen Zorn und Hass in ihren Augen. Sie schlugen mir da und dort die Zähne ins Fleisch – ich versuchte, diese Ungeheuer abzuwimmeln, sie zu verscheuchen, aber bald begann das Blut zu fließen, und als ich aus dem Schlaf hochfuhr, war die Eiterbeule auf meiner Brust wieder aufgesprungen, und ich war ganz in diesem ekligen Zeug und in Schweiß gebadet…

Im Morgengrauen begann ich mich besser zu fühlen, vor allem weil es gut tut zu merken, dass selbst die finsterste Nacht ein Ende hat. Sogleich ließ ich ein paar Männer zu mir rufen, musste mit ihnen über Disziplin und Sicherheit reden. Alles ist ruhig, nur der Kakali ist immer noch auf freiem Fuß…

Es ist nicht er, der mich wach hält. Es ist vor allem die Krankheit, die im Herbst für gewöhnlich schlimmer wird. Und trotzdem glaube ich, mir ginge es viel besser, wenn ich den Gedanken los wäre, dass sich Þórður irgendwo dort draußen in der Nacht herumtreibt.

Ich glaube zu wissen, was er denkt. Aber ich verstehe nicht, was er unternehmen will. Und vielleicht ist das das Unheimlichste. Wie unverständlich sein ganzes Verhalten ist…

Alles, was er tut, ist so absurd und unüberlegt… Es hat nichts von Verwegenheit, nicht einmal von der Verwegenheit eines Narren, es ist eher, als ob er selbst damit rechne, getötet zu werden, und sich vielleicht gar nichts anderes wünscht, als so bald wie möglich von der Last seines Daseins befreit zu werden…

Was für eine Spur von Vernunft liegt denn darin, allein nach Island zu kommen, so wie die Lage hierzulande ist? Oder weiß er etwas, was sonst keiner weiß? Nein, natürlich nicht, er benimmt sich nur wie ein Verrückter. Und das ist auf seine Art erschreckend. Soldaten, Feinde, die bei gesundem Verstand sind, sind auf ihre Art berechenbar – man kann davon ausgehen, dass sie in jeder Lage versuchen, den für sie erfolgversprechendsten Weg zu wählen. Aber das tut der Kakali nicht. Er scheint einfach blind vorwärtszustolpern. Es wäre ihm zuzutrauen, dass er eines Nachts hier beim Rauchfang hereinkriecht, mit einem scharfen Dolch zwischen den Zähnen…

Was ich allerdings nicht erwarte, außer vielleicht in den schlimmsten Alpträumen. Denn ich habe den Kakali durchschaut. Er ist natürlich besoffen. Er benimmt sich und denkt wie ein völlig betrunkener Mensch… Ich habe trotzdem ständig Spione auf seinen Fersen, lasse ihn regelmäßig bespitzeln und kann doch nicht anders, als nur lachen. Ich weiß, dass sein hoffnungsloser Versuch, ein Heer zu sammeln, keinen Erfolg haben wird. Seine Schwester und sein Schwager in Grund haben nicht lange gebraucht, um sich seiner zu entledigen, haben ihn in die Berge gejagt wie irgendein Scheusal… Schließlich ist ihnen klar, dass der Hof in Grund bald in

Flammen stünde, wenn sie versuchten, sich mir zu widersetzen. Und sein Schwager Hálfdan in Keldur hat ein Herz wie die Zicklein, die hier an der Hauswand meckern …

Aber selbst wenn es Kakali gelingt, vom Südland in den Westen zu gelangen, weiß ich, dass er dort auch nicht mehr Erfolg haben wird. Männer wie Þorleifur von Garðar oder der Skalde Sturla Þórðarson sind zu sehr auf ihr eigenes Wohl bedacht, als dass sie etwas unternähmen, was sie klarerweise letztlich selbst am härtesten treffen würde. Vielleicht scharen sich irgendwelche Vagabunden und Landstreicher um Þórður, womöglich sogar ein paar Glücksritter und blutrünstige Abenteurer – zerbeulte, narbenübersäte Reste aus vielbesiegten Heeren, aber welchen Nutzen bringt das Þórður? Es geht jetzt um die Vorherrschaft im ganzen Land, und um die zu erlangen, braucht man ein Heer von mindestens tausend treuen, gut bewaffneten Männern – und außerdem uneingeschränkte Macht über große, fruchtbare Bezirke und einen sicheren Zufluchtsort – und selbst das hat bisher nicht unbedingt gereicht …

Also habe ich natürlich nichts zu fürchten, nichts sollte mir den Schlaf rauben …

Trotzdem ist eines völlig unverständlich … Ich habe fast das Gefühl, Þórður muss sich unsichtbar gemacht haben, um tagelang durch das Herrschaftsgebiet meiner Verbündeten reiten und dann mit einem Trupp von Männern nach Westen aufbrechen zu können, ohne dass irgendjemand einen Finger gerührt und ihn aufgehalten hätte.

Mir ist klar, dass viele meiner Männer hier im Norden unbrauchbare Lümmel sind, träge im Kopf und träge im Handeln, und doch verging, nachdem Þórður an Land gegangen war, kein halber Tag, bis ich von seiner Ankunft erfahren hatte. Aber im Süden soll sich Hjalti Magnússon um alles kümmern. Ihn hat Gissur für die Zeit, die er im Ausland ist, als seinen Verwalter eingesetzt. Und als dort der einzige Mann, vor dem sich

Hjalti wahrlich in Acht nehmen sollte, auftaucht – als sich der Einzige, den er tatsächlich im Auge behalten sollte, wie zum Spaß tagelang in seinem Bezirk herumtreibt, vor seiner eigenen Haustür sozusagen, und einen Trupp von Lumpen um sich sammelt – da erfährt Hjalti erst davon, nachdem er schon lange wieder fort ist.

Ich haue auf den Tisch, sobald das zur Sprache kommt, frage, ob mir irgendeiner darauf Antwort geben könne, aber meine Männer lassen den Kopf hängen, wissen keine Antwort auf so komplizierte Fragen. Und ich spüre den pochenden Herzschlag in den Geschwüren auf meiner Brust, in diesen Eiterbeulen, die scheinbar nie heilen wollen und seit drei Jahren immer schlimmer werden. Ich darf nur jetzt nicht die Nerven verlieren. Am liebsten würde ich diese Männer zum Teufel jagen und mich einschließen, zur Erbauung meiner Seele ein paar Strophen dichten; aber vielleicht ist mir dieses Los niemals bestimmt gewesen. Warum gehe ich nicht ins Kloster…?

Irgendeiner ist so dumm und fragt, warum ich nicht versuche, mich mit Þórður Kakali auszusöhnen, ihm irgendeine Läpperei überlasse, damit er Ruhe gibt. Aber wer so fragt, der hat nichts verstanden! Vergleiche mit solchen Leuten halten genau so lange, wie es ihnen selbst in den Kram passt. Sie würden halten, während Þórður sich hier einnistet, seine Mannschaft verstärkt, Waffen und Männer sammelt – ich kenne sie, diese Sturlungen, aus bitterer Erfahrung – sie würden bei ihm unterkriechen, einer blutrünstiger und getriebener von Rachsucht als der andere. Sie würden bei ihm das Asyl suchen, das ihm der Vergleich mit uns bescheren würde, und im selben Augenblick, in dem sie eine Möglichkeit erblicken oder, wie es die Natur von Raubtieren ist, eine Schwäche oder Unachtsamkeit in den Reihen ihrer Gegner spüren, würden sie losschlagen, brüllend vor Grimm…

Es ist jetzt wieder Abend geworden, und eine neue dunkle

Nacht bricht herein mit neuen bösen Gedanken, und ich weiß, nichts würde meiner gequälten Seele mehr Ruhe verschaffen als die Nachricht, dass es Þórður Kakali nicht mehr gibt, den letzten möglichen Heerführer der Sturlungen. Und ihm selbst wäre auch ein Dienst erwiesen, wenn man ihn tötete. Vielleicht gelingt es ihm, sich eine Zeitlang irgendwo in der Abgeschiedenheit der Westfjorde zu verkriechen – es ist Verbrechern oft gelungen, sich in den Buchten und Fjorden dort zu verstecken, abgeschirmt von unerklimmbaren Felsen und senkrechten Klippen. Und wohl bekomm's ihm! Dort sieht man den ganzen Winter über die Sonne nicht. Dort mag er dahinvegetieren wie ein Schattengespenst, das Herz zernagt von Angst und aufgezehrt von blutigen Rachegedanken, die ihm keine Ruhe lassen und keinen Frieden. – Und wenn der Frühling kommt und er ins Tageslicht herauskriecht, werden ihn meine Männer aufspüren und ihn mit einem Hieb für immer von allen Alltagssorgen dieser Welt erlösen …

Þórður

Nach meinem Gespräch mit Sturla merkte ich, dass er mir nie die Gelegenheit gegeben hatte, ihn um Unterstützung zu bitten. Styrmir von Grund und Hálfdan von Keldur hatten mir von sich aus mitgeteilt, dass ich von ihnen keine Hilfe erwarten könne, falls ich ein Heer aufstellen und mein Vatererbe einfordern oder die Ehre unserer Sippe wieder herstellen wollte – Sturla Þórðarson hatte hingegen auf eine solche Weise über die ganze Angelegenheit gesprochen, dass es mir unmöglich war, ihn um Verstärkung zu bitten, ohne wie ein Dummkopf oder Einfaltspinsel auszusehen. Ein noch größerer als der, für den mich die meisten ohnehin schon hielten.

Und all das ging in größter Freundschaft und Zuneigung vor sich. Er wollte mir unbedingt ein Gelage bereiten, am liebsten gleich am nächsten Tag, aber ich wehrte ab, war nicht in Feierstimmung, hatte im Augenblick genug von all dem. Er bot mir auch an, bei ihm zu bleiben, so lange wie ich es mir selbst zutraute oder für unbedenklich hielt, aber ich glaubte aus seinen Worten zu hören, dass dort, mitten im bewohnten Gebiet von Dalir, nicht der sicherste Unterschlupf für einen im ganzen Land gejagten Mann sei. Mein ganzer Kriegsplan bestand im Augenblick nur darin, mich zu verstecken und zu versuchen, am Leben zu bleiben. Und auch wenn ich von den mächtigeren Großbauern nicht die notwendige Unterstützung bekam, ein Heer auf die Beine zu stellen, musste ich doch wenigstens versuchen, den Trupp, den ich schon hatte, zusammenzuhalten – meinen Gefolgsleuten das Gefühl zu geben, dass etwas in Vorbereitung sei, dass es ein Ziel gab, das wir anstrebten. Also bereitete ich mich darauf vor, in die Westfjorde zu gehen, in die Einsamkeit, die Wildnis, Unterschlupf zu suchen unter steilen Felswänden und abseits schwer passierbarer Gebirgspfade…

Die Männer, die bereit waren, mir zu folgen, waren noch halbe Kinder, Halbwüchsige: mein Bruder Tumi, mein Neffe Teitur und dann der Einarmige und der Zungenlose… Das jagte mir Angst ein. Ich versuchte sie zu verdrängen, aber sie machte mich unsicher. Ich fühlte mich wie ein Nichtsnutz, fast wie ein Bettler, einer von der Sorte, für die Sippenoberhäupter und erfolgreiche Männer wie mein Vetter Sturla Þórðarson eine Art Mitleid übrig haben. Mitleid habe ich aber nie gewollt… Ich war von Feinden umringt, ich hatte mich aus eigenem Antrieb und ungebeten mitten unter sie gestellt. Eigentlich hätte ich es verdient, ganz allein zu sein. Es war, als ob ich in ein brennendes Haus gelaufen wäre und nun von meinen Freunden und Verwandten verlangte, dass sie zu mir ins Flammenmeer kämen, damit ich nicht allein darin verschmorte. Und weil ich eigentlich so gut wie vogelfrei war, hätte ich vielleicht das tun sollen, was Gesetzlose immer getan hatten. Ich hätte mich zum Beispiel auf die Insel Drangey rudern lassen können, wie der gesetzlose Grettir der Starke. Drangey liegt mitten im Herrschaftsgebiet von Kolbeinn dem Jungen. Ich könnte dann oben auf der Klippe stehen, die einzige Stelle, an der man sie erklimmen kann, verteidigen und Kolbeinn Unflätigkeiten und Beleidigungen zurufen, wenn er zu mir hinausruderte…

Um diese trübsinnigen Gedanken abzuschütteln, ging ich über die Hochweide nach Hvammur und sprach mit Tumi und seinen Männern. Wir kamen überein, dass wir am nächsten Tag nach Westen aufbrechen wollten. Sie sollten im Morgengrauen nach Staðarhóll kommen, und wir würden in aller Frühe losreiten. Wir sprachen davon, Männer und Waffen zu sammeln, unsere Position zu stärken. Das klang wie ein Plan…

Es hatte zu dämmern begonnen, als ich mich am Abend wieder den Häusern von Staðarhóll näherte. Ich sah, wie drei Männer vom Hof weg und in meine Richtung marschierten. Beim Näherkommen erkannte ich, dass es Männer von kriegerischer Gestalt waren. Man konnte das an ihrem Gang, den schwerfälligen Bewegungen erkennen – sie marschierten im Gleichschritt, ohne nach links oder rechts zu blicken, und als sie noch näher kamen, sah ich, dass sie alle Waffen trugen: Schilde, Äxte, Schwerter…

Mir schoss der Gedanke durch den Kopf, davonzulaufen, aber dann dachte ich, dass ich von Staðarhóll, dem Hof meines Vetters Sturla, wohl kaum Schlimmes zu erwarten hätte. Und weil mir doch irgendetwas bekannt vorkam an diesen Männern, die mir im Zwielicht entgegengingen, beschloss ich, auf sie zu warten. Abzuwarten, was da komme.

Und dann erkannte ich sie, diese stämmigen, riesenhaften Gestalten mit wettergegerbter Haut, pickelübersät und voller Narben, Hochmut und Furchtlosigkeit in den verbissenen Gesichtern. Sie sahen alle aus wie Halbtrolle: die Söhne meines Großonkels Dufgus, die Dufgussöhne.

Svarthöfði, der Schwarzkopf, trug seinen Namen zurecht. Kolbeinn Schnauzbart sogar mehr als das, denn es waren gerade mal die Nase und die Augen, die aus seinem von einem wilden Rauschebart überwucherten Gesicht herausschauten. Der Dritte war der wortkarge Björn Baumstamm, er war der Dickste, aber auch der Freundlichste von ihnen. Er hatte eine irgendwie kindliche Unschuld in seinen blauen Augen, die nicht zu seiner sonstigen Erscheinung passten, abgesehen von der Stimme vielleicht. Sie sprachen alle drei mit dünnen, fraulichen Stimmen, diese schrecklichen Riesen – manche in unserer Familie sind so, haben hohe, gellende Stimmen, gackernde…

Die Waffen, die die Dufgussöhne trugen, waren kein goldbeschlagener Zierat. Sie waren robust und hässlich, wie gutes Werkzeug – abgenutzt, gebraucht, aber verlässlich. Die Männer blieben vor mir stehen. Alle zugleich, als ob sie es in einem großen Heer geübt hätten, wahrscheinlich waren es aber nur die Blutsbande, die die Bewegungen steuerten. Sie blieben stehen und begannen, ohne Gruß oder Handschlag zu sprechen.

»Wir sind gekommen, um dir zu folgen, Vetter Kakali«, sagte Svarthöfði.

»So, wie wir deinem Bruder Sturla gefolgt sind«, sagte Kolbeinn Schnauzbart unter seinem Bart hervor.

»Wir werden dir folgen bis zum letzten Mann, wenn es sein muss«, sagte Svarthöfði.

»Ja, bis … bis … bis zum letzten Blutstropfen!«, sagte Björn Baumstamm und lächelte, wahrscheinlich aus Freude darüber, einen ganzen Satz hervorgebracht zu haben. »Bis zum letzten Blutstropfen!«, wiederholte er, und das Lächeln breitete sich über sein ganzes Gesicht aus – ein breites, glückliches Lächeln, wie es auf einem rundlichen Kleinkindgesichtchen erscheint, wenn man vor ihm Grimassen schneidet.

Björn Baumstamm

Mag sein, dass wir keinen schönen Anblick boten, als wir an jenem Morgen von Staðarhóll aufbrachen, aber wenn die Männer zusammenhalten und die Führung in halbwegs sicheren Händen ist, muss das … kein Nachteil sein … oder …

Es war kalt dort, der Herbst lag in der Luft. Auch wenn die tiefen Täler unten am Meer noch grün waren, stapften wir oben auf den Bergen und der Hochheide schon durch Schnee und Matsch. Tumi Sighvatsson begann sofort, davon zu schwatzen, dass wir ein Dach über den Kopf bekommen müssten, aber Þórður antwortete nicht darauf – er kam dann zu uns Brüdern, als Tumi davon redete, dass wir vielleicht den Hof irgendeines Einödbauern in Beschlag nehmen sollten, und sagte zu Svarthöfði, so dass Kolbeinn und ich es auch hörten: »Ich will nicht, dass wir uns wie Wegelagerer oder Diebe benehmen.«

Svarthöfði meinte da, er habe gehört, dass Leute wie wir, also Männer, die sich verstecken, manchmal in der Bucht Lokinhamravík im Arnarfjord Unterschlupf gefunden hätten. Sie ist von Land aus schwer zugänglich, besonders im Winter …

Aber als wir nach langem, beschwerlichem Ritt dort ankamen, brach sofort ein Steinhagel über uns herein. Wir waren gerade um die Felsspitze gebogen, die die Bucht abschloss, und ahnten nichts Böses, da begannen auch schon die Steine auf uns herabzuprasseln. Tumi Sighvatsson wurde von einem Brocken am Knie getroffen und stürzte unter lautem Wehklagen zu Boden. Þórður hielt seinen Schild schützend über ihn, und wir Brüder versuchten, Þórðurs Rücken zu decken. Andere aus unserem Trupp flohen hinter die Felsspitze zurück oder verbargen sich hinter ihren Schilden oder einem Schotterwall. Wir griffen hastig nach Steinen und versuchten den Angriff zu erwidern – man konnte sehen, dass es ein paar Männer waren, etwas weniger als wir, aber die meisten in halbwegs sicherer Deckung und guter Wurfposition, so dass wir im Augenblick kaum eine andere Wahl hatten, als Schutz zu suchen. Dann sprang ihr Anführer plötzlich auf, mit einem großen Schild und einer Axt an einem langen Schaft in der Hand, brüllte wie ein Bär und befahl uns, die Waffen fallen zu lassen. Als der Steinregen währenddessen etwas nachließ, stand ein Einhändiger aus unseren Reihen auf, hob einen großen Steinbrocken auf und schleuderte ihn unglaublich fest und treffsicher auf den Schild des Mannes. Der taumelte unter der Wucht des Steines zurück und verlor die Axt aus der Hand. Im selben Augenblick lief Þórður los und stürzte sich auf den Mann. Er packte ihn an der Gurgel, hielt ihm die Schwertspitze an die Brust und befahl den Männern, das Steinewerfen sofort einzustellen.

Man hatte noch nicht lange miteinander verhandelt, als sich auch schon herausstellte, dass wir alle im selben Boot saßen, wir Neuankömmlinge ebenso wie die Männer vor Ort. Alle suchten wir auf irgendeine Weise Schutz vor der Obrigkeit oder den Sippenoberhäuptern des Landes. Da ging ein Aufatmen durch die Reihen. Ásbjörn Guðmundsson, so hieß ihr Anführer, war wegen Mordes auf der Flucht, wohl wegen mehr als eines einzigen, glaube ich. Die anderen waren schäbige Diebe und Brunnenvergifter. Ásbjörn hatte auch schon von Þórður Kakali gehört und war bereit, sich uns anzuschließen. Wir waren alle der Meinung, mit dieser Verstärkung einen guten Fang gemacht zu haben. Unser Trupp zählte jetzt um die zwanzig Mann. Somit war es für unsere Feinde sinnlos, einzelne Schergen oder gedungene Mörder gegen eine solche Zahl von Männern loszuschicken. Es bedurfte jetzt schon eines Truppenaufgebots gegen uns, mindestens …

Von den Männern vor Ort hielten sich die meisten schon seit Mitte des Sommers in der Bucht Lokinhamravík versteckt und klagten über die kärglichen Verhältnisse. Sie fürchteten den kommenden Winter sehr. Und weil wir jetzt so viele waren, tauchte der Vorschlag auf, wir sollten zu den größeren Bauern dort im Westen gehen und sie bitten, sich mit ihren Leuten unserem Heer anzuschließen – und uns dann gleich den Winter über aufzunehmen und nach Bedarf mit durchzufüttern. Þórður verlor nicht viele Worte über diesen Vorschlag, Tumi jedoch war sehr angetan davon. So beschlossen wir, nach Barðaströnd zu ziehen, wo uns nach Tumis Meinung der Bauer Gísli von Rauðisandur und auch andere gewiss Beistand leisten würden. Und dann machte sich der ganze Trupp auf den Weg, einige zu Pferd, die meisten aber zu Fuß. Dieses Heer sah nicht viel kriegerischer aus als jenes, das von Dalir losgezogen war, auch wenn wir jetzt freilich mehr waren …

Gísli von Rauðisandur

Þórður Kakali Sighvatsson kam hierher. Selten hat das Meer überflüssigeres Treibgut bei uns in Barðaströnd an Land gespült. Er hatte einen Verwandten aus dem Norden mit dabei, fast noch ein Kind, und Tumi, diesen Nichtsnutz von seinem Bruder, dazu ein abscheuliches Sammelsurium von Landstreichern und Schurken – wenn ich es recht verstand, wollte dieser Haufen die mächtigsten Männer des Landes im Kampf vernichten. Sie hätten es gern gesehen, wenn wir Bauern hier im Westen uns ihnen angeschlossen hätten.

Mir kam die Sache gleich nicht ganz geheuer vor, als er zu einer Versammlung hier bei mir zu Hause lud, ohne mich um Erlaubnis zu fragen. Es wäre an sich nichts dabei gewesen, dem Lumpen Þórður ein Dach über dem Kopf zu geben, ich und sein verstorbener Vater, und auch sein seliger Bruder Sturla, hatten viel miteinander zu tun gehabt, und selbst wenn Þórður mit einer Horde seiner Zechbrüder aufgekreuzt wäre, hätte ich mich nicht davor gedrückt, ihnen Kost und Quartier anzubieten. Aber dass er dieses Gesindel von Nachbarn in meinem Haus zusammentrommelte, dafür hatte ich kein Verständnis. Diese Bauernlümmel, mit denen ich mich jahrelang habe herumstreiten müssen – bei einigen von ihnen war ich sogar gezwungen gewesen, Leute und Gesinde umbringen zu lassen, damit sie kapierten, wo ihre Grenzen waren. Natürlich waren die Nachbarn misstrauisch, aber sie wagten auch nicht fernzubleiben, aus Schiss vor jedem, der ein Sturlunge ist. Ich hatte das Gefühl, sie würden sich vor Angst gleich alle in die Hosen pissen.

Und als sich alle gesetzt hatten, begann Þórður mit seiner Rede. Zu Anfang ein wenig steif und stockend, aber dann kam er langsam in Fahrt, zählte alles Leid auf, das er erlitten hatte – was eigentlich jedem bekannt war –, und endete mit dem Aufruf, nein, mit dem Befehl, dass wir nun alle gemeinsam an einem Strang ziehen müssten, um ihm zu seinem Recht zu verhelfen. Er redete stellenweise nicht mal schlecht, sagte, dass sich sein persönlicher Schaden mit dem der Leute in der Gegend hier decke und es daher angebracht sei, wenn er die Führung in dieser Angelegenheit übernähme. »Entweder verschaffen wir uns Genugtuung, oder wir fallen wie unsere Verwandten – beides ist besser, als in Schande zu leben.«

Es folgte ein langes Schweigen. Die Männer wetzten unruhig auf ihren Bänken herum und kratzten sich, schließlich hatte nicht jeder so nahe Verwandte verloren wie Þórður, aber dann begannen einige zu brummen, dass sie gerade erst Kolbeinn Arnórsson dem Jungen Treueide geschworen hätten, und solange Kolbeinn selbst den Eid nicht breche, wäre es zwecklos, wenn Þórður versuche, sie zu Kriegszügen gegen ihn aufzuhetzen. Da geriet Þórður außer sich vor Zorn, schrie, er würde sich später daran erinnern, wer hier in den Westfjorden auf seiner Seite gestanden habe und wer nicht!

Sie erschraken ein wenig darüber und meinten, er hätte so schon genug Kummer, ohne sich auch noch welchen mit ihnen aufzuhalsen. Þórður schrie, dass ihn keiner an seinen Kummer zu erinnern brauche. Die ganze Versammlung löste sich in einen wilden Streit auf, bis einer der Bauern rief: »Wir von Barðaströnd machen uns wegen deiner Drohungen noch lang nicht in die Hosen!«

Und dann lachten alle außer Þórður. Ich glaube, sogar ich habe gegrinst. Und da geriet Þórður wieder außer sich. Er drehte sich zu mir um und sagte, sein Vater und seine Brüder hätten mir oft genug gegen den Zorn des ganzen Bezirkes zu Hilfe eilen müssen, nachdem ich mit »Mord und Skrupellosigkeit« gegen meine Nachbarn vorgegangen war. Ich wäre nichts und wäre niemals etwas geworden, wenn es mir die schützende Hand der Sturlungen nicht ermöglicht hätte, mich hier in all meiner Niederträchtigkeit aufspielen zu können...

So spricht natürlich keiner, der behauptet, ganz bei Trost zu sein. Und selbstverständlich hätte ich die Tür hinter mir zugeschlagen, wenn ich nicht dort zu Hause gewesen wäre, oder hätte sie hinter Þórður zugeschlagen, wenn nicht links und rechts von ihm ein Dufgussohn gesessen hätte. Es herrschte jetzt ziemlich dicke Luft in der Halle. Þórður hatte hier ein Thema angeschnitten, das besser unberührt geblieben wäre, denn wozu alte Wunden aufreißen? Bald waren alle verstummt und machten sich mit kurzem Gruß davon...

Ich versuchte trotzdem, Þórður später am Abend zu besänftigen, wollte ihm zu trinken geben, von Mann zu Mann mit ihm reden, wollte ihm sogar anbieten, ein paar meiner Leute als Gefolgsmänner mitzunehmen, aber er war wie verbohrt und übel gelaunt. Er lehnte sogar das Quartier ab und verschwand mit seinem Gefolge in die Nacht hinaus. Sie verließen meinen Hof nicht zahlreicher, als sie gekommen waren, und genauso hoffnungslos...

Ich weiß, dass ich ganz schön in der Patsche sitze, wenn er in seinem Kampf etwas ausrichtet. Aber ich muss mir wohl keine Sorgen machen, denn er wird nichts ausrichten. Das nächste, was ich von ihm hören werde, wird zweifellos sein, dass man ihn wie einen Hund erschlagen hat.

Þórður

Diese Versammlung und der Plan, unter den Bauern von den Westfjorden ein Heer zu rekrutieren, waren das Dümmste, was mir hatte einfallen können, und auch nicht meine Idee. Ich hatte mich da wie ein Narr in etwas hineinhetzen lassen. Das vermieste mir gleich einmal die Laune, und ich fing an, mich mit den Männern zu streiten, wie ein unverschämter Bengel, der nie genug kriegt. Ich werde wahrscheinlich lange brauchen, um meinen Ruf in dieser Gegend wieder herzustellen…

Ich spürte, dass ich bald etwas unternehmen musste, die Führung übernehmen, mir einen Plan zurechtlegen, wenn ich den Trupp beisammen halten, wenn ich am Leben bleiben wollte…

Nach der Versammlung von Rauðisandur war es zwecklos, weiter ein Heer auf diese Weise aufstellen zu wollen, und ehrlich gesagt wusste ich, als wir auf dem Vorplatz des Hauses standen, nicht, wohin wir gehen sollten. Im Osten graute schon der Morgen. Aber dann kam ein Kleinbauer aus dem Kerlingarfjord zu mir und bot mir und meinen Männern Nachtquartier in seinem Haus, so weit es seine Vorräte und der Platz zuließen. Mein Bruder Tumi wollte lieber nach Hagi reiten und bei einem gewissen Eyvindur unterkommen, der dort mit einer Tante von uns verheiratet war. Also ritt er mit ein paar Männern dorthin, während wir anderen dem Bauern in den Kerlingarfjord folgten. Der gastfreundliche

Mann stand bei meinem seligen Bruder Sturla tief in der Schuld. Sturla hatte ihn vor den Übergriffen übler Gesellen beschützt und für ihn den Vater und andere Verwandte gerächt.

Am nächsten Tag sandte ich zwei der Dufgussöhne und Teitur Styrmisson auf Mannschaftssuche in die Täler und Buchten der Umgebung aus. Sie sollten Landstreicher, Einzelgänger und Ausgestoßene aufstöbern. Ein jeder wäre recht, der sich uns anschließen wollte. Und sie hatten überraschend viel Erfolg. Sie kehrten mit einer knapp zwanzigköpfigen Schar zurück. Das waren Männer, die sich auf der Suche nach Gelegenheitsarbeit an Fischereiplätzen herumtrieben, Diebe und Sittenstrolche auf der Flucht, sogar zwei schwedische Schafhirten, die vor dem Spuk in irgendein abgelegenes Tal geflohen waren. Lauter verschlagene und zwielichtige Gestalten mit gedrungenen Körpern und blauen Gesichtern. Und als der ganze Haufen im Kerlingarfjord beisammen war, beschloss ich, Kriegsrat mit meiner gesamten Truppe zu halten, und sandte einen Boten zu Tumi und seinen Männern nach Hagi.

Der Bote kehrte allerdings mit der Nachricht zurück, ich sollte doch mit meiner Schar nach Hagi kommen – was ich etwas merkwürdig fand –, aber ich ließ es gut sein und begab mich mit den Männern dorthin.

Aber anders als ich erwartet hatte, war man in Hagi nicht auf unser Kommen vorbereitet. Und ich hatte den Eindruck, der Hausherr Eyvindur war wenig darüber erfreut. Er fragte mich trocken, ob ich Verpflegung für alle diese Männer dabei hätte, was nicht der Fall war. Die Antwort darauf blieb ich ihm allerdings schuldig und fragte stattdessen nach Tumi, der, wie sich herausstellte, drinnen im Haus schlief. Ich ging selbst hinein, um ihn zu wecken. Nachdem er endlich die Augen geöffnet hatte, sprang er aus dem Bett, begann, im Raum auf und ab zu gehen, ohne mich anzusehen, fuhr sich mit zittrigen Fingern durchs Haar und über die hohen Schläfen und trug mir auf, den Leuten Bescheid zu geben, dass er bald kommen und zu uns sprechen würde. Mir erschien das alles doch ein wenig lachhaft. Aber ich ging trotzdem hinaus und trommelte die Leute zusammen, sagte, dass wir nun beratschlagen müssten, was zu tun sei. Man hatte den Männern nicht angeboten, ins Haus zu kommen, also lungerten sie verstreut an den Mauern und auf der Wiese herum. Es war zwar ein trockener, klarer Tag, aber herbstlich frisch, und ich merkte, dass ihnen die Warterei auf Dauer nicht behagen würde …

Meiner Ansicht nach boten sich uns in unserer Lage mehrere Alternativen mit unterschiedlich guten Erfolgsaussichten, und als Tumi endlich herauskam, erhob ich meine Stimme. Ich beschloss, alle Möglichkeiten der Reihe nach aufzuzählen. Aber das war natürlich ein Fehler – ein Heerführer soll nie etwas anderes zur Sprache bringen als das, was er selbst für das Beste hält. Alles andere verleitet nur dazu, dass Dummköpfe ihr Maul aufreißen; aber das wusste ich damals noch nicht.

Ich sagte, eine Möglichkeit wäre, einen Streifzug nach Norden zu unternehmen, da und dort im Herrschaftsgebiet Kolbeinns des Jungen Überfälle zu machen, Proviant und Waffen von den Männern zu erbeuten, die bei der Schlacht von Örlygsstaðir dabei gewesen waren, und so den Schändern meines Vaters und meiner Brüder ein paar Denkzettel zu verpassen. Ich nannte diese Möglichkeit als erste, weil ich sie in unserer Lage die abwegigste von allen fand, einen völligen Irrsinn, ehrlich gesagt, aber noch bevor ich Gelegenheit hatte, dieses Urteil zu fällen und mich vernünftigeren Alternativen zuzuwenden, waren viele in meinem Trupp schon ganz begeistert. Sie fanden den Vorschlag so gut, dass sie aufgeregt und völlig aus dem Häuschen waren. »Lasst uns sofort aufbrechen!«, riefen Stimmen da und dort – die Aussicht auf Diebstahl, Plünderung und Vergewaltigung kam offensichtlich bei vielen gut an. Sie schrien wild durcheinander, manche erhoben die geballten Fäuste und schwangen ihre Waffen in der Luft – zumindest diejenigen, die Waffen hatten … Ich verlor sowohl den Faden als auch das Wort, denn jetzt war mein Bruder Tumi auf einen alten Misthaufen gestiegen, damit er besser zu hören und zu sehen war, und hatte mit aufgeregter Stimme zu rufen begonnen, dass genau das auch seine Idee gewesen wäre. Er begann schon, Pläne zu schmieden, wo man mit der Plünderei anfangen und wann man dazu aufbrechen sollte, gleich heute Abend noch, glaubte ich zu hören, denn der Lärm war ohrenbetäubend. Mehrere waren aufgesprungen, und sogar die verstockten, wortkargen Schweden schienen sich von der Begeisterung anstecken zu lassen. Alle waren in größter Aufregung, alle außer den Dufgussöhnen, die das Durcheinander schweigend und verwundert beobachteten. Sie saßen dort auf einer aus Steinen aufgeschichteten Umfriedung der Hofwiese. Als ich sah, dass mich Svarthöfði anblickte und eine Augenbraue hochzog, wurde mir klar, dass ich die Führung übernehmen, die Aufregung dämpfen und die Männer zum Schweigen bringen musste. Das gelang mir endlich, als ich zu Tumi auf den Misthaufen stieg und ihn und die anderen mit meiner Stimme übertönte. Vom Hof drang das rasende Gebell der Hunde herüber, und im Stall brüllten die Kühe – unsere Versammlung hatte nicht mehr das Geringste von einem geordneten Kriegsrat …

Ich schaffte es, mir das nötige Gehör zu verschaffen, um meinen zweiten Vorschlag zu unterbreiten. Er bestand darin, nach Süden zu gehen und im Herrschaftsgebiet von Gissur Þorvaldsson Überfälle zu machen, wo Hjalti Magnússon jetzt das Regiment führte. Diese Idee war insofern besser, als Gissur derzeit nicht im Lande war und uns dort auch nicht Kolbeinn mit seinen Männern und seiner Listigkeit, für die er berüchtigt ist, überall auflauerte. Trotzdem hatte ich vorgehabt, auch diesen Plan für unbrauchbar zu erklären und stattdessen vorzuschlagen, erst mal einen Winter lang abzuwarten und nur kleinere Raubzüge hier in der Umgebung zu unternehmen, um Waffen, Proviant und zusätzliche Männer zu beschaffen.

Aber da hatte ich bereits wieder jede Kontrolle über die Lage verloren. Manche aus der Gruppe wollten unbedingt den zweiten Vorschlag in die Tat umsetzen, also sofort ins Südland aufbrechen, um dort zu rauben und zu plündern. Als ich zuletzt die Schnauze voll hatte und schrie, sie sollten verdammt nochmal alle das Maul halten, da hatte ich das Pech, ausgerechnet meinem Bruder Tumi als Lautestem mitten in einer flammenden Rede ins Wort zu fallen. Er verstummte, wie alle anderen, mit einem Schlag, blickte mich dann an und ging hocherhobenen Hauptes davon und ins Haus. Ich rief ihm nach, aber er blickte sich nicht um. Die Versammlung löste sich in Chaos auf. Es war augenscheinlich, dass hier keiner die Kontrolle über irgendwas hatte. Und jetzt war auch noch offensichtlich, dass wir Brüder uns zerstritten hatten, vor den Augen aller Gefolgsleute. Ich hatte keine andere Wahl, als Tumi nachzulaufen und zu versuchen, ihn zu beschwichtigen …

Halldóra

Obwohl ich mit dem Bettelstab weit herumkam, hatte ich Þórður seit unserem ersten Zusammentreffen weder gesehen noch etwas von ihm gehört, bis ich ihm im Nebel begegnete. Und erst, nachdem er schon wieder fort war, begriff ich, dass dies kein Spuk gewesen war …

Meine größte Angst und eigentlich meine Gewissheit waren gewesen, als nächstes über ihn zu erfahren, dass sie ihn aufgestöbert und getötet hätten. Wie meine anderen Söhne … Doch dann begegnete ich ihm wieder. Ich war in Westisland, auf dem Weg über eine nebelverhangene Heide, und glaubte ein Gespenst zu sehen – seine Augen waren kalt und starr, als ob seine Seele irgendwo weit fort wäre. Er ritt an der Spitze einer Schar von Männern, die aussahen, als seien sie auf einem Kirchhof ausgegraben oder vielleicht auf einem Schlachtfeld aufgelesen worden und als hätte man den leblosen Körpern die Fähigkeit verliehen zu marschieren, obwohl in ihren Köpfen längst kein Geist mehr wohnte. An manchen hingen noch die Waffen … Die Frauen, die zusammen mit mir unterwegs waren, gerieten in Furcht vor dieser Horde, diesen zerlumpten Gestalten, wir umklammerten uns gegenseitig und versuchten, vom Weg wegzukommen, um nicht von ihnen niedergetrampelt zu werden. Ich merkte, wie meinen Gefährtinnen vor Entsetzen fast die Beine versagten. Ich schaffte es nicht, Þórður anzusprechen, denn ich glaubte, es wäre nur sein Geist. Erst als sie vorüber waren, meinte ich, in einem der Gesellen, unter einem Helm verborgen, Tumi den Jüngeren erkannt zu haben, und ich begriff auch, dass die hünenhaften Kolosse auf den Pferden die Dufgussöhne gewesen sein mussten. Und obwohl sie alle so stumm und furchterregend aus dem Nebel aufgetaucht und wieder darin verschwunden waren, so spürte ich doch Freude darüber, dass mein Þórður lebte und bei seinem Bruder war. Diese Freude übertraf mein Entsetzen angesichts dieser Horde von Landstreichern, mit denen sie durch das Land zogen und die noch zerlumpter waren als die Menschen, in deren Gesellschaft ich mich in diesen schlimmen Zeiten gewöhnlich fand …

Björn Baumstamm

Mein Bruder Kolbeinn hatte die Nase voll. Das hatte er unter seinem Bart hervor gesagt: »Ich habe die Nase voll.« Svarthöfði sagte nichts, aber ich hörte an der Art, wie er atmete, dass er die Nase nicht minder voll hatte. Er kochte vor Wut, versuchte aber, sich zu beherrschen. Das war verdrießlich, dort in Hagi. Die Männer hatten den Wolf im Bauch und froren, manche stampften auf den Boden und schlugen mit den Armen um sich, andere rotteten sich zu zweit oder dritt zusammen; Ásbjörn Guðmundsson stand dort und tuschelte mit zwei von seinen Männern; sie stanken bis zu uns herüber, und selten habe ich bösere Blicke gesehen als jene, die Ásbjörn uns zuwarf. Er ist ein durch und durch verkommener Mensch, glaube ich, hatte einfach zum Spaß Frauen und Kinder umgebracht, wie mir einer seiner Männer gestern erzählte, ganz stolz auf seinen Anführer …

»Das ist ein kopfloses Heer«, sagte mein Bruder Kolbeinn und blies dann lange durch die Lippen, so als hätte er sich mit diesen Worten von einer großen Spannung befreit.

»Þórður ist der Anführer«, sagte Svarthöfði.

»Ja, wenn er sich durchsetzen kann«, sagte Kolbeinn und wurde zornig, »gegen den verdammten Nachzügler.«

»Geben wir Þórður eine Chance, er lernt es hoffentlich noch«, sagte Svarthöfði, und ich wusste, dass seine Worte der gemeinsame Beschluss von uns Brüdern waren. Und ich war froh, dass er so ausgefallen war, und erleichtert. Sonst wäre alles wieder hoffnungslos geworden und verdrießlich. Kein Ziel, nur Warterei. Ich beschloss, Svarthöfði Recht zu geben. Solange er Hoffnung hatte, bestand Hoffnung.

»Ja«, sagte ich. »Ja, ja...«, weiter kam ich nicht. Dem war vielleicht auch nichts hinzuzufügen.

Þórður war hinter Tumi im Haus verschwunden, und jetzt hörten wir, was Ásbjörn und seine Gesellen im Schilde führten. Sie wollten sich selbst das Essen beschaffen, das sie brauchten, und keinen um Erlaubnis bitten. Sie liefen los, trieben ein Kalb in die Enge und wollten sich daran machen, es zu schlachten. Und als der Bauer Eyvindur herbeilief und ihnen befahl, das Kalb loszulassen, sagte Ásbjörn mit heiserer Stimme: »Es würde mir nur Spaß machen, dir als Erstem die Rübe abzusäbeln.«

Und seine Männer lachten, heiser und niederträchtig.

Aber Svarthöfði hatte da schon für uns beschlossen, dass wir Þórður eine Chance geben müssten, und weil es seinen Ärger nur noch vergrößert hätte, wenn unsere Männer dort am Hof Schaden anrichteten, stellte sich Svarthöfði Ásbjörn in den Weg und befahl ihm, die Waffen wegzustecken. Dem wagte Ásbjörn nicht zu widersprechen, denn wir Brüder standen ja schon links und rechts an Svarthöfðis Seite. Ásbjörn spuckte weit und verächtlich aus, das Kalb lief davon. Svarthöfði wandte sich an Eyvindur und sagte, die Männer hätten Hunger. Sie kamen überein, dass wir, der Trupp, eine Pferdeherde, die dort oben am Hang weidete, zum Hof herab treiben und einige Mähren davon beschlagen würden – was wir in aller Eile taten –, dann wurde gegessen.

Und da kamen auch die Brüder wieder heraus. Þórður wirkte gelassen, aber Tumi warf nervöse Blicke nach allen Seiten. Er machte sich offensichtlich Sorgen, was wir anderen von ihm dachten, ob wir etwa meinten, dass er sich hatte unterkriegen lassen. Þórður verkündete uns mit leiser Stimme, und zwar leise genug, dass alle schweigen und ihm zuhören mussten, wir würden morgen nach Süden in Richtung Hítardalur aufbrechen. Zu einem gewissen Loftur, der dort wohnte – er war an der Seite von Gissur und Kolbeinn in der Schlacht von Örlygsstaðir dabei gewesen und hatte sich auch sonst bei jeder Gelegenheit als Feind der Sturlungen erwiesen. Auf seinem Hof sollte angeblich ein gewisser Waffenvorrat versteckt sein, nicht alle redlich erworben. Die wollten wir uns holen und auch so viele Pferde, wie wir erwischen könnten, aber ansonsten wenig Schaden anrichten und niemanden verletzen, schon gar nicht Frauen, Kinder oder andere Wehrlose. Dann würden wir versuchen, von Hítardalur so schnell wie möglich über den Hochpass ins Südland zu gelangen, um die Bauern dort zu überrumpeln und ihnen, so gut es ging, Bußgeld und Schadenersatz abzupressen. Wir wollten versuchen, ihnen einen Schrecken einzujagen, auch wenn wir nicht viele waren, und uns dann so schnell wie möglich aus dem Staub machen, bevor sie sich bewaffnen könnten. Bevor sie ein Heer zusammentrommeln oder Kolbeinn den Jungen um Hilfe und Unterstützung bitten könnten.

Am zweiten Tag unseres Marsches begegneten wir drei Landstreicherinnen. Sie stolperten den Weg übers Hochland entlang, in Schals und Decken eingemummt – es waren Bettelweiber. Aber sie blickten uns mit verwunderten und fast ein wenig mitleidigen Gesichtern an. Besonders eine von ihnen stand reglos da und starrte die ganze Zeit auf Þórður, der uns mit konzentrierter Miene führte und nicht nach links oder rechts blickte und schon gar nicht auf eine armselige Landstreicherin, die ihn anglotzte, als ob sie den Verstand verloren hätte. Vielleicht hat sie aber auch nur über unseren Zug gestaunt, denn wahrscheinlich sahen wir nicht gerade wie Helden aus – einige zwar bewaffnet und zu Pferd oder mit einem Pferd am Zügel, die meisten aber zu Fuß, mit leeren Händen und in Lumpen gekleidet wie Vagabunden …

Aber das sollte sich alles ändern, als wir nach Hítardalur kamen. Wir versteckten uns erst eine Weile in der Nähe des Hofes und beobachteten ihn. Bald merkten wir, dass uns dort kaum viel Widerstand oder Gegenwehr erwarten würde. Þórður befahl den Reitern, vorauszustürmen, mit den Waffen zu rasseln und zu schreien, während alle anderen mit Gebrüll hinterherlaufen und die Knüppel, die sie hatten oder sich noch suchen müssten, durch die Luft schwingen sollten. Manche rissen Bäumchen aus der Erde oder hoben morsche Holzstücke vom Wegrand auf und bewaffneten sich damit. Das Theater zeigte Wirkung. Sobald die Hofleute den Trupp mit Geschrei heranstürmen sahen, warfen sie ihre Werkzeuge weg und liefen von ihrer Arbeit davon, ein jeder so schnell er konnte. Als wir den Hof erreichten, war er bis auf zwei bettlägrige Greise leer.

Nach einigem Suchen fanden wir eine große Menge Waffen in der Scheune versteckt: Speere, Schilde, Äxte – manche alt und rostig, andere in gutem Zustand. Es gab auch zwei Brustpanzer und ein paar Helme, und schon bald sahen viele in unserem Trupp fast wie richtige Soldaten aus. Den Rest der Waffen luden wir auf die Pferde, von denen es am Hof und auf der Hauswiese nicht wenige gab. Siegesfreude ergriff die Schar, und einige verlangten, dass wir Loftur und seine Leute verfolgten. Sie wollten ihnen die Hände abschlagen, sie kastrieren und blenden, aber Þórður sagte, er habe dazu keine Lust. Jetzt sei es am dringlichsten, über das Hochland nach Süden zu gelangen, bevor die Bauern dort Wind von uns bekämen.

Wir ritten über den Pass Kaldidalur und von Þingvellir über die Lyngdalsheide und machten am See Laugarvatn eine kurze Rast. Danach kamen wir am See Apavatn vorbei, wo es Sturla Sighvatsson, kurz bevor er fiel, mit einer List gelungen war, Gissur Þorvaldsson in die Finger zu kriegen. Es hatte ihm dann an Grausamkeit gefehlt, ihn zu töten – mit den allseits bekannten Folgen, aber daran dachten wir nicht. Über den Fluss Brúará und im Schutz des Berges Miklaholt ritten wir Bræðratunga, dem Hof von Gissur Þorvaldsson, entgegen. Er lag irgendwie direkt am Weg. Ich glaube, es war vor allem Tumis Entscheidung gewesen, dorthin zu reiten, was sich später als völlig unüberlegt herausstellen sollte. Dort gab es keine Gegenwehr, aber es war auch nichts zu holen. Die alte Þóra, Gissurs Mutter, führte in Abwesenheit ihres Sohnes den Haushalt, und ihr hatte keiner Böses zu vergelten. Sie hatte durch irgendeinen unverständlichen Zufall von unserem Herannahen erfahren und war so erschrocken, dass sie alles Wertvolle und alle Essensvorräte in die Kirche schaffen ließ und sich dann mit ihrem Gesinde darin einschloss. Nichts blieb zurück außer ein paar Kühen auf der Weide, einem großen Fass Magermilch in der Vorratskammer sowie der Molketonne und einem Bottich Buttermilch.

Der schwer bewaffnete und kampfbegierige Trupp stürmte durchs Haus, stieß ab und zu wilde Schreie aus und rasselte mit den Waffen. Mein Bruder Svarthöfði sagte nur: »Hier gibt es für Männer nichts zu tun.«

Landstreicher

Auch wenn man von den Leuten als solcher beschimpft wird und sie einem vielerorts Grobheiten ins Gesicht sagen, wenn einem alte Weiber beiderlei Geschlechts böse Blicke zuwerfen, sobald man sich auf seiner Wanderschaft den Häusern nähert, wenn die Leute sogleich ihre Habe und Essensvorräte in Sicherheit bringen – mancherorts sogar die gut behüteten Töchter – und etwas von Diebsgesindel und Sittenstrolchen knurren, sobald man ihnen unter die Augen kommt, so können die Sommer dennoch wunderbar mild und lauschig sein, wenn man an nichts und niemand gebunden ist. Aber damals stand der Winter vor der Tür, und da erwacht die Herbstangst. Man muss sich etwas einfallen lassen, um ein Dach über den Kopf zu bekommen, irgendwo, wo man einen besseren Ruf genießt als die Schmeißfliegen, die um die Kuhfladen auf den Weiden schwirren. Weil ein solcher Ort schwer zu finden ist, muss man sich mit schönem Gerede bei den Bäuerinnen einschmeicheln. Oder am allerbesten vollbringt man ungebeten irgendeine gottgefällige Tat, wie zum Beispiel etwas verloren Gegangenes wiederzufinden, zum Beispiel einen jungen Schafbock, der nicht von der Hochweide heimgekehrt war … Das ging mir an jenem Abend in der kühlen Herbstluft durch den Kopf, als ich allein im dichten Nebel in der heißen Quelle von Laugarvatn lag, mich wärmte und an mein Nachtlager dachte, das ich mir in einer Höhle nicht allzuweit entfernt bereitet hatte. Dort war der Aufenthalt eher ungemütlich. Dann hörte ich Hufschlag durch den Nebel, hörte, wie er näher kam…

Und da war ich froh über den Nebel, denn obwohl ein Lebenszeichen bei Nacht etwas Gutes für einen einsamen, hungrigen Landstreicher bedeuten kann, treibt sich auch allerhand Gesindel herum, und dann ist es gut, wenn man selbst entscheiden kann, wem man über den Weg laufen will. Irgendetwas ließ mir gleich die Gänsehaut über den Rücken laufen, als ich den Trupp näher kommen hörte, vielleicht war es die Anzahl der Pferde, vielleicht dass ich das Klirren von Waffen zu vernehmen glaubte. Oder es waren die merkwürdig rauen Männerstimmen, die abwechselnd kaltes Gelächter ausstießen. Ich sprang aus dem warmen Bad und trocknete mich im Davonlaufen notdürftig ab, denn der Trupp war im selben Augenblick schon unten am Seeufer angekommen, und als sich der Nebel für einen Augenblick vor meinen Augen lichtete, erkannte ich, dass es sich ohne Zweifel um Krieger handelte: grobschlächtige Kerle mit Waffen und Schilden – Männer der Art, die kein großes Aufheben davon machen, einem armseligen Landstreicher die Gurgel durchzuschneiden. Ich glaubte, mein letztes Stündchen hätte geschlagen, fürchtete, dass meine Zähne so laut klapperten, dass sie mich bemerken müssten. Ich warf mich zu Boden, vergrub mein Gesicht zwischen zwei Grashöckern und lag bewegungslos, wie eine Maus unter der aufgerichteten Falle.

Dann bemerkte ich, dass sie anfingen, ihre Pferde zu tränken und am Ufer weiden zu lassen und sich selbst vielleicht für bevorstehende Heldentaten auszuruhen. Ich konnte einzelne Worte verstehen und hörte, wie zwei von ihnen darüber sprachen, wohin man reiten solle. Besonders ein Mann sprach mit lauter Stimme, als ob er ganz aufgebracht wäre. Er nannte immer wieder den Namen Bræðratunga, Bræðratunga – das ist der größte Hof hier in der Gegend, der Hof von Gissur Þorvaldsson. Und da schöpfte ich bereits einen schlimmen

Verdacht… Ich meinte zu hören, wie ein anderer dem jungen Mann mit der schneidenden, aufgeregten Stimme widersprach, denn bald darauf wurde dieser immer lauter und sagte, er schere sich einen Teufel darum, ob Gissur selbst im Lande sei, er hätte dort dennoch genug offene Rechnungen zu begleichen.

Und dann passierte das Unglaubliche, das sonst nur in Lügengeschichten vorkommt – als ich später davon erzählte, meinten die meisten, ich hätte es erfunden –: Er nannte seinen Namen! Er sagte laut, deutlich und zornig, und das kann ich beschwören: »Bin ich nicht Tumi Sighvatsson?!«

Und da begriff ich, dass ich hier die schlimmste Bedrohung und das schrecklichste Unheil vor mir hatte, das über unsere friedliche Gegend kommen konnte, das, wovor alle gottesfürchtige Menschen und das einfache Volk, ja selbst die Mächtigen, die größte Angst hatten: Jetzt brach, wie einst der Zorn Gottes über die Städte Sodom und Gomorrha, das grimmige und blutrünstige Heer der Sturlungen über diesen Bezirk herein.

Vor mir waren die Überreste dieser Sippe versammelt, zusammen mit ihrer Horde von Getreuen, blind vor Rachedurst und getrieben vom verletzten Stolz der Erniedrigten – gekommen, um Höfe und Äcker abzubrennen, Männer zu töten, zu foltern und zu verstümmeln, Frauen zu schänden und eine rauchende Spur aus Schutt und Asche durch das Land zu ziehen. Frauen und Kinder hatten Gott in ihren Gebeten angefleht, die Gegend eben davor zu verschonen, seit in der großen Schlacht von Örlygsstaðir die führenden Köpfe der Sturlungen einer nach dem anderen in den Sand rollten. – Keiner hatte danach wirklich geglaubt, dass eine solche Sippe von Kriegern und Meuchelmördern ein derartiges Ereignis für alle Zeit ungerächt lassen würde.

Ich spürte, dass es um mein Leben ging. Wenn sie mich bemerkten, würden sie mich zertreten wie einen Wurm, damit ich keinen warnen könnte. Oder, was noch schlimmer wäre, mich quälen und foltern, damit ich ihnen alles über die Lage in der Gegend verriet, und mich dann töten. Ich hatte solche Angst, dass ich mich nicht einmal zu bewegen wagte, um mein Wasser abzuschlagen – Gott sei Dank war ich nur mit dem Unterhemd bekleidet. Kurze Zeit später beschloss ich aber, mich davonzuschleichen. Die Kriegerhorde schien sich eine Weile ausruhen zu wollen. Im dichten Nebel gelang es mir, nach und nach weiter weg zu kriechen. Schließlich, nach unendlich langer Zeit, riskierte ich es, aufzuspringen und davonzulaufen. Ich rannte gebückt, und nachdem ich mindestens ein paar Stunden gelaufen war, stieß ich auf ein Pferd und fing es ein. Auf ihm sprengte ich nach Bræðratunga und weckte alle auf dem Hof mit lautem Geschrei und Hilferufen. Ein paar übelgelaunte Knechte stürzten heraus und schlugen mich zu Boden, versetzten mir Fußtritte und zogen mich dann an den Haaren hoch und sagten: »Was redest du da, verdammter Landstreicher!«

Aber da war auch schon die alte Þóra, die Hausherrin, aus dem Haus gekommen, und auch wenn ich wie betrunken vor Schmerz und Anstrengung und noch ganz benommen war, Blut und Schleim hochwürgte, so gelang es mir doch, die Nachricht herauszustöhnen, dass ein schwer bewaffnetes Heer der Sturlungen ins Land gekommen sei und wahrscheinlich jeden Augenblick den Hof angreifen würde. Und als die alte Þóra den Inhalt dieser Botschaft verstand, befahl sie, sofort alles Essbare und Wertvolle aus dem Haus und in die Kirche zu schaffen. Dort sollten sich auch alle Leute verschanzen. Ihre einzige Hoffnung sei jetzt, meinte die Alte, dass die Sturlungen die Unantastbarkeit der Kirche respektierten. Ich wurde in den Dreck des Vorplatzes zurückgestoßen und bekam anstelle eines Dankes den Vorwurf zu hören, dass ich nach Pisse stänke. Ich streckte die Hände in die Höhe und flehte die Leute an, mich nicht allein hier liegen zu lassen, aber keiner scherte sich um mich. Ich hörte, wie Þóra einen Jungen nach Skálholt sandte, um die Leute am Bischofssitz zu warnen. Und endlich kamen doch ein paar gutherzige Menschen und schleppten mich in die Kirche. Gerade noch rechtzeitig, denn im selben Augenblick, als man den Riegel vorschob, hörten wir das Heer mit harten Hufschlägen den Weg zum Hof heraufsprengen. Das hohle, kalte Geklirr der Waffen, die gegen die Schilde schlugen, vermischte sich mit dem aufgeregten Gebell der Hofhunde, die entweder keifend gegen das nahende Entsetzen anrannten oder vor ihm die Flucht ergriffen.

Tumi

Bin ich nicht Tumi Sighvatsson? Hat das vielleicht irgendeiner noch nicht begriffen? Braucht denn keiner auf das zu hören, was ich sage?

Mein Bruder Þórður glaubt, dass er hier alles allein bestimmt. – Warum zum Teufel bildet er sich das ein? Er erteilt Befehle. »Ich will dies, und ich will das«, sagt er. Aber was ist mit dem, was ich will? Spielt das etwa eine geringere Rolle? Oder meint er gar, dass ich nach seiner Pfeife tanze und herumspringe oder mich schäme, je nachdem, wie es ihm gerade passt?

Die Leute werden begreifen müssen, dass ich nicht weniger zu sagen habe als er. Auch wenn er in Norwegen gewesen ist. Macht ihn das vielleicht zu etwas Besonderem, in Norwegen gewesen zu sein?! Auch ich werde irgendwann nach Norwegen gehen. Denen werde ich es allen noch zeigen! Außerdem habe ich gehört, dass Þórður in Norwegen ständig nur in Schwierigkeiten war, nichts als Suff und Elend.

Gut, er ist mein Bruder, und wir Brüder haben hier das Sagen. Nicht nur er, sondern ich auch. Ich bin trotz allem Tumi Sighvatsson und lasse mich nicht herumkommandieren wie ein Hund. Denn wir sind beide gekommen, um Genugtuung für unsere Geschwister zu fordern. Deswegen kann es einen verdrießen, wenn Þórður, nachdem er all die Jahre in Saus und Braus im Ausland vergeudet hat, daherkommt und so tut, als ob das seine Privatangelegenheit sei.

Und dass er mir sagt, ich soll das Maul halten, wie es dort im Westen in Barðaströnd passiert ist. Das werde ich ihm so schnell nicht vergessen…

Und doch hat es dem Fass den Boden ausgeschlagen, als wir nach Bræðratunga kamen und alle Leute vom Hof in die Kirche geflohen waren, denn dort wollte Þórður den Männern verbieten zu essen.

Den Männern verbieten zu essen!

Da hat es mir gereicht. Das war das Korn, das das Maß voll machte, der Tropfen, der das Fass zum Überlaufen brachte.

Wir sollten nicht vergessen, dass wir lange durch den nasskalten Nebel geritten waren, und das war der Hof unseres Feindes, Gissur Þorvaldsson, der unserem Bruder Sturla mit eigener Hand den tödlichen Schlag versetzt hatte, und wir waren gekommen, das zu rächen. Und dann stürmt Þórður wutschnaubend daher, als ich mit Ásbjörn Guðmundsson und einigen anderen ein paar Kälber eingekreist hatte und sie schlachten wollte, und schreit in frechem Ton, dass wir die Tiere in Ruhe lassen sollten, hier solle kein Schaden angerichtet werden!

Kein Schaden angerichtet?! Was für ein Krieg glaubt denn der Vollidiot, dass das eigentlich ist?!

Und er gibt keine weitere Erklärung dafür ab. Und hat keine Bedenken, mir, Tumi Sighvatsson, einen solchen Befehl zu erteilen, vor den Augen unserer Männer, als ob ich irgendein Stallknecht in seinen Diensten sei.

Natürlich stieg der Zorn in mir auf, mir wurde ehrlich gesagt schwarz vor Augen, es hätte nicht viel gefehlt, und ich wäre auf ihn losgegangen. – Vielleicht hätte ich es getan, wenn nicht zwei von den Dufgussöhnen an seiner Seite gestanden hätten. Sie schienen es aus irgendeinem Grund für ganz selbstverständlich und natürlich zu halten, dass Þórður hier das Sagen hatte, dass er irgendwie der Anführer unseres Trupps war. Das sind Dummköpfe…

Ich lief Þórður nach und zischte ihm ins Ohr, ich wolle ihn unter vier Augen sprechen. Dann fragte ich ihn, was zum Teufel hier vorginge.

Und er sagte: »Ich will nichts kaputtschlagen lassen, wir sind keine gemeinen Diebe.«

Ich war die Ruhe selbst. Aber ich fragte ihn doch, was er denn glaubte, dass wir da machten? Wie? Was wir da eigentlich machten?! Was?! »Ist das nicht der Hof von Gissur Þorvaldsson?!«, fragte ich. »Der unseren Vater und unsere Brüder tötete oder töten ließ? Wie? Oder verstehe ich hier etwas falsch?! Ist das nicht der Hof von Gissur Þorvaldsson, der dazu noch den Dichter Snorri umbringen ließ, unseren Onkel? Schergen bei Nacht in sein Haus schickte und ihn in Unterhosen im Keller mit der Axt erschlagen ließ. Und sind wir nicht gekommen, das zu rächen? Oder sind wir hier nur auf irgendeinem Vergnügungsritt durch das Südland?!« Das fragte ich ihn. Und ließ es zugleich nicht unerwähnt, dass ich am ehesten Lust dazu hätte, den Hof niederzubrennen. Und den Männern hier aus dem Bezirk, die in Gissurs Heer gewesen waren, Hände und Füße abzuschlagen, sie zu blenden und zu kastrieren – ich wollte meine Männer auf jede greifbare Fotze in der Gegend hetzen, und auch wenn die Leute in der Kirche hockten, schien es mir nur gerecht, dass sie nicht mehr Asyl genießen sollten als unsere Brüder nach der Schlacht von Örlygsstaðir – es wäre das Gerechteste, dieses Gesindel sich drinnen vollscheißen zu lassen. Oder einfach diese windschiefe Kirche über ihren Köpfen abzureißen, sie konnte ohnehin als geschändet gelten, weil sie solchem Abschaum Schutz bot. Ja! Ungefähr das und freilich noch manches andere sagte ich Þórður, denn ich verstehe es ganz gut, zu reden, wenn ich in Fahrt bin! Das wissen alle, die meine scharfe Zunge zu spüren bekommen haben! Hahaha! Und wahrscheinlich hat Þórður ein wenig Angst gekriegt, hat jetzt vermutlich angefangen zu begreifen, dass ich mich nicht wie irgendein Nichts übergehen ließ, denn er antwortete mir kaum – hatte wahrscheinlich schon ein wenig den Mumm verloren. Endlich stammelte er: »Hier lebt eine alte Witwe. Und auch wenn sie die Mutter von Gissur ist, bin ich nicht hierher gekommen, um das Haus alter Weiber zu plündern.«

»Bin ich nicht hierher gekommen«?! Aber was ist mit mir, Tumi Sighvatsson?! Es fiel ihm immer noch nicht ein zu fragen, aus welchem Grund ich hierher gekommen war. Nur er! Ich hätte ihm gesagt, das Maul zu halten, ihm eine Ohrfeige gegeben, wenn sich die Dufgussöhne nicht ständig in unserer Nähe herumgedrückt hätten. Was zum Teufel hatten die herumzuschnüffeln? Hatte ich nicht gesagt, ich wollte mit meinem Bruder unter vier Augen reden?!

»Los, schert euch ein wenig zur Seite«, sagte ich und bedeutet ihnen mit der Hand, sich zu verdrücken, »wir Brüder müssen miteinander reden.«

Aber da ging Þórður zu ihnen und sagte, ohne mich eines Blickes zu würdigen: »Schon in Ordnung, die Sache ist erledigt.«

Alles hatten die Leute in die Kirche geschafft, bis auf eine große Tonne mit Magermilch, die am Ende der Halle stand. Und das nächste, was ich hörte war, dass Þórður ins Haus gegangen war und unsere Männer aus vollem Hals zu schelten begonnen hatte, weil sie aus der Tonne tranken. Er jagte Ásbjörn Guðmundsson und andere brave Burschen aus dem Haus. Sie wischten sich über Mund und Gesicht, bleich vor Zorn darüber, dass man sie ausschimpfte wie unartige Rotzlümmel. Manchmal glaube ich, Þórður ist nicht ganz richtig im Kopf, Männer wie Ásbjörn so mit Beleidigungen zu überschütten. Der ist ja nicht irgendein Schlappschwanz, der sich behandeln lässt wie ein Stück Dreck, er hat Männer schon aus geringerem Anlass umgebracht und auch Frauen – das ist kein Hosenscheißer.

Kurz darauf standen wir dort an der Hausmauer, ich und

Ásbjörn und noch etwa zehn andere, darunter die beiden Schweden. Und Ásbjörn fragte: »Was machen wir hier eigentlich? Wo sind die Fotzen, die du uns versprochen hast? Wo sind die Männer, die wir umbringen wollten?!«

Was sollte ich darauf antworten? Einige der anderen waren Ásbjörns Meinung, sie waren schlecht gelaunt und hungrig. Und es fiel mir nicht gerade leicht, zugeben zu müssen, dass meinem Bruder leider der Mut fehlte, dass er einfach nicht die Verwegenheit besäße, die man zu solchen Kriegszügen braucht. Und dass ich es selbst am besten fände, ihn einfach hier zurückzulassen, mit meinen Männern über den Fluss Þjórsá nach Osten zu reiten und dort die Bauernhöfe zu überfallen, wie es immer der Plan gewesen war. Wir hatten da schon Wind davon bekommen, dass alle waffenfähigen Männer aus der ganzen Umgebung zum Bischofssitz nach Skálholt strömten und auf den Höfen nur Weiber und Tattergreise zurückblieben. Sie würden eine leichte Beute sein!

Ásbjörn und mehrere waren ganz wild darauf, loszureiten, sich um »unsere Geschäfte« zu kümmern. Da sagte ich – ich hatte beinahe keine andere Wahl –, wir sollten unter den Leuten herumgehen und fragen, wie sie zu der Sache stünden, um herauszufinden, wer von den Männern mir folgen wollte. Þórður könne meinetwegen in Bræðratunga zurückbleiben und schweigend zwischen den Häusern herumstreifen, mit feigem Herzen und leerem Magen.

Björn Baumstamm

Dort in Bræðratunga hatten wir Brüder, ja, was soll man sagen ... Wie soll man das nennen? Wir hatten eigentlich alles hingeschmissen ... Mein Bruder Svarthöfði sagte: »Ich bin drauf und dran, nach Hause zu reiten.« Ja. Ich glaube, man kann es nicht besser sagen.

Warum? Ich weiß nicht ... Oder doch. Es muss einen Anführer geben. Es muss einen Anführer geben, und wir hatten zwei, die beiden Brüder. Und es war, als ob sie nicht recht wüssten, wer das Sagen haben sollte. Oder zumindest nicht der Kleine. Wir dachten alle oder wenigstens die meisten, Þórður sei der Anführer, aber dann hat sich Tumi so vor ihm aufgespielt, und Þórður schien nicht der Mann zu sein, ordentlich dreinzuschlagen, zumindest nicht dort. Ja, ich weiß nicht, aber wenn wir Brüder so etwas ... so etwas durchziehen müssten, dann wäre natürlich Svarthöfði der Anführer. Ich weiß, dass Kolbeinn das auch wollen würde, denn Svarthöfði ist der Älteste und so. Das wissen wir beide, Kolbeinn und ich ...

Þórður Kakali wollte weder Höfe niederbrennen noch das Land verwüsten. Schön und gut. Das war in Ordnung so. Aber Tumi war anderer Meinung, und bevor wir wussten, was geschah, kamen Männer und fragten uns Brüder: »Wollt ihr hier bei Þórður bleiben oder mit Tumi über den Fluss nach Osten reiten?« – »Ha? Wie?«, sagten wir nur, wir Brüder. – »Mit Tumi über den Fluss nach Osten?« Ja, Tumi wollte nach

Osten über den Fluss und scheinbar eine ganze Menge der Männer mit ihm. Bauernhöfe überfallen, Rache üben. Tumi kannte sich in der Gegend dort gut aus. Und dann hätte der Trupp in Keldur bei Hálfdan und Steinvör immer einen sicheren Unterschlupf. »Wir reiten, wenn Þórður reitet«, sagte mein Bruder Svarthöfði. »Þórður reitet nicht«, sagte Ásbjörn Guðmundsson, »die Männer müssen sich entscheiden, ob sie Tumi folgen oder hier mit Þórður hungern.« Es stellte sich heraus, dass viele Tumi folgen wollten. Manche waren ganz enthusiastisch und aufgebracht, andere halb zögernd. Und Þórður mischte sich nicht ein. Hauptsächlich weil meine Brüder Svarthöfði und Kolbeinn sagten, jeder, der den Trupp verlässt, sei ein Deserteur und Feigling, beschlossen die meisten zu bleiben. Es waren nur zwölf, die mit Tumi kamen, Ásbjörn und die Schweden und ein paar andere. Sie ritten mit bösen Mienen davon, schrien, dass wir anderen Memmen seien, wir könnten beim Milchgesicht in Bræðratunga bleiben, sie würden gehen und sich zu fressen, zu saufen und Fotzen beschaffen. Sie verschwanden. Wir blickten ihnen nach und sagten nichts. Auch Þórður nicht. Er murmelte nur etwas wie, dass es nur gut sei, diese Idioten los zu sein. Aber das klang wie Überheblichkeit, denn er wusste genauso gut wie wir, dass wir es uns nicht leisten konnten, auch nur einen einzigen Mann unseres kleinen Haufens zu verlieren. Da passierte es, dass mein Bruder Svarthöfði das mit dem »drauf und dran sein« sagte, dass wir vielleicht ganz einfach nach Hause gehen sollten… Aber dann sagte mein Bruder Kolbeinn plötzlich etwas in der Art, dass wir Þórður eine Chance geben müssten. Wie? Ich sagte: »Ich weiß nicht…« Aber mein Bruder Svarthöfði war derselben Meinung wie Kolbeinn, wahrscheinlich waren wir alle derselben Meinung, wie wir Brüder es meistens sind. Und wir kamen irgendwie im Gespräch zu dem Ergebnis, dass wir Þórður – wenn er einen Vorschlag machte oder einen Plan vorlegte, der zeigte, dass er keine Angst hätte, dass er ein Ziel hätte und bereit wäre, etwas zu riskieren –, dass wir ihm dann folgen würden. Ich weiß nicht. Oder… Doch natürlich, wir sind dabei, wir Brüder…

Þórður

Welch ein Irrwitz …

Der ganze Kriegszug hatte natürlich längst alle Schlagkraft verloren, wenn man das überhaupt einen Kriegszug nennen konnte. Das Nächstliegende wäre gewesen, mit diesem Rest des Trupps, des »Heeres«, wieder in die Westfjorde zu reiten. Dort konnte man noch am ehesten Unterschlupf finden …

Ich war schon geraume Zeit auf das Schlimmste gefasst gewesen, aber nicht darauf, dass mich mein Bruder Tumi so schändlich verraten würde. Ich hatte beschlossen, so zu tun, als würde ich seine Vorschläge ernst nehmen, so gut ich konnte, diesen Anschein zu geben, um den Trupp beisammen zu halten, aber dann wollte er sich einfach davonmachen. Und das, wenn ich es recht verstand, mit dem Großteil der Mannschaft …

Aber als die Männer wählen mussten, ob sie ihm folgten oder mir, wurden viele unschlüssig. Sowohl der Einhändige als auch der Zungenlose liefen zu mir über, was mich insgeheim ein wenig freute, denn sie waren ja trotz allem und von Anfang an Tumis Männer gewesen – sie kannten ihn am besten und wollten dennoch lieber meinem Befehl gehorchen, vielleicht gerade weil sie ihn kannten … Auch die Dufgussöhne wollten nicht hinter Tumi herrennen, was eine große Rolle spielte. Aber ich merkte auch, sie wollten, dass ich härter durchgriff, dass ich für Disziplin in der Truppe sorgte. Ich merkte, dass ich anfangen musste, den Heerführer zu spielen

– in einem Krieg, von dem ich mir nicht mal sicher war, ob es ihn überhaupt gab…

Unverrichteter Dinge zurückzukehren, mit eingezogenem Schwanz, nachdem ich vor den eigenen Gefolgsleuten erniedrigt worden war, von meinem kleinen Bruder, ohne irgendetwas ausgerichtet zu haben, ohne irgendetwas unternommen zu haben, das kam natürlich völliger Kapitulation gleich – das war das Ende meiner Mission. Diese Tatsache lag klar und deutlich vor meinen Augen. Und ich hatte keine Zeit, abzuwarten, nachzudenken, mich auszuruhen, ich musste irgendetwas unternehmen, und das sofort. Sonst würde es mir nie mehr gelingen, irgendjemanden auf meine Seite zu ziehen, irgendjemanden zu überzeugen, dass ich ein Ziel erreichen konnte – ich hätte nicht einmal mehr diesen kleinen Trupp zusammenhalten können, obwohl er doch mein einziger Schutz war.

Man hatte sich oft geprügelt, in den Schenken in Norwegen oder beim Zechen in den Soldatenunterkünften, und da passierte es einem oft, dass man plötzlich einem Feind gegenüberstand, der stärker war oder mehr Leute hinter sich hatte, manchmal beides zusammen. Und gegen eine Übermacht hilft kein Zögern und kein Zaudern, man darf nie den Angriff eines stärkeren Gegners abwarten, so ist das auch beim Schach; die einzige Hoffnung ist, mit voller Kraft selbst anzugreifen – alle List und Waffen sofort einzusetzen und ohne Erbarmen die Übermacht aus dem Gleichgewicht zu bringen. Man darf dem Gegner niemals Zeit geben, nachzudenken oder zu seinen Waffen zu greifen, nicht bevor man alles, worüber man selbst verfügt, auf ihn losgelassen hat und so den Sieg erringt oder sich andernfalls schon aus dem Staub gemacht hat…

Wir mussten etwas Großes versuchen. Etwas, das keiner die feige Ausflucht eines Besiegten nennen konnte. Ich rief in aller Eile die Männer zusammen. Manche hatten sich schlafen gelegt, andere lungerten auf der Wiese herum oder waren zum

Fluss hinabgegangen, einige kümmerten sich um ihre Pferde, ein paar versuchten, in die Kirche zu spähen, zu denen, die dort drinnen hockten – die Stimme der Alten sparte nicht an Flüchen für sie. Ich befahl ihnen, sich gefälligst zu mir herüber zu scheren. Die Dufgussöhne blickten auf. Sie waren gerade dabei, ihre Waffen zu schärfen und die Schneiden der Schwerter und Äxte an ihren Bärten auszuprobieren. Ich ging auf die Wiese hinaus, und die Männer kamen hinter mir her. Ich wollte sichergehen, dass uns die Leute in der Kirche nicht hörten. Und bald stand mir dort der ganze Haufen gegenüber. Alle schwiegen und machten ernste Gesichter, und ich musste mich zusammenreißen, um nicht loszulachen, in so gute Laune versetzte es mich, sie trotz allen Missgeschicks vor mir zu sehen.

»Wie ihr wisst, Kameraden«, sagte ich, »haben sich die Leute aus dem Süden in Skálholt verschanzt. Die besten Schätzungen sprechen davon, dass es zehnmal so viele sind wie wir. Was sollen wir tun?«

Ich wusste, dass sie darauf keine Antwort hätten. Einige begannen, unruhig hin und herzuwanken, sich verlegen zu kratzen oder in die Ferne zu blicken. Teitur Styrmisson, mein Neffe, siebzehn Jahre alt, außergewöhnlich optimistisch und mit Eifer bei der Sache, versuchte augenscheinlich, sich irgendeinen Vorschlag auszudenken. Er glaubte offensichtlich mit pochendem Herzen, dass ich ihn um seine Meinung fragen wollte – seine Augen glühten, aber es fiel ihm dennoch nichts anderes ein, als mir die Gegenfrage zu stellen: »Ja, was meinst du, Anführer?«

»Ich schlage vor, dass wir aufbrechen und Skálholt angreifen«, sagte ich. »Lassen wir sie unsere Kräfte spüren.«

Die Männer blickten mich zuerst mit zweifelnden Gesichtern an, als ob sie nicht sicher wären, das, was ich gesagt hatte, verstanden oder wirklich gehört zu haben. Dann sah ich, dass in einigen Mienen Freude erwachte – Björn Baumstamms Gesicht verwandelte sich in ein einziges Sonnenscheinlächeln. Er blickte seine Brüder aufmunternd an, und als in den dunklen Augen Svarthöfðis und Kolbeinn Schnauzbarts ein Freudenfunke aufblitzte, brach aus dem Baumstamm ein Lachen hervor – ein schrilles, schallendes Freudengelächter. Und dieses Lachen steckte an, es breitete sich unter der ganzen Mannschaft aus, und bald hatten alle begonnen, unter fröhlicher Heiterkeit und aufmunternden Rufen ihre Pferde zu satteln – ich hätte mir nie träumen lassen, dass in den Herzen dieser Riesen so viel Lebensfreude steckte. Ohne über diesen Plan noch irgendein weiteres Wort zu verlieren, ritten wir bald darauf in gestrecktem Galopp in Richtung Bischofssitz davon. Die Schilde und Speerspitzen glänzten im Abendrot, aber dann verschluckte die Dunkelheit Himmel und Erde, und bald sah keiner mehr den anderen. Man hörte nur die festen Hufschläge des Trupps, der rasch durch die Dunkelheit dahinritt.

Teitur Styrmisson

Damals erlebte ich etwas, von dem ich gehört hatte, dass es manchmal passiert, wenn Männer in der Schlacht das Glück auf ihrer Seite haben: In der Dunkelheit leuchteten Elfenfeuer auf unseren Speerspitzen. Þórður ritt an der Spitze, und es schien, als ob er gewachsen wäre. Da war eine Art Leuchten um ihn herum. Ich erinnerte mich daran, was meine Mutter nach der Schlacht von Örlygsstaðir gesagt hatte, als irgendjemand davon sprach, dass es Þórður erspart geblieben war, dort dabei zu sein: »Es ist nicht sicher, dass es dann genauso schlimm geendet hätte.«

Jetzt glaubte ich zu verstehen, was sie meinte.

Dann tauchten die Lichter des Bischofssitzes auf. Ich hätte nie geglaubt, dass an einem Platz so viele Lichter brennen könnten. Sie leuchteten aus den Fenstern und von den Lagern der Soldaten rundherum. Offensichtlich war dort eine große Zahl von Menschen zusammengekommen. Wir zügelten unsere Pferde und blieben stehen. Die Luft war völlig still. Es war ein wenig unheimlich, wie die Ruhe vor dem Sturm …

Þórður sagte den Männern, sie sollten ihre Waffen bereithalten, sagte, dass wir alle gemeinsam an der Stelle angreifen sollten, wo die Gegenwehr vermutlich am größten sei. Abermals lachte Björn Baumstamm, und das steckte alle anderen an. Wir gaben den Pferden die Sporen und schrien aus Leibeskräften. Und da bemerkten uns die Leute von Skálholt endlich. Es schien große Hektik unter ihnen auszubrechen, wir hörten entsetzte Schreie, und irgendeiner rief: »Sie kommen!« Wir sahen Schatten in Panik und mit wilden Gebärden vor den Feuern hin und her huschen. Þórður hob sein Schwert, und wieder sah ich es: Elfenfeuer. Wir sprangen mit den Pferden über die Kirchhofsmauer, dort drinnen hatten sich die Männer aus dem Südland verschanzt, und hieben nach beiden Seiten.

Hjalti Magnússon

Am unheimlichsten war dieses Gelächter, das uns aus der stockfinsteren Nacht entgegenschallte. Es war entsetzlich, unmenschlich, gespensterhaft, kündigte Blut und Verderben an – und dann hörten wir Hufschläge, Waffengeklirr, schon waren sie da…

Und es ist nun mal so, woran es auch liegen mag, wenn etwas bevorsteht, auf das man mit großer Spannung wartet, vielleicht in der Hoffnung, dass es ausbleibt, und mit Angst im Bauch, dann erschrickt man, wenn es losbricht, vielleicht noch mehr, als wenn es einen völlig unerwartet getroffen hätte. Und genauso war das gewesen dort bei Nacht in Skálholt. – Wir hatten nur gehört, dass Þórður Kakali mit einem Trupp Männer in die Gegend gekommen war. Voller Blutdurst und Rachsucht und mit einer Horde Krieger, die vor nichts zurückschreckten, um das Leid der Sturlungen von Örlygsstað ir zu rächen, und bekanntermaßen hatten sie viel Leid erlitten in jener Schlacht. Und was sollte ich tun? Ich weiß, dass mir manche Feigheit und Hilflosigkeit vorwerfen, aber ich war in einer verzwickten Lage. Gissur Þorvaldsson kann nicht einfach einen Haufen Männer töten, wie den Sighvatur und seine Söhne, und dann außer Landes gehen und zu mir sagen, ich solle alle seine Leute hier in diesen weitläufigen Bezirken beschützen, falls einer kommen sollte, seine Untaten zu rächen! Ich wusste nicht, wie viele Männer Þórður in seinem Trupp hatte. Mag sein, dass mir irgendwer gesagt hat, dass es vielleicht nicht besonders viele seien, aber ich wusste doch, dass darunter im ganzen Land bekannte und verruchte Mörder und Verbrecher waren, neben Männern wie den Dufgussöhnen, diesen in vielen Schlachten erprobten Kämpfern, vor denen jedem halbwegs normalen Menschen graut. Also tat ich das, was ich für das Beste hielt: Ich zog meine Mannschaft in Skálholt zusammen, wo die Befestigungsanlagen am sichersten und die Vorräte an Nahrung und Waffen am größten waren.

Dass Þórður im Schutz der Nacht kam, aus dem Nichts der Dunkelheit auftauchte und den Bischofssitz angriff – und dabei lauthals lachte –, deutete ich natürlich so, dass er ein großes Heer hätte und sich uns keineswegs unterlegen fühlte. Ich musste daher versuchen, schnell zu denken. Im ganzen Kirchhof wurden Männer niedergemetzelt! Ich musste sofort handeln und beschloss, als ich merkte, dass der Feind uns nicht ganz umzingelt hatte, einige meiner besten Männer nach Norden über das Hochland loszuschicken, um von Kolbeinn dem Jungen Hilfe und Unterstützung anzufordern.

So war das nun mal. Man tut natürlich nur das, was man im jeweiligen Augenblick für das Richtigste und Vernünftigste hält. Bischof Sigvarður hatte mir ebenfalls allen Beistand, den er mir leisten könnte, angeboten, und ich sandte Leute, ihn zu wecken. Wir hatten hier eine große Zahl Männer beisammen, rekrutiert aus allen Bezirken östlich und westlich des Flusses Þjórsá, und sie stürmten in größter Panik in die Häuser und die Kirche, während draußen in der Dunkelheit Männer niedergeschlagen und misshandelt wurden. Es waren erbärmliche, grauenvolle Schreie, die von dort herdrangen. Und darunter mischte sich das kalte Gelächter der Angreifer – denen schien irgendetwas daran besonderen Spaß zu bereiten –, denn sie lachten und lachten, blutbesudelt bis an die Schultern. Bischof Sigvarður kam heraus, graubärtig und mit zerzaustem Haar, im Nachthemd, schlaftrunken und übler Laune. Ich bat ihn wortreich, zu versuchen, uns zu helfen. Er verschwand, kam aber dann wieder, hatte sich nun das Bischofsgewand übergeworfen und rückte die Mitra auf seinem Kopf zurecht. Einige Priester folgten ihm, wenn auch zitternd vor Angst, denn Sighvaturs Söhne oder zumindest Sturla hatten oft den hässlichen Brauch gepflegt, Priester, die er aus irgendeinem Grund nicht ausstehen konnte, zu kastrieren. Mit diesem Gefolge lief der Bischof hinaus und hob ein Kruzifix und eine Statue der Heiligen Jungfrau in die Höhe. Er verbot Þórður und seinen Männern, an diesem Ort noch mehr Unheil anzurichten, ansonsten würde er über sie alle den Bann aussprechen! Damit flaute der Angriff ein wenig ab, das Waffengeklirr verstummte. Einige Männer aus dem Süden nutzten die Gelegenheit, warfen die Waffen weg und liefen im Schutz der Nacht zu den Häusern. Auch die Verwundeten schleppten sich oder wurden in die Häuser geschleppt. Der Gnade Gottes war es zu verdanken, dass nur zwei gefallen waren. Sie konnten ebenfalls geborgen werden.

Þórður rief dem Bischof zu, er wolle wissen, für welche Vergehen er den Bann über sie ausspreche. Sie hatten offensichtlich ein wenig Angst davor.

Bischof Sigvarður war nie um Worte verlegen – man hatte schon oft über die Schlagfertigkeit und Gerissenheit des alten Mannes gestaunt. Er sagte: »Gebannt seist du und alle deine Männer dafür, dass ihr die Molke einer alten Witwe hier aus der Gegend getrunken und ihre Buttermilch verdorben habt!«

Jetzt verstummte Þórður für einen Augenblick. Dann konnte man hören, wie er wieder seine Stimme erhob, schneidend und gellend. Er sagte, er habe allen Grund, an den Leuten hier im Süden Rache zu üben, die seinen Vater und seine Brüder getötet und sich den größten Teil ihres Besitzes angeeignet hätten, darunter sein rechtmäßiges Vatererbe. Aber der Bischof antwortete darauf, dass es ihm dann besser anstehen würde, sein Recht in Verhandlungen zu suchen, nach Art gesitteter Menschen, als einen heiligen Ort mit Feuer und Schwert anzugreifen. Und so wurde beschlossen, uns in aller Eile herbeizurufen, damit wir mit Þórður verhandelten, ich und drei der größeren Bauern.

Erst da wurde uns klar, dass Þórðurs Mannschaft viel kleiner war, als wir gedacht hatten. Worauf mir eine geniale Idee kam: Die anderen Bauern und die Männer des Bischofs sollten die Verhandlungen mit Þórður beginnen und nach Möglichkeit versuchen, sie zu verzögern und in die Länge zu ziehen, während ich hinter meinen Männern her nach Norden eilen würde, um Kolbeinn zu sagen, er solle sich, so gut es ging, beeilen, damit der Kriegsplan, den ich nun entworfen hatte, auch glückte. Also brach ich mit sieben Mann auf, und es gelang uns irgendwie, uns durch die Reihen der Belagerer zu schmuggeln, ohne dass sie uns bemerkten, oder, was allerdings merkwürdig war, ohne dass wir sie bemerkten ... Das war auf seine Art ebenso überraschend und fast genauso grausig wie jenes seltsame Gelächter – die Erinnerung daran raubt mir noch heute den Schlaf ...

Kolbeinn der Junge

Grenzenlose Dummheit und Kurzsichtigkeit, diese beiden Eigenschaften haben mir oft die Haare zu Berge stehen lassen.

Seit ich mich erinnern kann, also seit mehr als vier Jahrzehnten, haben in diesem Land Krieg und Chaos geherrscht. Und so mancher Waghals ist zu Feldzügen aufgebrochen, mit kaum mehr als seinem verletzten Stolz und blinder Rachsucht bewaffnet – Menschen wurden getötet in Anfällen von Wut und Zorn und ohne einen Gedanken daran, dass der Tod den Tötenden und seine Familie zuletzt selbst am härtesten treffen würde. Schlimm ist es, wenn sich jene zu so etwas hinreißen lassen, die einem nahe stehen. Übel ist es, seinen Verbündeten und Verwandten zuzusehen, wie sie sich in die absurdesten Waghalsigkeiten stürzen und nichts anderes dabei ernten als den Verlust von Leib und Leben. Und trotzdem ist es nicht viel besser, solcher Verblendung ständig von Seiten seiner Feinde ausgesetzt zu sein – man bekommt dabei den üblen Verdacht, dass es nicht möglich sein wird, diesen Krieg mit Vernunft und Einsicht zu beenden –, immer wieder werden sich neue Hitzköpfe erheben, deren größte Sehnsucht darin zu bestehen scheint, in ihrem ganz persönlichen Weltuntergang umzukommen.

Ich hatte geglaubt, ich hätte das alles schon gesehen und erlebt. Aber Þórður Kakali und seine Männer bereiteten einem unablässig Kopfzerbrechen …

Mit seiner bunt zusammengewürfelten Truppe aus dem

Westen fällt ihm nichts Besseres ein, als den Bischofssitz in Skálholt selbst zu belagern. – Man wird es wohl einen Zufall nennen müssen, dass er nicht gleich nach Flugumýri kam und mich angriff, quer durch den ganzen Skagafjord ritt, wo viele hundert Männer mit gezückten Schwertern auf ihn warteten und ein Späher auf jedem Hügel lauerte?

Aber nicht genug damit, dass er den Bischofssitz von Südisland angreift, er beginnt auch sogleich damit, den Leuten dort Bedingungen zu stellen!

Ich dachte, es wäre jedem klar, dass Südisland über ein unschlagbares Heer verfügt, das diese kleine Räuberbande Þórðurs im Nu aufreiben könnte. Dort hatte Gissur erst vor kurzem im Handumdrehen siebenhundert tapfere Männer für den Kriegszug in den Skagafjord ausgehoben, als wir beide mit unseren Verbündeten den Sturlungen in Örlygsstaðir eine so gründliche Lehre erteilten, dass in Zukunft keiner mehr vor ihnen Angst zu haben braucht.

Wenn nur alles mit rechten Dingen zuginge und die Leute begreifen würden, wo ihre Grenzen sind!

Aber Þórður reitet mit seiner Handvoll Plünderern dennoch quer durch das dicht besiedelte weitläufige Südland, furchtlos, ohne dass jemand etwas dagegen unternimmt – ihn daran hindert, den Bischofssitz selbst zu belagern.

Und man sollte meinen, diese Schande wäre den Leuten dort Anlass genug, sich endlich zu wehren, ihm die Zähne zu zeigen. Aber weit gefehlt! Ihnen fällt nichts Besseres ein, als in aller Eile Männer loszuschicken, über Berg und Tal, hierher zu mir. »Komm, rette mich!«, ruft der Stier, »das Mäuschen hat mich angepiepst!«

Der Zufall hatte es so gewollt, dass ich seit einiger Zeit krank gewesen war, und auch wenn es mir schon besser ging, hätte ich am liebsten noch etwas länger das Bett gehütet. Aber das war ja nicht möglich. Ich musste aufstehen und mich anziehen, denn man sagte mir, Männer seien in größter Bestürzung aus dem Süden gekommen. Und dort standen sie im Vorraum, mit rotztriefenden Nasen, bleich im Gesicht und mit glasigen Augen, gezeichnet von den Strapazen des Rittes über das Hochland, aber noch mehr von Angst und fehlender Mannhaftigkeit.

»Können wir Kolbeinn den Jungen sprechen?«, stießen sie hervor.

Ich muss den Leuten abgewöhnen, mich Kolbeinn den Jungen zu nennen, wie irgendeinen Rotzlöffel. Mein Onkel Kolbeinn Tumason, der Psalmendichter, ist schon lange genug tot, als dass mich die Leute ständig von ihm unterscheiden müssen.

»Ich heiße Kolbeinn Arnórsson«, ließ ich vernehmen, als ich in die Stube trat. Dort saßen sie, bucklig, ängstlich und mit hängenden Köpfen – schlürften aus Näpfen Skyr, mit Milch verdünnten Quark, mit dem sie sich sofort das Gesicht bekleckerten, als sie mich sahen und hörten. Wahrscheinlich erschraken sie so darüber, jemanden mit halbwegs furchtloser Stimme sprechen zu hören. Ich hatte diese Männer irgendwo schon einmal gesehen, stellte mich aber dennoch vor. Sie sollten nicht etwa glauben, wir seien alte Bekannte oder irgendwelche Kumpel …

Da wollten sie auch schon aufstehen und sich in aller Umständlichkeit bei mir vorstellen, aber ich bedeutete ihnen mit der Hand, sich zu setzen. Ich interessierte mich nicht den Teufel dafür, wer sie waren, sondern nur für ihr Anliegen.

Und dann kam es. Mit halb tränenerstickten Stimmen berichteten sie, dass die Bauern und das gemeine Volk im Süden von einer großen Gefahr bedroht seien, denn ein Heer von Totschlägern streife durchs Land, mit diesem berüchtigten Draufgänger und Radaubruder Þórður Sighvatsson Kakali an der Spitze.

»Ein Heer?«, fragte ich höhnisch. Ich hatte von seinem Ritt durch das Westland nach Süden gehört.

»Ja, was ist schon ein Heer, und was ist keins«, sagten sie und wurden ein wenig verlegen und ärgerlich und stießen dann hervor, dass die Leute zumindest keinen anderen Ausweg gesehen hätten, als um Unterstützung hier aus dem Norden zu bitten. Schließlich wäre es nicht zuletzt Sache der Nordländer, das Land von diesem Störenfried zu befreien, wenn man bedächte, wie viel Übel die ewigen Zwiste der Sturlungen und der Leute aus dem Skagafjord über das Land gebracht hätten…

Ich war ganz einfach nicht gesund oder wach genug, um mir sofort über die infamen Unterstellungen klar zu werden, die in ihren Worten lagen. Stattdessen fragte ich in strengem Ton, ob sie mir sagen könnten, wie viele Männer Þórður denn hätte. Aber davon hatten sie nur eine sehr vage Vorstellung. Sie begannen, sich ärgerlich flüsternd untereinander zu beraten. Keiner hatte wirklich etwas gesehen, sie hatten nur Gerüchte und Vermutungen gehört, die sich gegenseitig widersprachen, aber das Waffengeklirr und das Kriegsgeschrei hatten sie vernommen, ebenso das Gelächter in der Nacht.

Gelächter?… Ist der verdammte Þórður denn völlig besoffen? Und alle seine Männer dazu? Dies ist sicherlich die nächstliegende und wahrscheinlichste Erklärung für sein Verhalten…

Ich hatte jetzt genug gehört, um zu begreifen, dass die unerhörte Verwegenheit Þórðurs und die Feigheit der Südlandbauern gleichermaßen Schuld daran waren, dass die Leute dort völlig den Kopf verloren hatten. Ich ließ die Männer, die immer noch in hektischem Geflüster ihre unterschiedlichen Eindrücke verglichen, sitzen und eilte vors Haus. Dort rief ich ein paar Knechte herbei und befahl ihnen, sofort durch den Bezirk zu reiten und eine ausreichende Zahl bewaffneter Männer zusammenzutrommeln. Denn ich hatte begriffen, dass sich mir jetzt die Gelegenheit bot, diesem Spuk ein für alle Mal ein Ende zu bereiten: Ich wollte so schnell wie möglich über das Hochland nach Süden reiten, Þórður und seinen Trupp stellen, sie in alle Winde zerschlagen und ihnen den Garaus machen. Und mit diesen Männern aus dem Südland würde ich kein Wort mehr sprechen. Noch heute Abend wollte ich mit meinem Heer nach Süden aufbrechen, die Ankömmlinge sollten von mir aus machen, was sie wollten.

Gerade als ich so gut wie reisefertig war, kamen noch mehr Männer im Galopp auf den Hof zugesprengt, auf verschwitzten, abgehetzten Pferden. Das war niemand anderer als der über das Südland eingesetzte Verwalter, Hjalti Magnússon, mit ein paar Männern an seiner Seite!

Ich hätte ihn am liebsten spontan gefragt, ob er nicht besser seinem Gesindel von Männern in ihrer Not beistünde, verkniff es mir aber.

»Sieh mal an, jetzt kommen sogar große Heerführer zu mir auf Besuch«, sagte ich.

Er schien vor Stolz, weil ich ihn Heerführer nannte, regelrecht zu wachsen und sagte, er habe es für das Richtigste angesehen, selbst zu kommen, als klar wurde, dass Þórður wahrscheinlich kaum weniger als hundert Mann hinter sich habe. Und er fügte hinzu, dass er es selbst für das Beste hielte, wenn ich mit einem Heer nach Süden kommen und mich mit dem Feind schlagen würde.

»So so, das hältst du also selbst für das Beste?«, sagte ich und versuchte, Hohn in meine Stimme zu legen, aber so etwas brachte den Anführer der Südlandbauern nicht aus der Fassung. Er begann, mir den ganzen Sachverhalt, der offensichtlich war, umständlich darzulegen, mir zu erklären, was auf der Hand lag, aber da hatte ich dieses höfliche Geplänkel satt und fragte: »Wenn Þórður Kakali mit einer Handvoll Wegelagerern den Bauern in deinem Bezirk das Leben sauer macht, was zum Teufel tust du dann hier bei mir?«

Ich war noch halb krank und hatte die Schnauze von all dem voll.

Hjalti schaute mich verwirrt an. Tja, was er bei mir mache?… Er stammelte etwas davon, dass Bischof Sigvarðr versuchen wollte, die Verhandlungen in die Länge zu ziehen, Þórður hinzuhalten, während man auf Unterstützung aus dem Norden wartete.

»Ich habe gefragt, was du machst, nicht der Bischof«, sagte ich. »Hat man nicht dir die Führung dort im Süden anvertraut?«

Hjalti versuchte, noch irgendetwas zu sagen, kam aber über ein Stottern nicht hinaus. Er war verwirrt und ganz verschreckt.

»Und was sollen diese Andeutungen, dass es unsere Sache hier im Norden sei, das Land von Þórður und seinesgleichen zu befreien?«, fuhr ich in rauem Ton fort. »Meines Wissens haben die Sturlungen in diesem Land seit mehr als einem Mannesalter wie die Beulenpest gewütet, und wir hier im Norden haben lediglich versucht, uns ihrer zu erwehren. Was mehr ist, als die Südländer von sich behaupten können. Zumindest in Gissurs Abwesenheit.«

Hjalti hatte jetzt fast schon zu schluchzen begonnen. »Es war nicht meine Absicht, hierher zu kommen, um mich mit dir zu streiten, Kolbeinn«, sagte er.

Da beschloss ich, meinen Zorn hinunterzuschlucken, denn schließlich soll man sich nicht mit Untergebenen streiten.

»Schön und gut«, sagte ich, »du hast Recht damit, dass es das Beste ist, wenn ich nach dem Süden komme. Ich habe schon ein Heer aufgestellt, und wir brechen noch heute Abend auf, um Þórður Kakali aufzusuchen. Und ich verspreche dir, nach unserem Treffen brauchst du seinetwegen keine schlaflosen Nächte mehr zu haben.«

Natürlich meinte ich, was ich sagte. Ich hatte das Gefühl, dass es jetzt möglich und vielleicht sogar ein Leichtes wäre, diese Angelegenheit zu Ende zu bringen. Und zugleich hatte ich so eine Art Vorahnung, dass es mich mehr Mühe kosten könnte, als ich je geahnt hätte, wenn mir mein Vorhaben jetzt nicht glückte. Wie tollkühn und unberechenbar Þórður sich verhielt – das war auf seine Art erschreckend…

Þórður

Es machte wahrhaftig Spaß zu merken, wie die Kriegslist aufging, zu sehen, wie die Menge bei unserem überraschenden Angriff in alle Richtungen auseinander stob – ich konnte mich kaum fassen vor Freude. Ich hatte schon eine Ewigkeit nichts mehr erlebt, das mir Anlass zur Freude gegeben hätte, aber ich beschloss dennoch, mit beiden Füßen auf der Erde zu bleiben, den Sieg nicht zu feiern, bevor ich ihn endgültig errungen hatte.

Trotzdem musste ich mich sehr zusammennehmen, um nicht lauthals loszulachen, als der Bischof selbst mit einigen seiner Prälaten auf uns zumarschierte – mit der Botschaft, dass die Südlandbauern mit mir um Bußgeld für meine getöteten Familienmitglieder verhandeln wollten, wenn ich ihnen im Gegenzug dafür Frieden versprach.

Da stand er vor mir, der Bischof, vor Aufregung bleich im Gesicht, und die Priester hinter ihm zitterten aus Angst vor uns am ganzen Körper! Ich musste mich für einen Augenblick abwenden, drehte mich um und hielt mir die Hände vor den Mund und das Kinn, als ob ich ernsthaft über das Angebot nachdächte. In Wirklichkeit aber versuchte ich nur, das Grinsen zu verbergen, das sich über mein ganzes Gesicht zog. So sehr belustigte mich der Gedanke, dass diese riesige Zahl von bewaffneten Männern Frieden von uns erkaufen wollte. Von uns, die wir nicht einmal zahlreich genug waren, ihre Häuser zu umstellen!

Ich verbiss mir das Lachen und sagte, ich müsse mich mit meinen Anführern beraten. Dann bedeutete ich Svarthöfði, er solle mir folgen, und ebenso meinem Neffen Teitur Styrmisson, der bei ihm stand. Ich hielt es für eindrucksvoller, wenn die Leute von Skálholt sahen, dass wir mehr als zwei im obersten Kriegsrat waren…

Ich legte den beiden das Angebot der Südlandbauern dar. Wie nicht anders zu erwarten, war mein Neffe Teitur sofort ganz aufgeregt und wollte das Angebot so schnell wie möglich annehmen, denn dann könnten wir uns aus dem Staub machen. Er war so fröhlich und aufgekratzt, dass ich ihn schon ermahnen wollte, er solle seine Stimme senken und sich beherrschen, was nicht nötig war, denn er tat es von selbst, aber die kindliche Siegesfreude, die in seinen Augen leuchtete, war ehrlich und echt, obwohl er versuchte, wie ein erwachsener Mann zu reden, der die Lage nüchtern und sachlich beurteilt. »Ich glaube, es ist klar, dass dieses Angebot deine Position im Augenblick erheblich stärkt«, sagte er und machte dabei seine Stimme tief. – Ich begann diesen Jungen zu mögen.

Svarthöfði ließ sich durch nichts aus der Ruhe bringen. Das Angebot beeindruckte ihn wenig, und er sagte, das Wichtigste wäre, sicher zu gehen, dass hier kein Trick mit im Spiel sei – dass die Südlandbauern nicht nur versuchten, uns hinzuhalten und die Sache in die Länge zu ziehen, während sie Kolbeinn den Jungen zur Verstärkung aus dem Norden holten.

Also waren wir drei uns einig, dem Bischof mitzuteilen, dass wir bereit wären, das Angebot anzunehmen, wenn sie unsere Bedingungen so schnell wie möglich erfüllten. Wir würden in Frieden von hier abziehen, wenn uns jeder Bauer, der bei der Schlacht von Örlygsstaðir dabei gewesen war, ein angemessenes Bußgeld in Silber und Münzen auf die Hand bezahlte.

Damit verschwand der Bischof ins Haus.

Aber er kam bald darauf wieder zurück und sagte, auch wenn manche Bauern vielleicht etwas an Geld nach Skálholt mitgebracht hätten, müsse ich ihnen doch die Zeit geben, zu ihren Höfen zu reiten oder Männer nach Hause zu schicken, um das Silber zu holen. Abermals beriet ich mich darüber mit Svarthöfði und erlaubte Teitur zuzuhören. Das Ergebnis war, dass wir den ganzen nächsten Tag und bis zum übernächsten Morgen warten würden, während sie das Geld zusammentrugen. Unsere Bedingung war, dass die Männer von Skálholt ihre Waffen als Versicherung in den Kirchhof legten, wo wir sie sehen und sie sie nicht erreichen konnten. Das empfanden viele zweifellos als harte Forderung, aber weil es immer noch dunkel war und die Leute von Skálholt nicht wussten, wie ungünstig das Truppenverhältnis für uns stand, akzeptierten sie, schlotternd vor Angst, wir könnten sie sonst angreifen oder ihnen die Häuser über den Köpfen abbrennen.

Und so wurden die Waffen herausgetragen: Speere, Äxte, Schwerter und Schilde – alles zu einem großen Haufen neben den Grabmälern der ehrwürdigen Bischöfe aufgeschichtet. Im Morgengrauen verließ dann ein kleiner Trupp von Bauern Skálholt, um in die Umgebung und nach Osten über den Fluss Þjórsá zu reiten und das Bußgeld aufzutreiben. Wir hielten abwechselnd Wache, ruhten uns aus oder taten uns an den Speisen gütlich, die man uns als Zusatz zu den genannten Waffenstillstandsbedingungen vom Bischofssitz herausgebracht hatte. Die Männer waren bester Laune.

Am nächsten Morgen kehrten die Bauern aus den westlichen Bezirken zurück. Sie hatten die Geldbeutel auf die Pferde gebunden, und wir ließen sie in Frieden passieren, nicht wenig erfreut, als wir das Silber klimpern hörten. Als der Tag anbrach und die gesetzte Frist eigentlich schon verstrichen war, kamen zwei Priester des Bischofs heraus und sagten, die Bauern wären dabei, das Bußgeld zu zählen. Sie wollten noch auf die Männer warten, die nach Osten über den Fluss geritten waren, dann würden die Bauern entscheiden, was sie unternehmen wollten. Wir fanden, das klänge nicht gut genug. Überhaupt hatten wir das Gefühl, die Leute würden immer störrischer und widerspenstiger, je deutlicher ihnen wurde, wie klein unser Trupp eigentlich war und wie sehr sie sich hinters Licht hatten führen lassen. Kolbeinn Schnauzbart ergriff einen der Priester und schüttelte ihn ein wenig durch. Manche meinten, wir sollten ihn als Geisel nehmen und fordern, dass sie alles vorhandene Geld sofort herausgäben. Wir beschlossen aber trotzdem, ihn freizulassen. Noch hatten wir alle Trümpfe in der Hand, solange ihre Waffen im Kirchhof lagen. Wir konnten es nicht riskieren, eine für uns so günstige Abmachung zu brechen. Und an sich bestand wenig Gefahr, dass ihre Männer in so kurzer Zeit über das Hochland nach Norden gekommen waren und schon ein Heer im Anmarsch war. Also warteten wir…

Spät am Abend tauchten die Boten aus dem Osten endlich auf. Sie ritten in einer dichten Schar in scharfem Galopp, wirkten zornig und aufgebracht und kehrten, wie uns schien, mit leeren Händen zurück. Kurze Zeit später bemerkten wir Unruhe und lautes Gezeter im Bischofssitz, und es dauerte nicht lange, bis der Bischof selbst erneut herauskam, mit der Mitra auf dem Kopf und das Gesicht vor Aufregung ganz verzerrt. Er rief mir in kreischendem Singsang entgegen, dass wir den ausgehandelten Vertrag mit Heimtücke, übler List und Hinterhältigkeit gebrochen hätten!

Ich fragte verwundert, was er damit meinte. Da sagte er, wir hätten, anstatt den Ort in Frieden zu verlassen und den Waffenstillstand mit den Leuten im Süden zu halten, einen Trupp von Mördern und Halunken nach Osten über den Fluss Þjórsá geschickt, um die Bauern in Rangárvellir zu drangsalieren. Und damit hätten wir alle Bedingungen für einen Frieden und Vergleich zwischen uns und den Südlandbauern gebrochen!

Steinvör

So entsetzlich und schmerzvoll es auch ist, seinen Vater, seine Brüder und seine Verwandten auf dem Schlachtfeld zu verlieren und zuzusehen, wie die Überreste der Familie von wilden Tieren und Aasvögeln zerrissen werden, so war doch die Qual noch größer, nichts dagegen unternehmen zu können – zu wissen, dass sich keiner gegen den Abscheu erheben wollte. Das hatte mir schon so lange den Schlaf geraubt und mir solche Seelenpein bereitet, dass ich zu diesem Zeitpunkt – es ist eine Schande, es auszusprechen – fast jede Hoffnung verloren hatte, dass die ganze Schmach, die über unsere Sippe hereingebrochen war, irgendwann gebührend gerächt oder uns Genugtuung verschafft würde. Uns, die wir im Blutbad von Örlygsstaðir Vater und Brüder verloren hatten.

Deswegen staunte ich nicht wenig, freute mich und war den Tränen nahe, als mir das Gerücht zu Ohren kam, meine Brüder Þórður und Tumi seien mit einer Schar von Männern aus Westisland gekommen und hätten die Hauptsitze der Haukdælingar in Bræðratunga und Skálholt angegriffen. Aber noch mehr staunte ich, als eines Tages im Morgengrauen an die Tür gepocht wurde und dort kein anderer stand als mein Bruder Tumi, ausgerechnet er. Blutig und erschöpft, aber auf eigenen Beinen stehend und merkwürdig fahrig und gehetzt. Er konnte nicht still sitzen, sondern schritt in großer Erregung auf und ab, auch wenn bei jedem seiner Schritte Blut aus seinen Schuhen quoll. Er hatte etwa zehn Mann bei sich, einige davon ebenfalls verwundet. Ein paar andere hatte er auf seinem Streifzug durch das Südland sogar verloren. Sie waren von Hof zu Hof geritten und hatten die Leute, die unserer Sippe Leid und Schande angetan hatten, ihre Waffen und Fäuste spüren lassen.

Ich brauchte eine Weile, um mir über diese ganze Geschichte einen Überblick und halbwegs Klarheit zu verschaffen, denn wenn ich es recht verstand, soll Þórður, als es darauf ankam, angeblich der Mut verlassen haben. Tumi hatte mit einigen tapferen und unerschrockenen Männern den Kriegszug fortgesetzt. Mir kam das alles ein wenig rätselhaft vor. Aber ich grübelte nicht lange darüber nach, sondern weckte die Dienstmägde und Küchenmädchen und befahl ihnen, die Wunden der Verletzten zu versorgen und Essen auf den Tisch zu bringen. Vom Besten, das im Hause war. Auch Betten sollten für meinen Bruder und seine getreuen Gefolgsmänner aufgeschlagen werden.

Meinen Mann Hálfdan hielt ich aus der ganzen Sache raus. Ich wollte mir von ihm mit seinem üblichen Genörgel nicht die Freude über den errungenen Sieg verderben lassen und tat so, als ob ich ihn nicht sähe. Aber er war natürlich aufgewacht und aus dem Bett gekrochen und schlich um uns herum und versuchte zu erlauschen, was hier eigentlich vor sich ging – ohne mich direkt zu fragen. Währenddessen versuchte ich, meinem Bruder Tumi weitere Einzelheiten aus der Nase zu ziehen. Es war irgendetwas an der ganzen Sache, das mir auf den ersten Blick nicht richtig behagte. Sicher machten einige von Tumis Gefolgsmännern keinen ganz geheuren Eindruck, auch wenn ich versuchte wegzublicken, als sie in wilder Gier anfingen, den Frauen, die ihre Wunden versorgten oder ihnen Essen brachten, unter die Röcke zu fassen und sie in die Scham zu kneifen – aber noch merkwürdiger fand ich es, als Tumi damit herausrückte, welche Höfe er überfallen hatte. Denn an den Orten, an denen sie ihre größten Heldentaten vollbracht hatten, waren kaum die ärgsten Feinde von uns Sturlungen zu Hause, sondern vielmehr Männer, mit denen nur Tumi persönlich noch eine Rechnung zu begleichen hatte. Am Hof Skarði hatten sie einen Bauernsohn misshandelt, mit dem Tumi um ein Mädchen gebuhlt und dabei den Kürzeren gezogen hatte. Sie hatten eine Kate in Þykkvabær angesteckt, in der ein Hüne wohnte, der Tumi bei einem Ballspiel hier in Rangárvellir einmal eine Ohrfeige versetzt hatte...

Die Männer waren natürlich völlig erschöpft und legten sich auf ein großes Lager mitten in der Halle, und bald ertönte von dort ein vielstimmiges Schnarchen. Einer oder zwei hatten mit Gewalt Mädchen zu sich auf den Boden gezerrt, ihnen aber letztlich wenig anzuhaben vermocht.

Nur Tumi schlief kaum oder gar nicht. Nach kurzer Zeit hörte ich schon ein aufgeregtes Streiten an der Tür zur Halle. Dort standen mein Bruder Tumi und mein Mann Hálfdan und zankten um die Frage, warum Hálfdan zwei bewaffnete Männer neben den Schlafenden aufgestellt hatte – offensichtlich als Wache, damit sie keinen Schaden anrichteten. Hálfdan sagte, er täte das, weil er einen von Tumis Männern erkannt habe. Der heiße Ásbjörn und sei ein bekannter und berüchtigter Frauenmörder aus den Ostfjorden, vor dem alle anständigen Menschen Abscheu hätten. Ich fragte Tumi, ob das wahr sei, aber er lief nur in wildem Zorn auf und ab und sagte, Männer in seiner Lage könnten nicht allzu wählerisch sein, was ihre Mitstreiter beträfe, solange diese mit Waffen umzugehen wüssten. Was ich für eine gute Antwort hielt. Trotzdem ließ ich es unwidersprochen, dass Hálfdan seine Wachen nicht abzog.

Am merkwürdigsten fand ich aber doch die Geschichte, dass Þórður im entscheidenden Moment den Mut verloren hatte, während Tumi scheinbar vor nichts und niemandem zurückschreckte. Bald stellte sich jedoch das Gegenteil heraus, als ein Mann eine unglaubliche Nachricht brachte: Þórður belagere mit seinen Männern Skálholt und habe von den Südlandbauern eine ungeheure Summe Bußgeld für ihre Schandtaten in Örlygsstaðir erpresst! Hálfdan befahl daraufhin sogleich allen waffenfähigen Männern im Haus, sich zu rüsten und zu bewaffnen und alle verfügbaren Knechte von den Nebenhöfen herbeizuholen, denn in einer solchen Lage sei mit allem zu rechnen. Dann schickten wir Leute aus, um Genaueres zu erfragen. Da begriff auch ich, was heute ja den meisten bekannt ist, dass nämlich Tumi sich mit seinen Mitstreitern vom Haupttrupp getrennt hatte und dass ihre Plünderungen und Gewalttaten hier in der Gegend alles zunichte zu machen drohten, was Þórður jenseits des Flusses Þjórsá erreicht hatte. Hálfdan meinte da sogleich, Tumi und seine Männer müssten von Keldur verschwinden. Er hätte keine Lust, seinen Schwager auf seinem Hof umbringen zu lassen, und andererseits nicht genügend Männer, um ihn vor dem wütenden Zorn des ganzen Bezirks zu schützen. Und weil ich fürchtete, dass sich die beiden Brüder so zerstritten hätten, dass Tumi bei Þórður und seinen Männern keine Zuflucht mehr finden würde, sah ich keine andere Möglichkeit, als ein Pferd satteln zu lassen, mir zwei Männer als Begleiter zu nehmen und Richtung Westen nach Skálholt zu reiten.

Teitur Styrmisson

Ich war hin und her gerissen zwischen der Siegesfreude, die die ganze Truppe erfasst hatte, einerseits und lähmender Angst andererseits. Die Furcht packte mich in den Augenblicken, in denen ich mir unsere tatsächliche Lage vor Augen führte, mit eiskalten Krallen …

Ich versuchte, mich an Þórður zu halten, denn seine Verwegenheit, gepaart mit dieser Art von Fröhlichkeit, war ansteckend. Zugleich blieb ich in der Nähe der Dufgussöhne. Ihre Anwesenheit wirkte wie ein Schutzschild oder eine aufgeworfene Schanze. Ich versuchte, so viel wie möglich zu lachen, mit lauter Stimme zu sprechen, aber wenn ich mich einen Augenblick zurückzog, erfassten mich sofort Angst oder blankes Entsetzen …

Es wurde umso schlimmer, je länger sich das Warten bei Skálholt hinzog. Die Zeit, von der Þórður und Svarthöfði gemeint hatten, dass sie uns bliebe, war verstrichen – die Frist, die uns gegeben war, um uns halbwegs sicher aus dem Staub zu machen, bevor Kolbeinn der Junge mit einem unschlagbaren Heer aus dem Norden käme.

Aber wir mussten warten. Wegen des Ärgers, den uns Tumi mit seinem Davonlaufen und seinen Plünderungen in Rangárvellir und Umgebung eingehandelt hatte. Wir konnten im Augenblick nichts unternehmen, wenn wir nicht mit leeren Händen und unverrichteter Dinge von Skálholt abziehen wollten. Es war schon so schlimm geworden mit meiner

Angst, dass ich kaum ein Auge zutat oder schon beim kleinsten Windhauch, oder wenn nur irgendwo ein Huhn gackerte, schweißgebadet aus dem Schlaf hochschreckte…

Einige aus der Mannschaft, denen die Warterei ebenfalls lang geworden war, machten den Vorschlag, dass wir den Leuten von Skálholt ein Ultimatum stellen sollten: Entweder sie würden sofort alles Geld, und was sie sonst noch an Wertvollem zusammengekratzt hätten, aushändigen, oder wir würden uns daran machen, den Bischofssitz anzugreifen oder in Brand zu stecken. Ich wollte diesen Vorschlag schon unterstützen, aber Þórður und Svarthöfði schüttelten die Köpfe. Dem schlossen sich auch die anderen Dufgussöhne an – sie begannen zustimmend ihre struppigen Köpfe zu schütteln, weil Svarthöfði damit angefangen hatte. Þórður und Svarthöfði sagten, wenn wir einen Angriff unternähmen, müssten wir mit viel größerem Widerstand als bei unserer Ankunft rechnen. Die Leute hätten zweifellos noch Waffen in den Häusern und wären nun viel ruppiger. Viele seien verärgert und stinkwütend über das, was sie für Verrat und hinterhältige Schandtaten unserer Leute hielten. Also warteten wir diese Nacht noch ab, am nächsten Tag wollten wir es mit Verhandlungen versuchen. Ich hatte mittlerweile ein ständiges Sausen in den Ohren und konnte nicht stillsitzen – Þórður sagte, ich solle mich hinlegen und ausruhen, was ich versuchte. Aber es gelang mir nur für einen Augenblick, die Augen zu schließen, bevor ich mit der schrecklichen Vorahnung wieder aus dem Schlaf hochfuhr, dass Kolbeinn der Junge nicht mehr weit war – unsere Tage waren gezählt…

Früh am nächsten Morgen wurde diese Vorahnung noch durch Hufschläge bestärkt, die sich dem Ort näherten, so dass ich aufsprang und nach meinen Waffen tastete. Ich sah drei Pferde auf uns zukommen. Auf dem ersten saß quer im Damensattel eine große, stattliche Frau – das war niemand anderer als meine Tante Steinvör von Keldur, die Schwester von Þórður und Tumi. Zwei stämmige Kerle, schwer bewaffnet und mit Helmen, ritten hinter ihr her.

Steinvör sprang aus dem Sattel, ohne sich nach Art vornehmer Frauen dabei helfen zu lassen. Sie wechselte ein paar Worte mit Þórður, begrüßte einige aus der Mannschaft und schien ganz überrascht, mich hier zu sehen. Wie groß ich doch geworden sei! Und dann ging sie los und klopfte an das Tor des Bischofssitzes, ohne Angst vor irgendwas und irgendwem. Von innen wurde gefragt, wer vor der Tür sei, und meine Tante antwortete mit hoher, durchdringender Stimme: »Hier ist Steinvör Sighvatsdóttir!«

Im selben Augenblick wurde der Riegel zurückgeschoben, und sie trat ein.

Sie blieb eine gute Weile, und wir sahen, dass mehrere Leute zur Beratung mit dem Bischof ins Haus geholt wurden. Schließlich sandte man nach Þórður, und ich hatte vor Dankbarkeit und Stolz beinah Tränen in den Augen, als er mich zusammen mit Svarthöfði bat, ihn in das Haus des Bischofs zu begleiten.

Dort saß Steinvör mit versteinertem und fest entschlossenem Gesicht. Neben ihr der Bischof und rundherum einige der Anführer der Südlandbauern. Und als wir drei uns gesetzt hatten, unterbreitete uns der Bischof das Übereinkommen, zu dem sie sich hatten überreden lassen, aus Achtung vor Steinvör und ihrem guten Mann Hálfdan. Die Abmachung bestand darin, dass die Bauern aus den Gebieten westlich der Þjórsá Þórður und uns Sturlungen auf der Stelle alles Geld wie abgemacht bezahlten. Steinvör würde sich darum kümmern, das Bußgeld von den Bauern östlich der Þjórsá einzutreiben und entgegenzunehmen. Von diesem Betrag würde eine angemessene Summe als Schadenersatz für das, was Tumi und seine Männer dort angerichtet hatten, abgezogen.

Þórður blickte Svarthöfði an und dann mich, und ich sah, dass sie beide das Angebot so schnell wie möglich annehmen wollten. Ich selbst hätte, wenn es mir zugestanden wäre, das Wort zu ergreifen, am liebsten gerufen: Lasst uns das sofort annehmen und dann blitzschnell verschwinden! – Aber ich ließ es dabei bewenden, als Zustimmung mit den Augen zu blinzeln, so wie ich es bei Svarthöfði gesehen hatte. Und Þórður schien zu verstehen, denn er teilte dem Bischof mit, dass wir aus Achtung vor seiner Heiligkeit und seiner guten Schwester bereit seien, auf diesen Kompromiss einzugehen.

Freude durchströmte mich. Ich war schon halb aufgestanden, als ich begriff, dass es noch einen Haken an der Sache gab.

Steinvör wollte als Lohn dafür, dass sie diesen Vergleich eingefädelt hatte, von Þórður das Versprechen, dass er auf Tumi und seine Männer warten, sich mit ihnen aussöhnen und sie wieder in seine Truppe aufnehmen würde.

Ich spürte, wie Þórður in Wut entbrannte – er saß neben mir, und ich merkte, wie sein ganzer Körper vor Anspannung zitterte und bebte. Aber er beherrschte sich fürs Erste, bat darum, uns drei allein mit seiner Schwester sprechen zu lassen. Dann gingen wir zu viert vor das Haus. Und dort konnte sich Þórður nicht länger im Zaum halten, sondern fauchte seine Schwester an, dass er seinem Scheusal von Bruder nicht das Geringste schuldig sei. Er sagte, er könne es nicht verantworten, Leib und Leben der Männer, die ihm trotz allem mit Treue und Tapferkeit gefolgt seien, aufs Spiel zu setzen, indem er sich der Lumpen und Verräter erbarmte, die sich aus freien Stücken von ihnen abgesetzt hatten, gerade als man sie am dringendsten gebraucht hätte. Steinvör blickte Þórður genauso scharf in die Augen und antwortete, dass er, ganz gleich was vorgefallen sei, seinen Bruder nicht umbringen lassen könnte wie einen Hund.

Was wohl leider die Wahrheit war.

Þórður verbiss sich seine Antwort und brach mitten im angefangenen Wort ab. Dann ging er mit schnellen Schritten davon und setzte sich auf die eingerissene Friedhofsmauer. Er versuchte offensichtlich, Klarheit darüber zu gewinnen, was er wollte. Dann ließ er die Mannschaft zusammenrufen.

Er machte uns das Angebot, dass alle, die wollten, sofort aufbrechen und sich nach Westen in einen sicheren Unterschlupf absetzen könnten. Er würde allein oder vielleicht mit wenigen anderen auf Tumi und seine Männer warten.

Der Trupp schwieg. Die Männer scharrten mit den Füßen im Sand und vermieden es, sich gegenseitig in die Augen zu sehen. Aber dann sagten sie, einer nach dem anderen, dass sie lieber mit ihm warten würden. All das war so bewegend, dass ich spürte, wie ich in heftiges Weinen ausbrach, das ich, so gut es ging, zu verbergen suchte…

Damit war beschlossen, dass wir bis zum Abend auf Tumi warten würden. Mit den Geldbeuteln in der Hand, aber ohne dass die Leute von Skálholt ihre Waffen holen dürften – mit diesem Kompromiss konnten sich die Geschwister Þórður und Steinvör voneinander verabschieden, allerdings recht kühl, wie ich fand.

Den ganzen Tag war ich davon überzeugt, dass Kolbeinn nicht mehr weit von uns entfernt war. Ich spürte, wie er heranrückte mit seiner Übermacht…

Þórður

Mein Bruder ist ein Hundsfott.

Björn Baumstamm

Das war ein stinklangweiliges Warten. Zum Teufel nochmal hat es mir gestunken, dort auf Tumi zu warten …

Was ist das bloß mit Tumi? Ich weiß nicht … Sie waren nicht so, die anderen Brüder. Nicht Sturla, nicht Þórður oder die anderen …

Da ist irgendetwas Erbärmliches in Tumis Augen. Sie flackern ständig, mal hierhin, mal dorthin. Er kann dem, mit dem er spricht, nie in die Augen sehen. Schön und gut, manche sind so, vielleicht auch ich selbst, was weiß ich … Aber ich mache wenigstens nie dieses überhebliche Gesicht, glaube ich, ziehe nicht die Mundwinkel so herab – Eingebildetenfratze nennt es mein Bruder Svarthöfði, das mache ich nie …

Es kann einem wirklich die Laune verderben. Und dann schneidet er sich das Haar auf so eine komische Art. Kurz geschorene Strähnen. Versucht er vielleicht, seine beginnende Glatze zu verbergen? Und wen kümmert das?

Aber er glaubt offensichtlich, dass es die Leute kümmert, was er tut, er scheint fest zu glauben, dass alle anderen vor allem ihn im Kopf haben … Und dann kann er nie stillsitzen, selbst wenn er nichts zu tun hat. Und wenn er gezwungen ist, stehen zu bleiben, dann zittert der eine Fuß, rasch und unaufhörlich, und wenn er sich setzt, dann beginnt er, herumzuwetzen, sich zu kratzen, abwechselnd die Achseln hochzuziehen – und ist im selben Moment schon wieder aufgestanden und hat angefangen, hierhin und dahin zu laufen, mit sonderbar entschlossenen Schritten, gemessen daran, dass er nichts zu tun hat – und wenn er geht, dann hebt er abwechselnd die Arme mit der offenen Handfläche an den Kopf, als ob er sich bei jedem Schritt die Hände vors Gesicht halten wolle, zuerst die rechte, dann die linke …

Es sollte mir eigentlich egal sein. Ich versuche, so zu tun, als ob ich ihn nicht sähe. Oder wir, die Brüder. Wir würdigen ihn keines Blickes. Aber er merkt das und beginnt uns dann zu zeigen, wer er ist, wer wir sind … Dann fragt er uns etwas, und noch bevor wir uns auf eine Antwort eingestimmt haben, eine Antwort aufeinander abgestimmt haben, hat er uns schon fünf weitere Fragen an den Kopf geworfen, unter anderem eine in der Art, ob wir denn glaubten, dass er irgendein Laufbursche sei, ob er denn nicht seine Schuldigkeit täte, ob man daran zweifle, dass er mit seinen Waffen umzugehen wisse.

»Oh nein, Tumi«, sagt dann Svarthöfði vielleicht, »an Selbstvertrauen fehlt es dir nicht.«

Aber er hört weder den Spott noch den Hohn, denn er bläht sich nach solch einer Antwort richtig auf – glaubt, damit den Beweis zu haben, dass man ihn für etwas Großes hält, die Mundwinkel sinken noch tiefer herab, die Hochmutsfratze … Er lässt einen spüren, dass es natürlich eine besondere Ehre ist, wenn er überhaupt mit einem spricht, dass er den Menschen eine Gnade erweist, indem er sie ihm zuhören lässt. Schon fängt er an, ungebeten ein Gespräch zu wiederholen, das er vor kurzem mit irgendjemandem geführt hat, und bald, da kann man Gift drauf nehmen, auch wenn man sonst kaum Lust hat zuzuhören oder einen dieses Geschwätz nur quält, kommt in der Erzählung ein Satz wie dieser vor: »Aber ich sagte zu dem Mann nur: Bin ich nicht Tumi Sighvatsson?!«

Man könnte fast glauben, er hätte selbst Zweifel daran …

Ich sollte mir vielleicht keine Gedanken darüber machen,

oder wir Brüder, meine ich… Tumi ist Þórðurs Bruder, und Þórður ist unser Anführer. Aber Tumi nimmt auch Þórður gegenüber das Maul so voll. Er will Lob von ihm bekommen oder vielleicht irgendein Zeichen von Anerkennung. Ich verstehe das nicht… Und manchmal sagt Þórður, so als ob er das Gespräch beenden wolle, und blickt dabei mit einem spöttischen Blitzen in den Augen zu mir oder zu uns: »Ja, Tumi, ungeschützt steht jeder in der Schlacht, der keinen Bruder hat.«

Aber darauf hat Tumi nie geantwortet. Ich glaube, er meint, mit diesen Worten die Bestätigung dafür zu haben, dass sich Þórður ohne ihn für wertlos hält…

Nein, uns geht das nichts an, uns Brüder. Auch wenn Tumi manchmal versucht, mit uns so zu reden, als ob wir Diener oder Knechte seien. Aber Svarthöfði und Kolbeinn verstehen es so gut, ihn nicht zu sehen oder zu hören, und da kann ich nicht anders als lachen…

Der andere junge Mann, Teitur Styrmisson, ist in Ordnung, der ist ganz in Ordnung. Manchmal starrt er uns Brüder heimlich an. Dann sehe ich, dass er versucht, sich so zu benehmen, wie wir es tun, vor allem wie mein Bruder Svarthöfði. – Wenn er glaubt, dass ihn keiner sieht, versucht der kleine Teitur, sich wie er zu bewegen, die Waffen zu tragen wie er, aber er ist natürlich im Ganzen viel kleiner, bisher zumindest noch… Aber er ist ein fröhlicher und guter Bursche, ein wenig anmaßend, aber mit reinem Herzen, er ist Þórður treu, möchte seine rechte Hand sein, oder seine linke.

Verflucht nochmal, stank mir die Warterei dort… Ich rechnete fast schon mit einem Ausfall der Leute von Skálholt. Wie konnten die bloß endlos dort drinnen hocken? Und wir, die paar Männer, wir mussten doch ständig damit rechnen, dass man ein Heer gegen uns aufstellte, das ganze Südland musste doch voll mit Männern sein, und Svarthöfði sagte, dass man nicht mehr lange auf Kolbeinn den Jungen aus dem Norden warten müsse. Denn man kann vieles über Kolbeinn sagen, aber Zauderer ist er keiner, wenn es hart auf hart geht…

Und die Zeit, die Þórður auf Tumi zu warten Steinvör versprochen hatte, war um. Ich verstehe, dass Þórður dieses Versprechen halten wollte. Steinvör hatte man zu gehorchen – aber Tumi und die anderen, das waren Deserteure, und jetzt sollten sie längst da sein. Warum warteten wir? Meine Brüder Kolbeinn und Svarthöfði schnürten schweigend ihre Sachen, hatten die Pferde gesattelt, sagten lange Zeit kein Wort, bis sich Svarthöfði endlich ausgiebig räusperte, Þórður anblickte und endlich fragte: »Haben wir noch Zeit zu verlieren?«

Þórður hielt die Geldbeutel in der Hand. Alle hatten ihre Bedingungen erfüllt, alle außer Tumi und den Deserteuren…

Þórður wusste offensichtlich nicht, was er tun sollte, sagte, Tumi müsse jeden Augenblick kommen, anders wäre es gar nicht möglich. Ich bot an, ihnen entgegenzureiten, mich umzusehen. Ich ritt nach Osten, spähte von allen Hügeln aus und sah weit ins Land im Abendschein – aber nirgendwo waren Reiter zu erblicken. Ich kehrte um und berichtete Þórður.

Er stöhnte. Aber dann schien es, als ob er erleichtert sei. Er winkte den Männern, hielt einen bauchigen Geldbeutel hoch in die Luft und lachte. Und dann ritten wir hinter ihm her, verließen Skálholt in aller Eile und galoppierten davon.

Bischof Sigvarður

Es war elend und erbärmlich, dort drinnen zu hocken und zu wissen, dass draußen die Verbrecher und brutalen Rohlinge um die Häuser strichen, zweifellos mit einer Tranflasche in der einen und einer brennenden Fackel in der anderen Hand. Denen wäre es zuzutrauen gewesen, dass sie einzig und allein aus Böswilligkeit stolpern und es dann ein bedauerliches Missgeschick nennen, mit einem teuflischen Grinsen auf den Lippen, während Haus und Menschen in den Flammen vergehen…

So eingesperrt herumhocken zu müssen, wie ein Fuchs in seinem Bau, das ist keinem gerechten Diener Gottes zuzumuten, zuallerletzt am Hauptort des Christentums eines ganzen Landes – es ist ein Verbrechen gegen die heilige Dreieinigkeit, dass eine Handvoll Halunken den ganzen Bischofssitz als Geisel nehmen kann –, aber wir kennen die Brutalität, die diesen Menschen innewohnt, zur Genüge. Man hat noch nicht vergessen, wie Sturla Sighvatsson, der Bruder des Mannes, der Skálholt belagerte, zusammen mit seinem Vater Sighvatur hinter dem seligen Bischof Guðmundur Arason zur Insel Grímsey herruderte und sich nicht schämte, zwei Priester zu kastrieren, Knútur und Snorri, beide ehemals gute Freunde von mir, die seither Wiedergängern oder Wasserleichen gleichen, am ganzen Körper aufgedunsen. – Und so eine Tat begehen die Sturlungen, ohne sich vorher oder nachher das Geringste dabei zu denken oder mit irgendeinem anderen

Gewissen als dem, welches der Leibhaftige selbst solchen Menschen in die Brust gesetzt hat. Aber am unverständlichsten von allem ist noch, dass die vornehme und ehrenhafte Frau, ein wahres Abbild der Allmächtigkeit hier auf Erden, Steinvör von Keldur, mit diesen Leuten blutsverwandt sein soll…

Es gab genug an Waffen in den Kellern und unter den Matratzen in Skálholt, und viele waren der Meinung, es ginge nicht länger an, dass sich hier herinnen eine Unzahl Männer verkroch aus Angst vor der kleinen Schar, die draußen wartete. Aber ich riet sehr davon ab, es zum Kampf kommen zu lassen. Wollte vor allem Þórður so schnell wie möglich vor meiner Tür los werden, danach könnte man an Rache denken. Später konnte man diese Schmach rächen, und zwar grausam und erbarmungslos…

Und endlich sahen wir sie abziehen, lachend oder grunzend wie Schweine mit triefenden Rüsseln…

Svarthöfði

Es war nur natürlich, dass die jüngeren und unerfahreneren Männer erleichtert waren, als die Lichter von Skálholt hinter uns verschwanden – sie lachten und kicherten, die Jüngeren, und sogar der Zungenlose strahlte glücklich übers ganze Gesicht, als die Freude am größten war. Ich kann durchaus gestehen, dass auch ich und meine Brüder uns hatten mitreißen lassen – der Baumstamm ist eine Frohnatur –, aber selbst Kolbeinn Schnauzbart und ich kicherten in uns hinein, was sonst nicht unsere Art ist. Wir waren uns im Klaren, dass die Gefahr hinter jedem Hügel lauern konnte, aber trotzdem herrschten dieses Gelächter, diese Ausgelassenheit in der Truppe – schon in dem Augenblick, als uns Tumi verließ, hatten alle aufgeatmet, und jetzt hatten wir auch noch einen Sieg errungen. Und sobald irgendeiner etwas Zweideutiges oder Komisches sagte, besonders Þórður, lachten die Jüngeren Tränen. Die wenigsten von uns hatten während der Belagerung von Skálholt ordentlich geschlafen, und ich versuchte, die Leute vor dem Übermut der Übermüdung zu warnen, er kann einem schlimme Streiche spielen …

Es machte Spaß, meinen Vetter Þórður Kakali zu beobachten und in seiner Gesellschaft zu sein. Wie er dort auf dem Pferd saß, am fröhlichsten und am herzhaftesten lachend, die dicken Geldbeutel der Südlandbauern vor sich auf dem Sattel. Þórður Kakali war ein großer Mann, wenn auch nicht so eine lange Latte wie sein seliger Bruder Sturla. Er hatte nicht so lange, dünne Beine, Þórðurs Körper war gedrungener. Er war auch nicht so auffallend schön wie der selige Sturla, denn Þórður hatte von Natur aus ein härteres Gesicht, und auch wenn er die Fröhlichkeit in Person war, hatte es das Lächeln schwerer, auf seinem Gesicht zu erscheinen. Das Lotterleben, das er angeblich in Norwegen mit so großem Eifer geführt haben soll, hatte seine Spuren im Gesicht des Mannes hinterlassen. Er hatte eine Narbe am linken Mundwinkel und eine zweite über dem Auge, die Nase war verbogen und die Haut dick, und wenn er grinste, sah man, dass er im Oberkiefer ein paar Zähne eingebüßt hatte. Das Gesicht wirkte auch etwas älter, als man es von einem gut Dreißigjährigen erwarten könnte – auf den Wangen und um die Nase schienen die feinen Adern bereits durch. Aber abgesehen von seiner kriegerischen Gestalt hatte ich die meiste Freude an seinem Charakter, den ich immer besser kennen lernte. Als wir in den Friedhof von Skálholt eingefallen waren, ritt er an der Spitze, als sei nichts selbstverständlicher, griff dort an, wo die Gegenwehr am stärksten war, und war stets dort zur Stelle, wo der Tumult am heftigsten tobte. Das sind wir einfachen Soldaten von unseren Anführern nicht gewöhnt – der selige Sturla Sighvatsson hatte sich stets im Hintergrund gehalten, wenn Blut vergossen wurde.

Und vielleicht prägte es sich am tiefsten ein, wie Þórður lachte. Ich habe weder vorher noch später irgendwo ein solches Lachen vernommen. Er lachte wie ein lebenslustiger Mensch, wie ein Trinker, und war doch stets nüchtern damals, als sein Kampf am härtesten war. Seine Stimme war von Natur aus hoch und schneidend, aber sie schien während der Jahre in Norwegen ein wenig Rost angesetzt zu haben, etwas belegter, heiserer geworden zu sein. Aber das Lachen war hell und schallend – oder sogar kreischend und schrill –, Þórður übertönte alle mit seinen Lachtiraden, er »weinte« vor Lachen, wenn man das so nennen kann – und er lachte oft und viel, er lachte wie ein

Merlin in den Felsen, und es war schlicht unmöglich, sich nicht davon anstecken zu lassen. Es versetzte einen in gute Laune, dieses Lachen zu hören, was auch immer um einen herum vorging, wie zum Beispiel damals, als wir unausgeschlafen zu unserem langen Ritt nach Westen aufbrachen – den Angriff von Kolbeinns großem Heer ständig wie ein drohendes Schwert über uns…

Kolbeinn der Junge

Hexenwetter. Dort lernte ich es kennen: schauderhaftes Hexenwetter…

Ich hatte gleich das Gefühl, dass irgendwelche dunklen Mächte ihre Finger im Spiel hatten. Wie ein eiskalter Schauer lief mir die Ahnung über den Rücken, dass sich etwas, das niemand kannte, mit Þórður und gegen mich verbündet hatte.

In was wir da hineingerieten, das war Hexenwetter. Mit nichts anderem zu vergleichen. Ich schlug mit meinem Heer von sechshundert Mann den Weg über den Pass Tvídægra, den Zweitagesritt, in Richtung Borgarfjord ein. Wäre ich über das Hochland Kjölur geritten, um Þórður noch im Südland abzufangen, hätte ich vielleicht ins Leere gegriffen – die Wahrscheinlichkeit, ihm im Borgarfjord den Weg nach Westen abzuschneiden, war größer. Und wenn er tatsächlich noch im Südland war, würden wir ihm einfach auf dem Weg in die Westfjorde auflauern. Das schien alles ziemlich klar und einfach…

Aber dieser Pass ist eben, wie der Name schon sagt, ein Zweitagesritt. Am ersten Tag gerieten wir in strömenden Regen, Schneeregen. Alles wurde patschnass, die Ledermäntel waren bleischwer und schmierig. Der nasse, patzige Schneeregen klatschte den ganzen Tag auf uns ein. Das Wasser floss uns vom Kopf über das Gesicht und beim Kragen hinein, eiskalt, ließ Gänsehaut entstehen. Die Männer wurden so nass und schwer und durchgefroren, dass sie sich kaum bewegen konnten. Sogar die Pferde zitterten. Als man am Abend versuchte, sich zu stärken, war der Proviant matschig und ekelig. Aber dann schlug das Wetter wie im Handumdrehen um in grimmigen, trockenen Frost mit scharfem Wind. Haare, Bärte und Kleider der Männer erstarrten im Nu zu Eispanzern. Als wir den Versuch unternahmen, ein Lager aufzuschlagen, erwies sich das als völlig unmöglich – die durchnässten Zelte und die gesamte Ausrüstung waren ebenfalls zu harten Eisklumpen gefroren. Selbst wenn es den Leuten gelang, ein, zwei Zelte auszubreiten, wurden sie sogleich von eisigen Windböen fortgerissen. Ich befahl weiterzuziehen. Es hätte keinen Sinn gehabt, dort die Nacht zu verbringen, wir sollten uns lieber durch Bewegung warm halten und versuchen, so schnell wie möglich von den Bergen ins Tiefland hinunter zu gelangen. Das war unsere letzte Hoffnung. Die Lage wurde allmählich bedenklich, die Männer waren drauf und dran zu erfrieren. Der Wind blies so heftig, dass über dem Pfeifen kaum noch das eigene Wort zu verstehen war. Dann brach auch noch die Dunkelheit herein. Ich konnte die Männer, die mir am nächsten ritten, gerade noch erkennen, aber weiter entfernte waren unmöglich wahrzunehmen, wenn auch ab und zu langgezogene, verzweifelte Hilferufe aus der Dunkelheit bis zu mir drangen. Ich versuchte, die Männer mit Rufen anzufeuern. Sie dürften auf keinen Fall den Mut verlieren. Aber selbst von der Kälte geschwächt und mit klappernden Zähnen klang ich vermutlich nicht gerade überzeugend. Dann schickte ich ein paar, die mir am nächsten ritten, nach hinten, um den Zustand der restlichen Truppe zu erkunden. Sie sollten anschließend wieder nach vorne kommen und mir Bericht erstatten, aber keiner von ihnen kam zu mir zurück. Vielleicht war das auch nicht zu erwarten gewesen in so stockdunkler Nacht und bei derart heftigem Sturm, der es einem schwer machte, die Augen offen zu halten. Als es gegen Morgen allmählich etwas heller wurde, versuchte ich, mein Heer zu inspizieren. Es sah nicht rosig aus. Bei einem ersten, groben Überblick zeigte sich, dass einige fehlten. Wir wussten nicht, wie viele, vielleicht zehn, vielleicht dreißig. Und viele von denen, die sich wenigstens noch auf den Beinen hielten, jammerten erbärmlich. Der Frost hatte ihre Hände und Füße übel zugerichtet. Ich gab den Befehl, dass alle miteinander ringen und sich gegenseitig auf den Rücken heben sollten: Zwei und zwei stellten sich mit den Rücken aneinander, hakten ihre Arme ein und hoben sich abwechselnd in die Luft. Mir machte meine Genickverletzung diese Übung zwar unmöglich, aber ich wusste, dass den Leuten davon sehr warm wird. Ich begann mit ein paar Männern zu ringen und warf sie alle ein ums andere Mal zu Boden und spürte dabei, wie das heiße Blut wieder rascher durch meinen Körper strömte. Nach und nach arbeiteten wir uns den Weg vom Hochland hinab und in den Borgarfjord hinunter, aber ich war zu diesem Zeitpunkt von Kälte und Hunger schon so geschwächt, dass mir das letzte Stück zu den höchstgelegenen Bauernhöfen unsäglich schwer fiel. Ich beschloss, dort um Quartier für mich und mein Heer zu bitten, verteilte die Männer auf einige Höfe in der Umgebung, wo sie in warmen Scheunen und Viehställen unterkrochen. Ich selbst ritt nach Gilsbakki, warf die Eheleute aus ihrem Bett und legte mich selbst hinein. Ein paar kräftige Kerle ließ ich in voller Bewaffnung vor mir auf dem Boden in der Halle schlafen. Der Bauer beteuerte schlotternd vor Angst, dass er Þórður weder gesehen noch etwas von ihm gehört habe. Vielleicht sagte er die Wahrheit, aber ich kann es mir nicht leisten, den Leuten im Borgarfjord zu trauen…

Teitur Styrmisson

Je länger unser Ritt dauerte und je mehr wir uns dem Westland näherten, desto schweigsamer wurde der Trupp. Die Männer waren müde und erschöpft, und ich glaube, auch die große Anspannung ließ allmählich nach, die Angst vor einem drohenden Angriff. – Da uns Kolbeinn bisher noch nicht eingeholt hatte, wuchs die Wahrscheinlichkeit, dass wir es ungehindert bis in irgendeinen sicheren Unterschlupf schaffen könnten. Außerdem war das Wetter schlechter geworden. Der Wind hatte mit Schneeschauern und heftigen Böen auf Nord gedreht, worüber sich Þórður aber freute. Er sagte, er hoffe nur, dass es genug schneie, um unsere Spuren ganz zu verwehen.

Ein neuer Tag war angebrochen, und die meisten unserer Männer litten unter Schlafmangel und der Kälte. Wir hatten zwar bereits das Tal Reykjadalur im Borgarfjord erreicht, aber Þórður wollte noch ein Stück weiter reiten, bevor wir uns auf die Suche nach einem Ort zum Ausruhen machten. Er sandte mich zusammen mit einem anderen aus der Mannschaft zu einem Bauernhof, der dort ganz hinten im Tal liegt und England heißt. Wir sollten die Leute aushorchen, ob sie in letzter Zeit fremde Reiter bemerkt hätten.

Dort erfuhren wir die schreckenerregende Nachricht: Der Bauer missverstand unser Kommen zuerst und fragte mit einem Grinsen im Gesicht, ob auch uns Kolbeinn der Junge schicke – »Eure Kameraden waren schon bei mir, Jungs!«, fügte er dann hinzu.

Ich versuchte, mir nicht anmerken zu lassen, wie sehr ich dabei erschrak, sagte, wir seien harmlose Boten von Skálholt mit einem Brief nach Reykholt unterwegs. Ich versuchte, unbefangen zu klingen, und fragte, was denn Kolbeinns Männer hier in der Gegend suchten.

Der Bauer von England antwortete mit zweideutigem Blick auf unsere Waffen, dass Kolbeinn mit einem Heer in die Gegend gekommen sei, um nach Þórður Sighvatsson und seinen Männern zu suchen. Er habe schon seine Laufburschen ausgeschickt, damit sie auf jedem Hof herumspionierten. Nachdem wir das gehört hatten, stiegen wir wieder auf die Pferde und beschlossen, die angebotene Mahlzeit dankend abzulehnen. Rasch verabschiedeten wir uns von dem Bauern, der uns noch hinterherrief: »Gott beschütze euch, Jungs, ihr werdet es brauchen können!«

Es war, als ob die Pferde beim Hören dieser Unglücksbotschaft neue Kraft bekommen hätten. Wir galoppierten hinter unserem Trupp her, der eben den Weg zum Bauernhof Bær hinauf einschlug, wo Þórður um Kost und Quartier bitten wollte. Aber als wir Þórður die Nachricht überbracht hatten, wendeten wir in aller Eile die Pferde und ritten vom Hof weg weiter in das Tal hinein. Zum Glück tobte währenddessen ein halbwegs dichter Schneesturm, der die Sicht trübte, so dass man uns von den nahe gelegenen Höfen aus nicht bemerkte. Die Männer ritten schweigend und voll Konzentration dahin und dachten nur daran, so schnell wie möglich voran zu kommen. Müdigkeit und Kälte waren fürs Erste vergessen. Es lagen ein paar Flüsse auf unserem Weg, und wir schlugen die Richtung nach Gufuskálar ein, wo sich einige von ihnen vereinigten. Dort wollten wir sie überqueren. Aber das Eis erwies sich als zu dünn. Wir machten sofort wieder kehrt und beschlossen, den Gletscherfluss Hvítá bei Þingnes zu überqueren. Þórður ritt als erster auf das Eis hinaus. Er war noch nicht weit gekommen, als es unter ihm einbrach und er mitsamt dem Pferd im eiskalten, strömenden Fluss versank. Björn Baumstamm und Kolbeinn Schnauzbart gaben im selben Augenblick ihren Pferden die Sporen und zwangen sie in das reißende Wasser, wo sie Reiter und Gaul gerade noch ergreifen konnten. Mit knapper Not schafften es alle wieder ans Ufer. Männer und Pferde waren triefend nass, und es war ausgeschlossen, so durch Schneetreiben und Frost weiter zu reiten. Also wandten wir uns zum Hof Þingnes und klopften den Bauern Börkur Ormsson heraus. Er empfing uns freundlich, kramte trockene Kleidung hervor und gab uns frische Pferde. Er hatte ein paar trockene, ausgeruhte Hengste im Stall stehen, die tauschten wir gegen die von Þórður und den beiden Dufgussöhnen. Die nassen Rösser nahmen deren Plätze im Stall ein. Dann führte er uns an eine Furt etwas weiter flussaufwärts, und dort gelangten wir alle heil hinüber.

Am anderen Ufer angekommen, trieben wir unsere Pferde wieder an und sprengten in scharfem Ritt zum Fluss Norðurá, den wir bei Stafaholt querten. An den Höfen Svignaskarð und Eskiholt ließ Þórður ein paar Männer als Späher zurück, für den Fall, dass uns Kolbeinn von dieser Seite verfolgte. Da begann bereits ein neuer Tag zu grauen. Ich ritt mit Þórður und dem Großteil des Trupps weiter in Richtung Mýrar. Wir kämpften uns durch tiefen Schnee. Alle waren durchgefroren und dem Zusammenbruch nahe. Ich hatte eine Weile um mein Leben gezittert, aber zu diesem Zeitpunkt war ich schon zu müde, um noch Angst zu haben.

Kolbeinn der Junge

Ich versuchte, nicht zu lange zu schlafen. Dann stand ich auf und weckte meine Männer. Zuerst musste der Zustand der Truppe inspiziert werden, und bei einer ersten Nachfrage stellte sich heraus, dass mindestens siebzehn Männer beim Ritt über den Pass verloren gegangen waren. Und zirka achtzig weitere hatten so schwere Erfrierungen, dass an ein Weiterreiten nicht zu denken war. Es blieb mir keine andere Wahl, als sie hier und dort bei den Bauern zurückzulassen. Und nachdem wir anderen gegessen hatten, sandte ich jeweils zwei Männer zusammen in alle Richtungen aus. Sie sollten die Umgebung durchkämmen und die Leute aushorchen, ob irgendjemand einen Reitertrupp bemerkt hätte. Ich wusste, dass viele Bauern im Borgarfjord versuchen würden, Þórður zu decken, aber bei genauer Nachforschung sollten uns die Spuren einer ganzen Verbrecherhorde, auch wenn sie nur ein kleiner Haufen war, nicht verborgen bleiben. Ich selbst beschloss mit meinen besten Männern nach Reykholt zu reiten. Dorthin sollten dann auch die Späher kommen und mir Bericht erstatten.

In Reykholt hatte niemand irgendwelche Reiter bemerkt, und der Tag verging zum Großteil mit Warterei. Die Vernunft sagte mir, dass ich versuchen sollte, mich auszuruhen. Ich war halb krank aus dem Bett aufgesprungen, um hier in Westisland nach Þórður zu suchen, und die Kälte und der Frost am Pass Tvídægra hatten meinen Zustand nicht gerade verbessert. Aber ich konnte mich nicht ausruhen. Dazu war ich viel zu angespannt. Beinah hätte ich gesagt: Mir saß die Angst im Nacken – nicht, weil ich Þórður und seine Männer fürchtete, ich wusste, dass sie nicht die geringste Chance gegen mein Heer hätten, sondern weil ich so eine Vorahnung hatte. Ich spürte, wenn ich ihn nicht jetzt erwischte, würde sich das Glück auf seine Seite neigen. Wenn er lebendig von diesem Überfall zurückkehrte, den viele sicherlich einen ruhmreichen Feldzug nennen würden, würde es viel schwieriger sein, ihn in Schach zu halten. Ich lief immer wieder unruhig aus dem Haus, versuchte, wenn der Schneesturm etwas nachließ, zum Hochland oder in das Tal hinein zu spähen, aber ich entdeckte nichts.

Und als meine Männer einer nach dem anderen zurückkehrten, war es bei allen das gleiche Lied: Keiner hatte irgendetwas erfahren. Keiner hatte irgendjemanden getroffen, der eine Ahnung hatte, wo sich Þórður und sein Trupp herumtrieben. Wir saßen in einer Wohnstube, und diejenigen, die aus dem Schneetreiben hereinkamen, wärmten sich Hände und Füße, schlürften heiße Getränke aus Bechern, und alle redeten in diesem resignierten Ton. »Þórður ist nicht hier gewesen.« »Er ist wahrscheinlich noch nicht da.« »Vielleicht hat er einen anderen Weg genommen.« Bis ich genug von dem Geschwätz hatte und den Männern sagte, sie sollten schweigen. Wir müssten versuchen nachzudenken. Ich wusste genau, dass Þórður diesen Weg nehmen würde, etwas anderes kam für ihn in seiner Situation nicht in Frage. Und ich wusste auch, dass er vor einiger Zeit im Südland aufgebrochen sein musste. Er konnte gar nicht so dumm sein, dort zu warten, wie betrunken er auch sein mochte. Und so kampferprobte und erfahrene Krieger wie Kolbeinn Schnauzbart und Svarthöfði wären schon gar nicht so dumm. Also begann ich, meine Männer noch einmal zu verhören, fasste sie etwas härter an, ob sie denn wirklich nichts gesehen oder gefunden hätten. Keine

Spuren oder zertrampelten Schnee, kein merkwürdiges Verhalten der Bauern? Hatten sie denn nirgendwo das Gefühl gehabt, dass die Leute etwas anderes oder weniger sagten, als sie tatsächlich wussten? Und da gelang es mir, meinen Männern aus der Nase zu ziehen, dass sie ab und zu doch eine merkwürdige Ahnung beschlichen hatte, dass sie meinten, etwas Verdächtiges gehört oder bemerkt zu haben, aber dann hatten sie es als bedeutungslos abgetan …

Und je mehr von diesen Bruchstücken ich zusammenfügte, desto stärker wurde mein Gefühl, dass Þórður hier in der Gegend sein musste. Zweifellos irgendwo ganz in der Nähe, vielleicht direkt vor unserer Nase. Ich sprang auf und befahl meinen Männern, sofort ihre Bündel zu schnüren, die Pferde zu satteln und ihre Waffen zu nehmen.

Das weckte wenig Begeisterung bei der Mannschaft. Diejenigen, die den ganzen Tag draußen zugebracht hatten, waren sichtlich unzufrieden. Sie hatten keine Zeit bekommen, sich aufzuwärmen und sich zu stärken, aber das war mir herzlich egal. Ich verkniff es mir allerdings, die Säumigsten mit Fußtritten antreiben zu lassen, und bald ritt der ganze Trupp, an die fünfhundert schwer bewaffnete Männer, wieder durch das Winterwetter in Richtung der Furt bei Gufuskálar. Selbst wenn Þórður mit seinen Männern verschiedene Wege hier durch den Bezirk wählen konnte, käme er doch nirgendwo anders über die Flüsse als an den Furten.

Die Furt bei Gufuskálar war völlig unpassierbar, dort war keiner über den Fluss geritten. Ich sah auch keine frischen Spuren oder zertrampelten Stellen, was bei diesem Schneetreiben auch nicht zu erwarten war. Trotzdem befahl ich meinen Männern, abzusteigen und den Schnee am Ufer nach Spuren von Pferden oder Menschen zu durchwühlen. Und siehe da, zwei von ihnen gruben bald ungefrorenen Pferdemist aus, der beinahe noch warm war. Nach diesem Fund sprangen wir wieder auf die Pferde und beeilten uns zur Furt bei Þingnes hinauf, dort bestand die nächste Möglichkeit, über den Fluss zu kommen.

In Þingnes wohnte ein Bauer, der Börkur hieß, und ich beschloss, ihn auszufragen. Er konnte gar nicht anders als alle Reiter bemerken, die über den Fluss wollten, und ich ging davon aus, dass er es angesichts eines so großen Heeres nicht wagen würde, uns anzulügen oder uns etwas zu verheimlichen.

Er sagte, er wisse nichts von Þórður. Sagte allerdings, dass »die ganze Nacht« hindurch ständig Leute über den Fluss geritten seien, aber er habe sich nicht darum gekümmert.

»Und du hast nicht Þórður Sighvatsson oder seine Männer gesehen?«, fragte ich und blickte ihm scharf in die Augen.

»Ooo-oh nein, das habe ich nicht«, singsangte er langsam mit schriller Stimme und erwiderte meinen Blick. Anscheinend völlig gelassen, aber mit diesem schmeichlerischen oder spöttischen Grinsen, das man oft in den Gesichtern isländischer Bauern sehen kann, wenn sie höher gestellten Männern gegenüberstehen. Mir gefiel etwas daran nicht. Ich stieg vom Pferd und befahl meinen Männern, den Hof zu durchsuchen, nachzusehen, ob irgendwelche Spuren auf zahlreiche Gäste hindeuteten, Essensreste oder dergleichen, außerdem sollten sie im Pferdestall nachsehen, ob dort etwas Verdächtiges wäre. Sie kamen bald zurück und hatten nichts bemerkt. Keine Anzeichen davon, dass der Boden in der Halle kürzlich von einer Schar Männer zertrampelt worden wäre, der Pferdestall war voll von Gäulen. Und der Bauer grinste noch breiter. Ich wusste, es konnte verhängnisvoll sein, den Fluss zu überqueren und weiter nach Mýrar hinaus zu reiten, wenn Þórður möglicherweise noch nicht hier gewesen war. Ich streifte selbst ziellos durchs Haus und in den Pferdestall und klopfte in Gedanken versunken einer Mähre auf die Lenden.

Sie war patschnass. Und als wir die Sache genauer untersuchten, fanden sich noch zwei weitere triefend nasse Pferde, denen man offensichtlich erst vor kurzem den Sattel abgenommen hatte. Ich ging hinaus und befahl den Männern, Börkur zu ergreifen. Ein Mann aus meinem Trupp, Einar, »der lange Mesner«, hielt dem Bauern eine Speerspitze an die Kehle und rief: »Hör mal, Teufel, sag uns sofort, was du weißt!«

»Ich habe keine Ahnung, was dir der Teufel sagt«, antwortete Börkur.

Ich begriff, dass dieses Verhör nur Zeitverschwendung war, denn mir war klar geworden, dass Þórður erst vor kurzem hier vorbeigeritten war. Also befahl ich den Männern, auf die Pferde zu springen. Als wir ans andere Ufer kamen, fanden wir denn auch Spuren mehrerer Pferde und ritten, so schnell wir konnten, auf dieser Spur hinter ihnen her. Es war, als ob ich Þórður und seine Männer riechen könnte. Ich spürte, dass sie ganz nah waren.

Kolbeinn Schnauzbart

Þórður ließ mich und meinen Bruder Björn als Späher auf dem Hof Svignaskarð zurück. Svarthöfði saß bei dem Bauern in Eskiholt. Es passte uns ganz und gar nicht, Þórður allein zu lassen, einer von uns Brüdern hätte bei ihm bleiben müssen, zu seinem Schutz, aber er wollte es so haben. Ich weiß nicht, und doch. Er wollte natürlich Männer als Späher haben, bei denen er darauf vertrauen konnte, dass sie nicht einschliefen. Trotzdem sagte mein Bruder Baumstamm, ich sollte schlafen, er würde die erste Wache übernehmen. Ich ließ mich nicht lange bitten, dazu war keine Zeit, sondern setzte mich einfach auf ein Bett und schlief auf der Stelle ein. Aber einen Augenblick später zupfte mich Björn schon am Ärmel, und da war es gut, dass ich mit den Schuhen an den Füßen und in voller Rüstung eingeschlafen war, denn jetzt hatte man Kolbeinns Trupp gesehen! Ein ungeheures Heer hielt auf den Hof zu. Wir Brüder rannten hinaus, sprengten hinter Þórður her, trafen zuerst auf Svarthöfði, auch er hatte das Heer gesehen. Zu dritt ritten wir weiter und holten unsere Männer bald ein, die alle total erschöpft dahintrotteten. Þórður ging an der Spitze und führte das Pferd hinter sich am Zügel, neben ihm ging Teitur Styrmisson, mehr tot als lebendig vor Müdigkeit, wie mir schien, fast noch ein Kind. Kolbeinn und seine Männer hatten uns jetzt bemerkt und jagten hinter uns her, dass die Steine nach links und rechts und über das Heer hinweg davonstoben, wie die Bugwellen eines rasch segelnden Schiffes. Þórður gab seinen Männern ein Zeichen aufzusitzen und brauchte sie nicht lange dazu zu überreden. Die müden Pferde spürten ebenfalls die nahende Gefahr, und bald ritten wir in rasender Flucht davon. Kolbeinn der Junge war mit seinen Männern noch so weit entfernt, dass sich die Heere, sobald wir hinter einem Hügel verschwanden, aus den Augen verloren, aber jedes Mal, wenn wir die Verfolger wieder zu Gesicht bekamen, merkten wir, dass sie aufgeholt hatten.

Und dann stolperte mein Pferd. Es versank mit den Vorderbeinen in einer tiefen Schneewehe, oder vielleicht verbarg sich auch ein Graben darunter, wir stürzten beide. Als ich wieder auf die Beine kam, sah ich, wie das Pferd schon weit davongelaufen war und in einem großen Bogen nach Hause zurück wendete. Da glaubte ich, mein letztes Stündchen hätte geschlagen. Ich begann den heiligen Simon Petrus und den heiligen Ólafur, König von Norwegen, anzurufen, um mich auf den Tod vorzubereiten. Zugleich zog ich aber das Schwert aus der Scheide und löste die Axt von meinem Rücken, denn kampflos wollte ich nicht fallen. Aber aus irgendeinem Grund hielt mein Bruder Svarthöfði sein Pferd an. Er drehte sich um, sah, was passiert war, und eilte zu mir zurück, obwohl ich ihm mit dem Arm Zeichen gab, weiter zu reiten. Keiner hätte etwas davon, wenn wir beide den Feinden in die Hände fielen. Aber Svarthöfði war dennoch, bevor man sich's versah, bei mir und zog mich auf sein Pferd. So ritten wir Brüder eine Weile zu zweit auf einem Pferd, woran man sehen kann, was für ein kräftiges Tier das gewesen ist, das uns Börkur geliehen hatte. Schließlich gelang es uns, den Rest unserer Truppe einzuholen – die allerdings nicht schnell genug ritt.

Es war klar, dass uns zwei Brüdern auf Dauer ein Pferd nicht reichen würde, und bald war es soweit, dass wir abwechselnd vom Pferd sprangen und neben ihm herliefen. Sofort begannen wir wieder, hinter die anderen zurückzufallen, und merkten, wie das feindliche Heer immer näher kam. Als ich wieder an der Reihe war, auf das Pferd zu steigen, sprang Svarthöfði ab, half mir in den Sattel und schlug das Pferd auf den Rücken. Sagte, ich solle weiterreiten. Und auch wenn mir nicht leicht die Tränen kommen, spürte ich, wie meine Augen nass wurden, so überzeugt war ich davon, dass nun der Tod uns Brüder scheiden würde. Svarthöfði hatte sein Leben für mich geopfert – ich wusste, dass es zwecklos war, meinem großen Bruder zu widersprechen oder seinen Befehlen nicht zu gehorchen. Am liebsten wäre ich vom Pferd gesprungen und hätte mich laut heulend auf die Erde geworfen, aber da hörte ich, dass mehrere aus unserem Trupp das Weinen im Hals hatten. Männer, die nicht eben erst ihren Bruder in den Krallen des Todes zurückgelassen hatten, fingen aus Angst vor ihrem eigenen elenden Tod zu schluchzen an, also riss ich mich zusammen. Þórður kämpfte sich mit verbissener Miene gegen Frost und Kälte voran, und als er mich sah, rief er mir zu, wo Svarthöfði sei. »Er ist wahrscheinlich gefallen«, sagte ich. Rundherum jammerten Männer, sagten, ihre Pferde könnten vor Erschöpfung nicht weiter, es ginge einfach nicht mehr. Wahrscheinlich wollten sie aufgeben und sich Kolbeinn auf Gnade und Ungnade ausliefern. Und da hielt Þórður plötzlich den Trupp an. Wir hatten eben den Fluss Langá überquert, das unschlagbare Heer aus dem Norden in Sichtweite.

Þórður machte nur wenig Worte.

»Gute Kameraden«, sagte er, »ich höre, die Pferde sind erschöpft. Deshalb steigen wir hier ab, nehmen unser Waffen und greifen unsere Verfolger an. Kämpfen bis zum Tode.«

Als die Männer das hörten, wollten plötzlich alle unbedingt weiterreiten. Die Pferde waren nicht mehr ganz so erschöpft; nicht einmal die der Männer, die vor kurzem noch am lautesten geklagt hatten. Jetzt ritten wir eine gute Weile weiter, und der Abstand zwischen den Heeren schien sich nicht mehr zu verkleinern. Wir überquerten einen zweiten, eisbedeckten Fluss, und Þórður meinte, wenn wir es bis zur Brücke bei Álftártunga schafften, könnten Männer und Pferde vielleicht einen kurzen Moment verschnaufen.

Svarthöfði

Ich hatte keine andere Wahl, als zurückzubleiben und Kolbeinn fortzuschicken. Man sendet nicht seinen jüngeren Bruder in den sicheren Tod, um die eigene Haut zu retten. Zuerst versuchte ich, vor Kolbeinn dem Jungen und seinen Männern davonzulaufen, aber das war zwecklos. Also verfiel ich auf die Idee, mich zu Boden zu werfen und im Schnee einzugraben. Und diese List glückte, denn einen Augenblick später galoppierten sie schon alle an mir vorüber, und zwar so nahe, dass die Pferdehufe links und rechts an mir vorbeidröhnten. Dann stand ich auf, froh und verwundert darüber, dass ich am Leben geblieben war, aber auch voll Sorge, weil die Übermacht und das Entsetzen meinen Brüdern und Freunden auf den Fersen waren und ich nicht mehr bei ihnen, um sie zu schützen.

Ich wandte mich dorthin, wo ich wusste, dass man mich stets bereitwillig aufnehmen würde, zurück in den Borgarfjord nach Stafaholt zu meinem Vater Dufgus. Es war ein weiter, beschwerlicher Weg durch den Frost und den tiefen Schnee, aber trotzdem schaffte ich es heil bis dorthin und klopfte an die Tür. Mein Vater kam selbst heraus, aber als er mich erblickte, blitzte keine Freude in seinen Augen auf, sondern sein Gesicht begann, in hektischer Unruhe zu zucken. Dann gab er mir ein Zeichen, kein Wort zu sagen, und erhob selbst seine Stimme, dass es durch das ganze Haus dröhnte: »Sei gegrüßt und willkommen, hier wirst du viele deiner Kameraden aus dem Heer Kolbeinns des Jungen treffen!«

Dann rief er laut einen Knecht herbei und befahl ihm, dem Ankömmling zu helfen, sein Pferd in den Stall zu bringen. Wir gingen natürlich geradewegs in den Stall, wo ich ein Pferd meines Vaters losband und mich ohne Sattel wieder in den Winter hinausstürzte, den Kopf voll düsterer Gedanken über solch grauenhafte Zeiten, in denen man im eigenen Vaterhaus nicht mehr sicher ist. Mir war jetzt völlig klar, dass Kolbeinn der Junge seine Männer überall in den Höfen im Borgarfjord untergebracht hatte, egal ob sie dort willkommene Gäste waren oder nicht.

Ich kannte einen kleinen abgelegenen Hof, dort ritt ich hin. Der Bauer nahm mich freundlich auf und bot mir an, mich in der Wohnstube schlafen zu lassen. Ich legte Helm und Brustpanzer ab, nahm aber meine Waffen mit ins Bett. Ich hatte erst einen kurzen Augenblick geschlafen, als der Bauer schon wieder kam und mir mit hektischen Worten berichtete, dass Kolbeinns Männer ins Haus gekommen seien. Neben mir war ein alter, bettlägriger Mann in einem anderen Bett, und eine schwachsinnige oder geisteskranke Frau lag in einem dritten. Man hätte meinen können, dort sei eine Krankenstube, wenn nicht meine Rüstung auf dem Boden gelegen hätte. Ich warf rasch Helm und Brustpanzer in den heißen Ofen und tat so, als läge ich in Umnachtung und Benommenheit im Bett, als auch schon bewaffnete Männer in der Tür erschienen und uns drei musterten. Ich war nicht sicher, ob sie mich erkannten, aber ich bekam durch die Art, wie sie verstummten, doch das Gefühl, dass sie irgendeinen Verdacht geschöpft hatten. Als sie wieder zur Tür hinaus verschwanden, kroch ich, unbewaffnet, aus dem Fenster und schaffte es bis zu meinem Pferd. Im selben Augenblick stürzten die Ankömmlinge aus dem Haus und griffen mich an. Ich trieb mein Pferd an, und sie jagten hinter mir her, aber weil ich mich in der Gegend nicht gut genug auskannte, beging ich den Fehler, auf eine senkrechte Felsklippe zuzureiten, bis ich nicht mehr weiterkam. Meine

Verfolger trieben mich in die Enge. Waffenlos hatte ich keine Chance gegen die vier, die mit angelegten Speeren und erhobenen Äxten auf mich zukamen. Kurz entschlossen stieß ich das Pferd über die Felskante hinab und sprang hinterher. Der Fall war tief. Ich hatte das Gefühl, er nähme nie ein Ende. Aber wir landeten in einer tiefen Schneewehe, das Pferd kam auf die Beine zu stehen, und ich verletzte mich nur wenig. Und doch war der Fall Gott sei Dank tief genug gewesen, dass sich Kolbeinns Männer nicht auf demselben Weg hinter mir her trauten. Ich sah, wie sie nach einer kurzen Weile davonritten. Ich aber ritt zum Hof zurück und hatte nicht mehr das geringste Interesse daran, mich auszuruhen. Stattdessen ergriff ich meine Waffen, angelte meine glühende Rüstung aus dem Feuer und machte mich auf den Weg Richtung Breiðafjord in der Hoffnung, dort meine Kameraden wiederzutreffen, falls welche von ihnen am Leben geblieben waren.

Teitur Styrmisson

Einmal mehr war ich davon überzeugt, dass unser letztes Stündchen geschlagen hatte. Ich war durchgefroren und dem Zusammenbruch nahe, zweifellos auch vom Hunger ganz entkräftet und wartete in Wahrheit nur noch darauf, dass uns Kolbeinns Männer mit gezückten Schwertern einholten. Wir hatten Álftártunga erreicht, und dort befahl Þórður allen Männern, die am Ende waren oder völlig erschöpfte Pferde hatten, sich in der Kirche zu verschanzen. Ich war zuerst unentschlossen, ob ich in die Kirche gehen sollte – der Gedanke war verlockend, obwohl es natürlich bei genauer Überlegung für mich nicht ratsam war, als so naher Verwandter Þórðurs. Den Ausschlag für meinen Entschluss, weiter zu reiten, gab aber schließlich, dass die Männer so begierig waren, in diese kleine Kirche zu kommen. Sie füllte sich im Handumdrehen, und es entstand ein Gedränge vor der Tür, während weitere Männer versuchten, sich hineinzuzwängen. Abgesehen davon wollte ich so nah wie möglich bei Þórður und den Dufgussöhnen bleiben, bei Björn Baumstamm und Kolbeinn Schnauzbart. Von Svarthöfði hieß es, er sei den Feinden in die Hände gefallen.

In der Nähe führte ein Steg über den Fluss Álftá. So schmal und schwach, dass er kaum einen einzigen Mann und sein Pferd trug. Þórður bestimmte die Reihenfolge, in der die Männer hinübergehen sollten, und wollte selbst mit den Dufgussöhnen der Letzte sein. Ich beschloss, bei ihnen zu warten, obwohl ich diejenigen beneidete, die schon drüben waren und in aller Eile vom anderen Ufer fortritten. Kolbeinns Männer waren inzwischen schon so nahe, dass wir ihr Gebrüll und Kriegsgeschrei hören konnten. Als nurmehr wir vier übrig waren, kamen die ersten von ihnen schon am Hof Álftártunga an und stürmten zur Kirche, vor der sich immer noch einige Männer an der Tür drängten. Wir hörten ihr schmerzliches und erbärmliches Geschrei, als sie niedergemetzelt wurden. Ich tastete mich Schritt für Schritt über die Brücke, dann Björn Baumstamm und schließlich Kolbeinn Schnauzbart. Aber als Þórður nur noch allein am diesseitigen Ufer war, stürmte eine Gruppe aus Kolbeinns Heer im Galopp zum Fluss hinab. Noch bevor es Þórður gelang, sich auf die Brücke hinauszutasten, waren sie schon mit Speeren und erhobenen Äxten bei ihm. Es waren acht oder zehn Mann, vielleicht zwölf, alles ging so schnell – ich sah, wie die Dufgussöhne ihre Waffen erhoben, aber wie sollten sie Þórður dort auf dem westlichen Ufer helfen? Nur Þórður wirkte unheimlich gelassen. Er löste die Geldbeutel einen nach dem anderen vom Pferd und warf sie zu uns herüber. Es waren schwere Beutel, und alle landeten in meinen Armen oder in denen der Dufgussöhne. Dann hob Þórður seine Axt hoch, hielt seinen Schild vor sich und griff die Männer an. Im Handumdrehen hatte er zwei von ihren Pferden gerissen und ihnen die Köpfe gespalten, einen dritten sahen wir stark bluten. Die Angreifer erschraken darüber so sehr, dass sie in Panik zum Hauptheer an der Kirche und am Hof von Álftártunga zurück flohen.

Þórður nutzte die Gelegenheit und begann, sich Schritt für Schritt mit dem Pferd am Zügel über die vereisten Planken zu tasten. Als er noch mitten auf der Brücke war, kam eine zweite Gruppe der Nordländer zum Ufer herab, viel zahlreicher als die erste. Þórður gelangte heil an unser Ufer und begann sogleich, mit seiner Axt auf die Brückenplanken einzuschlagen. Die Dufgussöhne taten das gleiche, und im selben Augenblick, als die ersten Feinde drüben den Rand des Stegs erreichten, stürzte er krachend in den Fluss.

Kolbeinn der Junge

Der Fehler war, gleich auf die Kirche von Álftártunga loszustürmen. Die ersten unserer Truppe begannen ein paar ängstliche Lumpen im Kirchhof zu jagen, und die ganze Schar folgte ihnen. Mir kam das gleich irgendwie verdächtig vor, und dann begriff ich, dass Þórður mit den Dufgussöhnen und den anderen, die zu etwas taugten, weitergeritten war. Es wäre ihnen nicht einmal im Traum eingefallen, in der Kirche Schutz zu suchen, so wie die Dinge damals standen. Ich schrie ein paar von meinen Männern zu, sie sollten zur Brücke hinunter, sie angreifen, während ich versuchte, Ordnung in den Rest des Heeres zu bringen, aber da war alles schon zu spät. Þórður war schon über die Brücke und hatte sie kaputtgeschlagen. Und als es uns endlich gelang, den Fluss doch zu überqueren, war er mit seinen Männern längst über alle Berge und eine weitere Verfolgung zwecklos – ihr Vorsprung war schon zu groß. Es gab so viele verschiedene Wege, die sie zur Auswahl hatten, während der Wind alle Spuren hinter ihnen sofort wieder zuwehte.

Der Fehler war …

Nein, es war vielleicht kein besonderer Fehler …

Wir unternahmen einen Feldzug. Wir schlugen unsere Feinde in einer wilden Hetzjagd in die Flucht. Ist das nicht gut genug?

Nein …

Manche von meinen Männern waren immer noch in Kampfstimmung, und am nächsten Morgen ließen wir die Männer, die in die Kirche geflohen waren, heraus. Zweien von ihnen wurde vor der Tür der Kopf abgeschlagen, dann verbot ich weiteres Töten – das waren Männer, die keine Rolle spielten. Vielleicht hatte der eine oder andere aus meiner Mannschaft einen persönlichen Grund, sich an ihnen zu rächen, aber ich hatte die Nase gestrichen voll von diesem sinnlosen Morden. Einige kamen zu mir, ganz gierig nach mehr Blut, nachdem sie dieses hatten vergießen dürfen, und sagten, sie wüssten aus verlässlichen Quellen, dass Tumi Sighvatsson und noch ein paar in Südisland zurückgeblieben seien. Sie wollten, dass wir hinritten und sie töteten. Aber ich hatte keine Lust, ihnen zuzuhören, sagte ihnen, sie sollten schweigen. Ich hatte genug von diesem ganzen Irrwitz und befahl, dass man alle Verstümmelungen sofort einstellte. – Und den Taugenichts Tumi Sighvatsson über Berg und Tal verfolgen? Als hätte ich nichts Besseres zu tun! Er war mir schließlich nie ein Hindernis gewesen, im Gegenteil…

Ich hatte angefangen, an den Heimritt zu denken. Er würde lang und beschwerlich werden, besonders, wenn es weiter so stürmisch bliebe, doch das war nicht das Schlimmste…

Wir brachen bei Schneetreiben auf, aber dann besserte sich das Wetter, es wurde wärmer, begann zu regnen, und der Schnee verwandelte sich in Matsch und Dreck. All das war zu ertragen. Auf dem Pass Tvídægra stießen wir auf die Leichen von zweien unserer Kameraden, die auf dem Ritt nach Süden erfroren waren. Ich befahl den Männern, sich nach anderen umzusehen. Wir kamen in der Morgendämmerung dort an und suchten, solange das Tageslicht anhielt. Wir fanden noch zwei weitere, die wir mit Mühe aus dem halb gefrorenen Dreck ziehen konnten, und luden ihre Leichen auf die Pferde…

Dann kehrte das Heer nach Hause zurück, die Männer gingen heim zu ihren Höfen. Gefallene wurden nach Hause gebracht, dort standen vielleicht niedergeschlagene Frauen mit weinenden Kindern in den Türen. Zu anderen Höfen hinkten Männer ohne Zehen oder mit steifen, von Frostbeulen entstellten Armen. Manche kehrten gar nicht zurück, weder tot noch lebendig. Man würde im Frühling im Hochland nach ihnen suchen, oder vielleicht erst im Sommer, wenn der Schnee geschmolzen und die Flüsse nach der Schneeschmelze wieder passierbar waren. Und es würde keinen überraschen, wenn sich dann schon Füchse und Raben über die Kadaver hergemacht hätten und Schmeißfliegen aus den leeren Augenhöhlen schlüpften – und all das wegen der erfolglosen Jagd auf einen gemeinen Strauchdieb und seine Handvoll Spießgesellen…

Wenn wir eine Schlacht geschlagen, irgendeinen Sieg errungen hätten, uns gegen eine Übermacht behauptet hätten, dann wäre der Verlust der Männer leichter zu ertragen gewesen. Aber wir hatten nichts erreicht. Ich wurde der mächtigste Mann im Lande genannt und wollte, dass die Menschen endlich begriffen, dass Þórður nichts weiter war als ein erbärmlicher, halb verrückter Unruhestifter. Keiner außer ihm sollte glauben, dass wir beide um die Vorherrschaft im Lande rängen…

Aber warum trommelte ich dann ein ganzes Heer zusammen, um ihn durch Frost und Schnee über Berg und Tal zu hetzen, warum verlor ich Männer und brachte andere als halbe Krüppel von einer ergebnislosen Verfolgungsjagd zurück?

Ich versuchte, mir nichts anmerken zu lassen, sagte, dass Þórðurs wilde Flucht, auf der wir seinen Trupp in alle Winde zerstreut hatten, ihm hoffentlich eine Lehre sei, sich in Zukunft ruhig zu verhalten – ich befahl allen führenden Männern meines Heeres, von dieser Unternehmung als einem entscheidenden Sieg für uns zu sprechen.

Ich wusste, dass sich Þórður nun in den Westfjorden versteckte, wo es so gut wie hoffnungslos war, an ihn heran zu kommen. Dort hockte er mit den Dufgussöhnen und anderen Haudegen und brütete irgendetwas aus, mit reichlich Geld zwischen den Fingern und ungebrochenem Stolz. Während mich die Krankheit wieder befiel und ich mit Blutwallungen und bösen Träumen bis zum Frühjahr im Bett lag…

Tumi

Zuerst fand ich es ziemlich hart, als ich begriff, dass Þórður und die anderen schon von Skálholt aufgebrochen waren, als ich mit meinen Männern dort eintraf. Ich empfand es als Verrat und dachte schon daran, nach Keldur zurückzukehren, aber da stürzte schon eine Menge auf uns zu, überhäufte uns mit Schimpfwörtern und Flüchen, spuckte uns ins Gesicht, rasselte mit den Waffen und warf mit Steinen nach uns. Einige schrien: »Bringt sie um, bringt sie um!« Aber dann kam Bischof Sigvarður mit ein paar Pfaffen daher und verlangte, dass man uns in Frieden abziehen ließe. Er habe das mit meiner Schwester Steinvör so ausgehandelt, und diese Abmachung werde nicht gebrochen. Wir stahlen uns mit Hundegebell, Flüchen und Drohungen in den Ohren Richtung Westen davon. Sie schrien uns hinterher, dass die Männer von Kolbeinn dem Jungen schon unterwegs seien, uns wahrscheinlich auflauerten und an keine Abmachung gebunden seien, sie würden uns aufhängen oder köpfen. Da begannen meine Leute zu murren. Sie bekamen Angst und fingen an, mir Vorwürfe zu machen, ich hätte beim Aufbruch von Keldur zu viel Zeit vergeudet, die anderen hätten gewartet und gewartet, das sei alles meine Schuld, jetzt würde man uns wegen meiner Trödelei foltern und töten. Ich antwortete diesen Idioten nicht. Ich hatte Kopfweh gehabt. Abgesehen davon lasse ich mir keine Befehle erteilen, weder mein Bruder Þórður noch irgendjemand anderer befiehlt mir, ich solle auf der Stelle hierhin oder dorthin kommen. Sie wissen trotz allem, wer ich bin. Wir ritten weiter. Das Wetter wurde schlechter, und ehrlich gesagt fühlte ich mich selbst nicht mehr ganz wohl in meiner Haut. Wir waren irgendwie so allein dort, elf Mann. Es wäre mir lieber gewesen, bei Þórður und den anderen zu sein, ich fragte mich, ob es vielleicht ein Fehler gewesen war, mich vom Trupp abzuspalten. Trotzdem sagte ich zu meinen Männern, sie sollten den Mund halten. Wir bräuchten Kolbeinn und seine Horde von Scheißkerlen nicht zu fürchten, wir würden einfach gegen sie kämpfen. Aber als wir weiter kamen, erfuhren wir, dass Kolbeinn der Junge mit Hunderten von Männern aus dem Norden gekommen war, und da musste ich mein großes Maul schließen. Ich brachte ehrlich gesagt vor Entsetzen kein Wort heraus, aber meine Männer weinten und jammerten, riefen die heilige Gottesmutter oder ihre eigenen Mütter an. Es wurde alles ein wenig erbärmlich, obwohl ich schon verstehen konnte, wie ihnen zumute war.

Aber wir entkamen... Zuerst dachte ich, es sei die Hand Gottes, die uns dort durch dunkle Täler geleitete, aber dann begannen die Bauern im Westen, bei denen wir anklopften, sich widerspenstig gegen uns zu benehmen und Andeutungen zu machen, dass es Kolbeinn nicht der Mühe wert gefunden habe, auf uns zu warten. »So? Bin ich nicht Tumi Sighvatsson?«, sagte ich mit aufflammendem Zorn, und Ásbjörn Guð mundsson nahm einen Bauern und hielt ihm das Messer an die Gurgel und fragte, ob er diesem Lumpen nicht den Hals durchschneiden solle. Aber ich spürte, dass das falsch wäre. Ich bekam so eine dunkle Ahnung, dass die Zahl meiner Freunde auch so schon recht gering war. »Lass den Waschlappen laufen«, sagte ich, und wir hielten uns für den Rest des Weges, so gut es ging, zurück.

Es hatte sich bei dieser Unternehmung wie schon so oft wieder einmal gezeigt, dass sich alle erbärmlichen Kreaturen der Welt gegen mich verschworen hatten – dass sie versuchten, meine Erfolge so gering, meine Erniedrigung so groß wie möglich erscheinen zu lassen…

Þórður

Nachdem wir Kolbeinns Männern an der Brücke über den Fluss Álftá so knapp entkommen waren, wagten wir nicht einmal, unseren Ritt zu verlangsamen. Wir hetzten einfach weiter auf unseren Pferden, von denen wir fürchteten, dass sie jeden Augenblick zusammenbrechen würden. Wir sprangen ab und führten sie am Zügel, wenn der Weg über Hänge hinauf oder durch unwegsames Gelände führte, aber wir machten nicht Halt, bis wir schließlich die Küste bei Skógarströnd erreichten und dort einen Bauern weckten. Ich gab ihm Geld, damit er ein paar von uns auf eine bewohnte Insel im Breiðafjord ruderte, und versprach ihm noch mehr Silber, wenn er keinem von unserer Fahrt erzählte. Und da endlich war es möglich, auszuruhen, sich hinzulegen, schlafen zu suchen…

Nur war ich dazu bereits viel zu müde. Ich lag ein, zwei Tage im Bett, nickte ab und zu ein, schreckte aber ständig in Schweiß gebadet wieder hoch, mit rasendem Herz und quälenden Gedanken. Ich hatte das Gefühl, alles sei verloren und verspielt. Ich fror. Ich glaubte die Feinde auf meinen Fersen, wir wurden gehetzt wie Tiere. Die Angst- und Schmerzensschreie meiner Männer, die vor der Kirche niedergemetzelt worden waren, gellten mir ständig in den Ohren. Mein Trupp war zerschlagen, mein Bruder Tumi wahrscheinlich tot. Er hatte uns zwar verraten, mir nicht gehorcht, aber trotzdem meinte ich, es wäre meine Schuld, wenn man ihn getötet, vielleicht gefoltert und gequält hatte. Er war trotz allem mein kleiner Bruder, und es war meine Aufgabe, auf ihn aufzupassen. Auch Svarthöfði war gefallen, der Tüchtigste aus unserer Mannschaft. Meiner Meinung nach der einzige wirkliche Held. Ich war im Vergleich zu ihm nur ein Hosenscheißer, ein Taugenichts. Ich hatte mich selbst in all diese Schwierigkeiten hier gebracht, was aber nicht das Schlimmste war – ich hatte nichts Besseres verdient –, aber ich hatte auch eine Unzahl anderer Männer mit ins Unglück gerissen, Verwandte und Freunde. Und jetzt lag ich hier, frierend und doch schweißgebadet, und fand keinen Schlaf, geplagt von alptraumartigen Gedanken und kaltem Schweiß, und musste damit rechnen, dass Kolbeinn der Junge jeden Augenblick mit seinem mörderischen Heer hier auftauchte. Er würde den Kerl, der uns zu dieser Insel gerudert hatte, nicht lange zu foltern brauchen, bis er uns verriet, oder ihn nur zu bestechen, oder beides – Kolbeinn war ein mächtiges Sippenoberhaupt und die Obrigkeit in diesem Land. Ich war ein gejagter, frierender, kranker Gesetzloser, der Angst vor der Dunkelheit hatte und sich auf einer Felseninsel versteckte wie Grettir der Starke, nur dass der stark gewesen war. Ich dagegen konnte nicht einmal trinken, es fehlte mir an Kraft, um den Becher an die Lippen zu heben. Die Bauersleute auf der Insel mussten mich pflegen, und dann kamen die beiden Dufgussöhne und saßen bei mir, schweigend und bange, von Gram gebeugt, weil sie ihren Bruder Svarthöfði verloren hatten. Was waren sie ohne ihn? Und ich…?

Aber der Fährmann hatte uns anscheinend nicht verraten, denn niemand kam. Endlich konnte ich einschlafen und ruhen. Ich wachte erholter auf. Ich konnte endlich essen und aufhören, solche Angst zu haben. Wir waren sieben von uns auf dieser Insel, außer mir und den Dufgussöhnen noch Teitur Styrmisson und drei andere. Auch sie kamen wieder zu Kräften. Andere von unserem Trupp hatten bei Bauern entlang der Küste unterkommen wollen. Auf dieser Insel standen drei Höfe, und wir verteilten uns auf die Häuser. Dort wohnten gastfreundliche Menschen, die uns wohlgesonnen waren, einfach und mit aufrichtigen Herzen in ihrer Treue zu uns Sturlungen. Ich ging von einem zum anderen und gab ihnen Geld, was nicht nötig gewesen wäre, aber ich hatte genug davon zum Verschwenden. Da die Bauern ab und zu zum Festland segeln mussten, bat ich sie, ihre Ohren offen zu halten, herumzuhorchen, ob man Reiter oder Truppenaufmärsche bemerkt hätte. Sie kamen ganz aufgeregt und fröhlich zurück, und nun war ich nicht mehr der elende Kranke und Flüchtling, der auf ihr Mitleid angewiesen war, sondern ein Held und Anführer! Es fehlte nicht viel, und sie hätten angefangen, sich schlichtweg vor mir zu verneigen, nannten mich, sowie sie aus ihren Booten stiegen, gleich Herr. Denn unser Streifzug ins Südland war zu einer Heldentat geworden, zu einer beispiellosen Heldentat, über die in ganz Westisland getuschelt wurde…

Zuerst konnte ich nicht anders, als bitter darüber zu lachen. Ich hatte das Gefühl, irgendwer würde mich zum Besten halten, aber als wir erfuhren, dass Svarthöfði Dufgusson in der Gegend aufgetaucht war und nach uns anderen fragte, hatte ich das Gefühl, wieder einen hellen Streifen am Horizont zu sehen. Ich, Björn Baumstamm und Kolbeinn Schnauzbart ließen uns eines Abends an Land bringen, und ich glaube, ich übertreibe nicht, wenn ich behaupte, dass dies ein freudiges Wiedersehen mit Svarthöfði war, selbst wenn die Brüder nicht viele Worte darüber verloren. Svarthöfði kam mit uns in dieser Nacht zur Insel hinaus, und einige Tage später beschlossen wir, alle gemeinsam nach Staðarhóll zu Sturla Þórðarson zu reiten. Ich wusste, dort würde ich noch am ehesten ein rechtes Bild vom Stand der Dinge bekommen. Bei ihm erfuhren wir dann auch zum ersten Mal, dass es mein Bruder Tumi und der Großteil seines Gefolges hierher nach Westen geschafft hatten. Tumi selbst hielt sich bei Svertingur in Hvammur auf – und was noch wichtiger war, die meisten aus unserer Mannschaft waren nach Hause zurückgekehrt. Wir hatten nur drei Männer auf diesem Kriegszug verloren. Ich ritt mit meinen führenden Männern zu den Angehörigen der Gefallenen und übergab den Witwen einen Anteil des großen Schatzes von Skálholt. Das hinterließ einen guten Eindruck im Volk, denn es war nicht Sitte, dass jemand anderer Bußgeld für Gefallene bezahlte als der Mörder selbst.

Mein Vetter Sturla Þórðarson hatte erfahren, dass das Heer Kolbeinns des Jungen im ganzen Nordland verstreut war. Die Leute dort seien bedrückt, viele mutlos, während Kolbeinn selbst von schweren Gedanken geplagt zu Hause in Flugumýri läge. Sturla sagte auch, dass sich die Einstellung der Leute in Dalir und in den Westfjorden mir gegenüber jetzt verändert habe. Es würde mir nun sicher viel leichter fallen als zuvor, dort ein Heer aufzustellen, wenn ich einen Feldzug gegen Kolbeinn den Jungen unternehmen wollte. Er deutete sogar an, dass er sich selbst zur Teilnahme überreden ließe.

Ich hatte den Eindruck, meine Lage hatte sich um einiges gebessert …

Gísli von Rauðisandur

Hierher nach Westen kam der Glückspilz Þórður Kakali, mein alter Freund und Kamerad, nach einem ruhmreichen Streifzug durch Südisland, wie es von ihm nicht anders zu erwarten gewesen war. Ich sandte sofort einen Boten nach Staðarhóll, weil ich wusste, dass er sich mit seinem Vetter und Skalden in Verbindung setzen würde. Ich ließ Þórður die Botschaft überbringen, er solle hierher kommen und so lang wie möglich bleiben. Ich wollte ein Gelage für ihn halten, weniger kam gar nicht in Frage, nicht zuletzt, weil wir uns letzten Herbst so gestritten hatten, als er zu einer Versammlung bei mir zu Hause geladen hatte, ohne mich um Erlaubnis zu fragen. Ich war damals irgendwie nicht darauf vorbereitet gewesen, das müsse er doch verstehen und verzeihen können. Es kann schon mal zu kleinen Reibereien kommen, sogar zwischen alten Freunden … Und wenn ein Gelage nicht reichen sollte, um ihn versöhnlich zu stimmen, dann war ich sogar bereit, ihn hier wohnen zu lassen. Ihm zu sagen, er solle diesen Hof zu seinem Zuhause machen. Ich hatte noch andere Besitzungen, wo ich wohnen konnte. Ich ließ ihm ausrichten, er könne den Hof hier, und alles was dazu gehört, als sein freies und rechtmäßiges Eigentum betrachten. Aber ich bekam zuerst keine Antwort. Also ritt ich mit ein paar meiner Männer selbst nach Staðarhóll, traf Þórður und seine Gefährten an und lud sie alle zu mir nach Rauðisandur ein. Ich bot Þórður an, ihm meinen Hof zu überlassen, er solle ihn als seinen eigenen betrachten. Ich sagte, irgendwo müsse er schließlich ein Zuhause und einen Unterschlupf haben, und versicherte ihm, ich selbst könne ganz gut auf einem der Nebenhöfe leben.

Was mich allerdings ein wenig überraschte, war, dass er dieses Angebot tatsächlich annahm. Er ist von Natur aus kein Bauersmann und hat noch nirgendwo Fuß gefasst…

Aber er nahm mich beim Wort. Er schien auch wirklich dankbar und überrascht zu sein, selbst wenn er gerne ein paar Worte mehr darüber hätte verlieren können, schließlich war das wirklich ein sehr großzügiges Angebot von mir. Und ich musste zu meinem Wort stehen. Ich sagte, wir Verwandte und Freunde müssten Rücken an Rücken kämpfen, was auch immer passierte. Wir beide, die wir uns von Kindheit auf kennen, würden nicht irgendwelche unbedeutenden Meinungsverschiedenheiten unsere tief verwurzelte Freundschaft trüben lassen, so enge Kameraden und Waffenbrüder, wie ich und sein Vater und sein Bruder Sturla immer gewesen waren. Selbst wenn man vielleicht ein wenig in Rage geraten war, als er zu Anfang des Winters hierher kam. Und selbst wenn wir uns gegenseitig vielleicht in etwas schärferem Ton angesprochen hatten, dann wäre das eben nur die Art stolzer Männer, offen und ehrlich miteinander zu reden. Schließlich ist nur der ein echter Freund, der einem die Wahrheit ins Gesicht sagt…

Keiner wird es leicht haben, der versucht, sich gegen Þórður Kakalis Glückssträhne zu behaupten. Ich hoffe nur, dass er seinen Krieg gewinnt. Sonst könnte mich das alles Kolbeinn dem Jungen gegenüber teuer zu stehen kommen, wovor mich Gott behüten möge…

Þórður

Meine Situation hatte sich jetzt auf so merkwürdige Weise verändert, dass ich selbst kaum mehr wusste, wo mir der Kopf stand …

Ich richtete mich in Rauðisandur für den Winter ein und hatte die meisten meiner treuesten Gefährten bei mir. Dort gab es große Häuser, und es fehlte auch nicht an Dienstboten oder Speisevorräten und Getränken, denn der Leuteschinder Gísli war steinreich – Trinkgelage wurden abgehalten, auch wenn ich selbst weder Becher noch Schachbrett anrühren wollte, noch nicht. Aber die Gelage zogen Menschen an, und manche blieben lange, darunter ein paar junge Frauen, und das war wahrlich eine angenehme Abwechslung im Leben des Gejagten, wieder die Gesellschaft des schönen Geschlechts zu genießen. Aber am auffälligsten war doch die Veränderung, dass man mich jetzt als Großbauern und Anführer betrachtete, um nicht zu sagen: als Obrigkeit. Die Leute sprachen mich mit Respekt und sogar mit Ehrfurcht an, wandten sich in Streitfällen an mich als Richter. Einer sprach von mir als dem Oberhaupt der Westfjorde, ganz so, als wäre das die allgemeine Anschauung. Bauern, die viele Männer hinter sich hatten, suchten mich auf. Ich war dabei, die unterschiedlichsten Verbündeten im »Krieg« gegen Kolbeinn den Jungen zu bekommen. Dabei war ich mir dieses Kriegs selbst noch kaum bewusst …

Kluge Männer hatten bereits ausgerechnet, dass es im Frühjahr zur Entscheidungsschlacht kommen müsste. Sie kreuzten bei mir auf, aus allen Richtungen kamen sie und wollten wissen, was ich vorhätte. Weshalb es allmählich Zeit wurde, dass ich mir selbst eine Vorstellung davon machte und versuchte, mir über die neue Lage Klarheit zu verschaffen. Eigentlich hatte ich kaum eine andere Absicht gehabt, als bis zum Frühjahr am Leben zu bleiben, um dann bei erster Gelegenheit das Land wieder zu verlassen. Schon das hatte ich für eine reichlich ehrgeizige Aufgabe gehalten. Jetzt begriff ich aber allmählich, dass dies für niemanden hier in Frage kam. Die Leute waren der Ansicht, ich hätte eine Sache angefangen, die jetzt wahrscheinlich zur Hälfte erledigt war. Und ich konnte mich wohl kaum mit dem erstbesten Schiff ins Ausland davonstehlen und meine Gefolgsmänner im Dreck sitzen lassen. Das wurde mir jetzt auf unangenehme Weise immer klarer.

Ich versuchte, Neuigkeiten über Kolbeinn den Jungen in Erfahrung zu bringen, herumzuhorchen, was er vorhatte. Ein Mann kam nach Westen, der im Skagafjord gewesen war und in Flugumýri Station gemacht hatte, aber Kolbeinn war wohl nicht zu Hause gewesen. Sondern wo? »Ja, er hält sich Frauen hier und dort«, sagte der Reisende. »Er hat an vielen Orten in seinem Herrschaftsgebiet Konkubinen.« Und als er meinen etwas erstaunten Blick sah, fügte er hinzu: »Viele Frauen suchen die Gesellschaft des mächtigsten Mannes im Land.« Als ich das hörte, begriff ich endlich, warum mein Bruder Sturla über allen hatte thronen wollen …

Ein Mann besaß ein Schiff, das er verkaufen wollte. Es war nicht hochseetauglich, nicht groß genug, um damit in andere Länder zu segeln, aber ich kaufte es trotzdem. Es bot vielen Männern Platz und war aus Treibholz von Nordwestisland gezimmert. Ich taufte es »Meeresschreck«, weil ich das einen witzigen Namen fand. Es war beruhigend zu wissen, dass der »Meeresschreck« unten am Strand lag. In solch kriegerischen Zeiten war nie sicher, wann man in eine andere Gegend fliehen musste, und so stand einem wenigstens der Seeweg offen.

Ich merkte auch, dass man sich als Obrigkeit allein damit Beliebtheit verschaffen kann, dass man seine Untertanen so weit wie möglich in Ruhe lässt. Manchmal kamen Männer aus der Umgebung zu mir, um mir dafür zu danken, dass ich sie fürs Erste von der Tyrannei des Gísli von Rauðisandur befreit hätte, und baten mich, doch so lange wie möglich zu bleiben. Das waren Männer, von denen ich bisher kaum gewusst hatte, dass es sie gibt. Aber der eigentliche Grund für die Unterstützung, die ich allerorts bemerkte, war doch, dass mich die Leute für den möglichen Sieger im Kampf um die Vorherrschaft in Island hielten – so merkwürdig das auch in meinen Ohren klang. Aber natürlich haben die Bauern und das gemeine Volk, ganz abgesehen davon, was sie sonst von Machtkämpfen halten, vor nichts mehr Angst, als auf Seiten des Verlierers zu stehen.

Es häuften sich die Nachrichten, dass die Lage im Nordland erbärmlich sei – Kolbeinn der Junge lag angeblich mit Blutwallungen und trüben Gedanken im Bett, und unter seinen Leuten hatte sich Kriegsmüdigkeit breit gemacht. Ein Mann hatte jemanden sagen hören, dass allein meine Existenz und die meiner Männer als Verrat an dem Versprechen gewertet werde, dass der Krieg mit den Sturlungen zu Ende sei. Angeblich wollte man auf einigen Höfen im Skagafjord Wachmannschaften aufstellen, was bedeutete, dass man einen Angriff von unserer Seite fürchtete, aber es fiel ihnen schwer, diese Wachen zu bemannen. Die Bauern wollten zu Hause bleiben. Viele hatten schon zu große Verluste zu beklagen. Und als der Februar mit strengem Frost und ruhigem Wetter ins Land zog, sprach mich so mancher darauf an, dass das eine günstige Zeit für Kriegszüge sei – alle Moore und Wiesen gefroren, die Flüsse eisbedeckt und die Nächte mondhell und lang. Großbauern aus den Westfjorden und von Dalir ließen mir die Botschaft zukommen, dass sie mit vielen Männern bereit stünden. Und schließlich führte Svarthöfði ein langes Gespräch unter vier Augen mit mir. Er sagte, es läge auf der Hand, dass es früher oder später zur Auseinandersetzung zwischen mir und Kolbeinn dem Jungen kommen müsse – und er fragte mich, ob ich es nicht für ratsam hielte, selbst den ersten Angriff zu unternehmen und ihn zu irgendeiner Art von Vergleich zu zwingen, den man ehrenhaft nennen konnte, solange die Zeichen so günstig für mich standen. »Man soll sich nicht darauf verlassen, dass Kolbeinn der Junge auf Dauer elend dahinvegetiert«, sagte Svarthöfði. »Und wenn er aufsteht, wird nicht mit ihm zu spaßen sein, denn er versteht das Kriegshandwerk.«

Als es so weit gekommen war, ritt ich nach Staðarhóll und sprach mit meinem Vetter Sturla Þórðarson. Und ich merkte, dass sogar er nicht abgeneigt war, mit in den Kampf zu ziehen, und der Skalde hatte nicht wenige Männer hinter sich. Wenn ich ihn recht verstand, würde er mitkommen, falls ich ein Heer aufstellte, das groß genug wäre. Wenn er sicher gehen könnte, dass wir den Sieg davontrügen …

Nach und nach rechneten die Dufgussöhne, Teitur und ich aus, dass wir gut und gerne sechs- oder sogar achthundert Männer rekrutieren könnten. Und auch Bauern aus dem Eyjafjord, ehemalige Thingmänner meines Vaters, die die Nase von der Gewaltherrschaft Kolbeinns des Jungen voll hatten, ließen mich wissen, dass sie bereit wären, ihre Männer zusammenzutrommeln und Kolbeinn aus dem Osten anzugreifen, wenn wir ihm von Westen auf die Pelle rückten.

Bevor ich's mich versah, war in Rauðisandur ein Kriegsrat zusammengetreten. Die größten Bauern aus den Westfjorden waren gekommen, zusammen mit Sturla Þórðarson und mehreren wackeren Männern aus dem Bezirk Dalir. Einzelne Trupps bewaffneter Männer stießen aus den Fjorden zu uns. Schilde und Speerspitzen blitzten in der dunklen Winternacht im roten Schein von Fackeln auf, unter der Pracht des Sternenzeltes und grünlich schimmernder Nordlichter – als uns eine merkwürdige und unerhörte Botschaft von Kolbeinn dem Jungen erreichte …

Kolbeinn der Junge

Ich hatte nicht um diesen Krieg gebeten, ihn nicht angefangen. Hätten sie mich damals in Ruhe gelassen, die Sturlungen, mit all ihrer Arroganz und ihrer Hemmungslosigkeit, mich in Ruhe die Angelegenheiten in meinem Heimatbezirk regeln und mich in Frieden leben lassen, dann hätte ich so gewählt. Aber weil sie einen Krieg angefangen hatten, blieb mir keine andere Wahl, als bis zum Schluss zu kämpfen. Bis zum bitteren Ende – deswegen hatte ich nach der Schlacht von Örlygsstaðir die Söhne Sighvaturs enthaupten lassen, die jüngeren Brüder Sturlas und Þórðurs. Aber ihre Gesichter, ihr Schicksal raubten mir nach wie vor den Schlaf. Ständig schwebten mir in dunklen Winternächten ihre kindlichen Gesichter im Geiste vor. Ihretwegen wollte ich Tumi den Jüngeren nie töten, obwohl er es schon lange verdient hatte – ich wollte nicht noch mehr gespenstische Fratzen, die mich in der Dunkelheit umschwirrten …

Ich wusste, dass die Dinge schlecht für mich standen. Meine besten Männer kamen an mein Krankenlager. Sie hatten Angst. Sie hatten von einem Truppenaufgebot in den Westfjorden gehört, und dass der Herumtreiber und Einzelgänger Þórður Kakali dort im Westen zu einem mächtigen und geachteten Führer geworden war. Er bereitete einen Krieg vor, und die Gegend hier bei uns war so gut wie schutzlos. Hoffnungslosigkeit und Kampfesmüdigkeit allerorten unter den Menschen. Ich selbst hätte den Männern Mut einflößen können, aber ich war zu krank, zu deprimiert, litt zu sehr an Schlafmangel, war zu gequält von all den Gespenstern und zerrüttet von üblen Gedanken, die mich heimsuchten – jetzt hatten sich auch noch die beiden Männer, die wir vor der Kirche in Álftártunga geköpft hatten, zur Gespensterschar hinzugesellt. Wenn Þórður mit einem grimmigen Heer auftauchte, wären wir verloren …

Ich weigerte mich, das zu glauben.

Aber dann kamen Männer aus der Umgebung zu mir. Der Winter neigte sich langsam dem Ende zu, und sie waren sehr besorgt. Sie sagten, dass Þórður im Westen ein unschlagbares Heer zusammenzöge. Er sei kurz davor, mit einem Angriff gegen das Nordland loszuschlagen. Wir müssten etwas unternehmen, unsere Truppe zusammentrommeln, den Männern Mut machen.

Das hielt ich für zwecklos. Hier bedurfte es eines raffinierteren Einfalls. Also ließ ich nach Þorsteinn Hjálmsson von Breiðabólsstaður in Vesturhóp senden. Er kam umgehend hierher, ein wenig eingebildet und voll Wichtigkeit. Ich legte ihm unsere schwierige Lage dar und sagte, ich hätte gern, dass er zu Þórður und seinen Männern nach Westen reite und versuche, einen Vergleich mit ihnen auszuhandeln.

Þorsteinn war offensichtlich sehr geschmeichelt und stolz, dass ich ihn als Vermittler entsenden wollte. Er hatte sich früher einmal dem Heer der Sturlungen angeschlossen und besaß viele gute Freunde unter ihnen. Ich wusste, dass er sogar einige der Dufgussöhne kannte, und glaubte, Björn Baumstamm hat ihn ein Stück hierher begleitet, als er letzten Herbst kam, um sich mit mir auszusöhnen. Ich wusste, dass die Sturlungen keine andere Wahl hatten, als ihm zu vertrauen – Þorsteinn fehlte es an Phantasie für Hinterlist oder Falschheit.

Trotzdem fühlte sich Þorsteinn bei der Sache offensichtlich nicht ganz wohl. Er möchte am liebsten immer auf Nummer sicher gehen, seine Schäfchen im Trockenen haben. Irgendeinen zweiten Mann wollte er wenigstens mit dabei haben. Ich bot ihm den Kraftkerl Eyvindur Schmalz als Begleiter an – er ist ein Seemann, stammt aus Schottland und hat sich den Sturlungen gegenüber nie etwas zu Schulden kommen lassen.

»Was kann ich Þórður als Vergleich anbieten?«, fragte Þorsteinn.

»Du sollst ihm anbieten, dass wir quitt sind«, sagte ich. »Und dass wir seine Forderungen gegen mich dem Gericht auf dem Althing vorlegen.«

Þorsteinn fand dieses Angebot offensichtlich nicht verlockend genug. Er lief unentschlossen auf und ab, ging aus dem Haus, grübelte darüber. Ich folgte ihm vor die Tür. Wir standen allein zu zweit dort in der dunklen Winternacht.

»Ich fürchte, Þórður wird nichts als akzeptablen Vergleich anerkennen, wenn er nicht alle Güter seines Vaters zurückerhält.«

»Wahrscheinlich schätzt du das richtig ein«, sagte ich. »Und deshalb sollst du ihm auch – wenn du das Gefühl hast, dass es andernfalls zum Krieg kommt – anbieten, dass ich ihm das gesamte Nordland überlasse. Dass ich meine ganze Macht zurückgebe, wenn er mir im Gegenzug verspricht, mich und Leib und Leben meiner Leute zu verschonen.«

Þorsteinn blickte mich an. Ich sah, wie er vor Wichtigkeit ganz aufgeblasen wurde, wie es kleine Geister stets werden, wenn sie große Nachrichten überbringen dürfen. Dann ritten die beiden Männer los.

Þórður

Ich will nicht behaupten, dass ich klüger wäre als meine Verwandten und Kameraden, aber es fiel mir reichlich schwer, dem Angebot, das mir Þorsteinn Hjálmsson von Kolbeinn überbrachte, Glauben zu schenken. Bis vor wenigen Wochen wäre mir nie in den Sinn gekommen, dass ich jemals einen Krieg gewinnen könnte. Mir war ja noch nicht einmal richtig bewusst gewesen, dass ich einen Krieg führte – und vor allem damit beschäftigt war, mein Leben zu retten. Noch hatte ich nicht gegen Kolbeinn den Jungen gekämpft, war nur vor ihm über Schnee und Eis geflohen und ihm dank einem glücklichen Zufall und dank Gottes Erbarmen entkommen. Da wollte es einfach nicht in meinen Kopf hinein, dass Kolbeinn kampflos seine Waffen strecken wollte …

Ich saß in der Wohnstube mit meinen wichtigsten Männern und den Familienoberhäuptern der Umgebung wie Sturla Þórðarson und dem Priester Steindór Steindórsson von Holt im Önundarfjord zusammen, mein Bruder Tumi war ebenfalls da und auch Teitur Styrmisson, als uns Þorsteinns Ankunft aus dem Norden gemeldet wurde. Man sagte, er hätte eine Botschaft zu überbringen. Einige Männer saßen beim Schachspiel, als er auf den Hof geritten kam. Ich vermied es zu jenem Zeitpunkt, auch nur einen Blick auf ein Schachbrett zu werfen. Dieses Spiel war in meinem Kopf zu sehr mit dem Trinken verbunden, und ich wusste, das Verlangen nach Bier würde unbändig werden, sobald ich die Schachfiguren berührte. Es war immer noch zu früh, mich zu betrinken, wenn ich mich nicht in diesem Zustand töten lassen wollte. Als wir von Þorsteinns Herannahen hörten, schoben wir die Schachbretter unter den Tisch und saßen dort wie ein Kriegsrat oder wie ein königlicher Hofstaat, als er in die Stube trat.

Þorsteinn begrüßte alle mit einem Kuss und wurde mit großer Herzlichkeit empfangen. »Was führt dich zu uns, mein Freund?«, fragte Sturla Þórðarson.

Nachdem Þorsteinn daran erinnert hatte, welch großer Freund der Sturlungen er immer gewesen sei und wie wichtig es wäre, den Frieden im Land zu erhalten, sagte er, er käme direkt von Kolbeinn dem Jungen. Er habe ihn für den Versuch, einen Vergleich mit Þórður und seinen Männern zu finden, mit der Vermittlerrolle betraut.

Wir schwiegen eine Weile und blickten uns gegenseitig an. – Ich sah, dass Tumi zu einer Antwort ansetzte, aber er ließ es bleiben, als er merkte, dass ich ihn im Auge hatte. Schließlich sagte Sturla Þórðarson: »Ja, das sind keine geringfügigen Neuigkeiten, die du uns da bringst, wie es auch nicht anders von dir zu erwarten war.«

Ich dachte, wie gut es doch ist, den Skalden in seiner Nähe zu haben. Man sollte eigentlich nie eine Entscheidung ohne ihn fällen.

»Und welche Art von Vergleich will uns Kolbeinn der Junge anbieten?«, fragte ich und warf einen Blick zu Svarthöfði und Sturla. Ich wollte sicher sein, dass ich das Richtige tat, das Richtige sagte …

»Kolbeinn der Junge will euch einen Vergleich anbieten, der für euch beide annehmbar ist«, sagte Þorsteinn.

»Und was bedeutet das, verdammt nochmal?«, fragte ich.

»Nun«, sagte Þorsteinn, »dass ihre euren Streit vor das Gericht am Althing bringt.«

Ich überlegte, dass es wahrscheinlich vernünftig wäre, gesetzeskundigere Männer als mich den Wert dieses Angebots beurteilen zu lassen, aber ich konnte es mir nicht verbeißen zu sagen: »Was zum Teufel glaubt der Mann eigentlich? Er bringt meinen Vater und alle meine Brüder um – oder die meisten (an der Stelle warf ich einen Blick zu Tumi), er hat, seit ich das Land betrat, seine Schergen und Mörder auf mich gehetzt und sich alle Güter meiner Familie angeeignet. Das ist nicht irgendein Grenzstreit, denn man vor ein Gericht bringt!«

Ich war wahrscheinlich ein wenig laut geworden und hatte Þorsteinn einen Schrecken eingejagt. »Ich bin dein Freund, Þórður, das weißt du genau!«, rief er. »Man hat mir doch nur aufgetragen, diese Botschaft zu überbringen.«

Da erhob Sturla Þórðarson die Stimme und dankte Þorsteinn mit schönen Worten dafür, dass er mitten im Winter diesen langen Weg im Dienste einer Aussöhnung auf sich genommen habe. Er sagte, das Land hätte in diesen blutigen Kriegszeiten, die hier schon viel zu lange herrschten, nichts nötiger als Friedensboten. Aber andererseits könne er nur zu gut verstehen, dass seinem Vetter Þórður Kakali der angebotene Vergleich recht dürftig erscheine. Er fragte weiter, ob Þorsteinn denn wirklich nichts Handfesteres in Kolbeinns Namen anzubieten habe.

Und als die meisten dort in der Stube zustimmend murrten und ihre Waffen und Fäuste schüttelten, verstummte Þorsteinn. Er blickte eine gute Weile vor sich auf den Boden, und alle merkten, dass er überlegte, was er sagen sollte.

Und dann sagte er das, was heute jeder weiß: dass es Kolbeinn so viel bedeute, weiteres Blutvergießen zu verhindern, dass er bereit sei, alle meine Forderungen zu erfüllen, falls das der einzige Weg wäre, den Frieden im Land zu sichern.

Es herrschte Totenstille im Raum. Es war, als ob die Männer ihren eigenen Ohren nicht trauten. Alle warteten auf meine Reaktion, aber ich wusste nicht, was ich sagen sollte. Ich fand es aber richtig, Þorsteinn noch etwas zappeln zu lassen. Also sagte ich trocken: »Ich habe den Eindruck, Kolbeinn ist jetzt mehr an einer Aussöhnung gelegen als damals, als er meinen Vater und meine Brüder in Örlygsstaðir enthaupten ließ.«

Und als ich das gesagt hatte, erwachten die Männer aus ihrer Erstarrung. Einige stießen Kampfrufe aus, rasselten mit den Waffen und schüttelten die Fäuste. Eine Stimme rief: »Das hat Kolbeinn niemals gesagt!« Und da konnte sich Tumi nicht länger beherrschen, er sprang auf, packte Þorsteinn und schrie ihm ins Gesicht: »Du lügst!«

Ich gab ihm ein Zeichen, er solle sich beruhigen, und Tumi setzte sich wieder auf seinen Platz, aber es fiel ihm offensichtlich schwer, seine Erregung im Zaum zu halten. Þorsteinn schwor bei den Seelen seiner Eltern, dass er die Wahrheit sage. Das wären Kolbeinns eigene Worte gewesen, die er ihm unter vier Augen gesagt und die er ihn gebeten habe, den Anführern der Sturlungen zu überbringen. Und da wusste keiner mehr, was er glauben sollte. Þorsteinn schien, wie er so verschreckt und halb schluchzend dastand, ehrlich gesagt nicht der Mann zu sein, der sich so eine Lüge ausdachte.

»Ich hätte Kolbeinn gerne selbst dieses Angebot machen hören«, sagte ich endlich, und einer rief: »Wir reiten trotzdem los.« Aber dann ergriff einer der größeren Bauern aus den Westfjorden, Steindór von Holt, das Wort und sagte, wenn die Sache so liege, und er habe keinen Anlass, die Aufrichtigkeit Þorsteinns in Zweifel zu ziehen, dann sehe er keinen Grund, an diesem Kriegszug in den Skagafjord teilzunehmen. Mehrere stimmten ihm zu und sagten, es sei schlicht unmöglich, dieses Angebot abzulehnen. Obwohl ich meine Zweifel hatte und das Heer um jeden Preis noch etwas länger beisammen halten wollte, konnte ich nichts dagegen unternehmen, dass die Männer bald begannen, ihre Bündel zu schnüren, um dann jeder mit seinem Trupp zu sich nach Hause aufzubrechen.

Alle Pläne eines Kriegszuges in den Skagafjord waren fürs Erste ins Wasser gefallen. Nur wir, der alte Kern, blieben zurück – wir warteten weiter in Rauðisandur, und bald waren die ersten Anzeichen des nahenden Frühlings zu bemerken. In Kürze würden sich alle Bäche in reißende Flüsse verwandeln und die Moore und Marschländer unpassierbar werden.

Tumi

Wenn irgendjemand auf mich gehört hätte, hätten wir diesem so genannten »Angebot«, das der Idiot Þorsteinn Hjálmsson angeblich im Namen Kolbeinns überbrachte, niemals den geringsten Glauben geschenkt. Als es drauf ankam, war dann natürlich auch kein Fünkchen Wahrheit dran. Wir hatten lange auf eine Bestätigung von Kolbeinn gewartet, erhielten aber zuletzt nur die Nachricht, dass er von nichts auch nur die leiseste Ahnung hatte. – Und das, nachdem Þórður uns Brüder lächerlich gemacht hatte, indem er Männer nach Norden sandte, um Kolbeinn zu fragen, wann es ihm denn endlich beliebe, seine Macht aufzugeben! Wenn jemand auf mich gehört hätte, hätten wir Þorsteinns Geschwätz sofort in den Wind geschlagen. Ich sagte gleich nach diesem Treffen zu Þórður – viele haben es gehört und können es bezeugen –, es wäre ein ungeheurer Fehler, das Heer abziehen zu lassen. Und was stellte sich dann später heraus? Aber auf mich durfte ja unter keinen Umständen gehört werden, das war ja jetzt strengstens verboten. Irgendein Gesetz schien zu besagen, dass es für immer und ewig verboten sei, auch nur auf ein Wort von mir zu hören – ich sah, wie sehr es Þórður gegen den Strich ging, dass ich auf der Versammlung das Wort ergreifen wollte, er warf mir böse Blicke zu, obwohl er andererseits solchen Rotznasen und halben Kindern wie unserem Neffen Teitur erlaubte, das Maul aufzureißen und zu plappern, wie es ihm beliebte. Das war fast mehr, als ich ertragen konnte. Ich bin trotz allem ein Sohn Sighvaturs, nicht weniger als Þórður – und wurde dennoch so demütigend behandelt. Aber ich sagte nichts, wie abgemacht. Ich stand zu meinem Wort. Schließlich bekam er seine Dummheit, nicht auf meinen Rat hören zu wollen, am eigenen Leib zu spüren: Schmählich wurde er verraten und hinters Licht geführt. Das wäre nie passiert, wenn man auf mich gehört hätte.

Das einzig Gute daran war, dass Þórður jetzt gezwungen war, auf mich zu hören. Er konnte es sich nicht länger leisten, all meine Ratschläge abzutun. Und er erklärte sich damit einverstanden, dass ich ein paar tüchtige Männer sammelte, um blitzartige Raubüberfälle in Kolbeinns Herrschaftsgebiet zu unternehmen – jetzt würde ich den Männern zeigen, wie man einen solchen Krieg zu führen hatte. Jetzt würde ich den Leuten zeigen, wie wichtig es sein kann, mich in der Mannschaft zu haben, auf meine Meinung zu hören. Ich würde den Leuten zeigen, wer hier am besten zum Anführer geeignet war…

Þórður

Ich kann nur sagen, was Björn Baumstamm immer sagt: Ich weiß nicht…

Ich weiß nicht, wie ich auf das Angebot Kolbeinns hätte reagieren sollen, was ich anders hätte machen können. Ich gebe zu, dass ich nicht darauf vorbereitet war, es hat mich völlig überrascht… Wahrscheinlich muss man sagen, dass er mich damit überrumpelt hat. Er erwies sich als listiger, härter, skrupelloser als ich – das waren die Waffen, mit denen wir zu kämpfen hatten, und dort errang er einen klaren Sieg. Wir warteten auf die Erfüllung des Versprechens, auf irgendeine Bestätigung von Kolbeinn, warteten wochenlang, aber nichts geschah. Unsere Boten kehrten unverrichteter Dinge zurück, wurden nirgendwo zu Leuten, die etwas zu sagen hatten, vorgelassen.

Aber schließlich kam eine Antwort aus dem Skagafjord, nicht von Kolbeinn dem Jungen, sondern vom Friedensvermittler Þorsteinn Hjálmsson! Es tauchte ein von ihm gesandter Mann hier auf, der Kerl fürchtete sich fast zu Tode und war dem Weinen nah, als er uns sagte, dass Þorsteinn völlig verzweifelt und todunglücklich im Bett liege, am liebsten mit keinem sprechen wolle und hoch und heilig schwöre, sich von nun an nie mehr in die Streitigkeiten der großen Sippen des Landes zu mischen. Eher wolle er tot umfallen, als noch einmal irgendeine Aussöhnungsbotschaft von Kolbeinn dem Jungen zu überbringen, denn Kolbeinn leugne wie gesagt hartnäckig, irgendwann das Angebot gemacht zu haben, welches uns Þorsteinn unterbreitet hatte. Er hatte Þorsteinn im Gegenteil beschimpft und ihn mit scharfen Worten zurechtgewiesen, und der Gesandte sagte, dass sein Hausherr Þorsteinn Hjálmsson von Vesturhóp jetzt der am meisten verachtete, verspottete und verhasste Mann im ganzen Nordland sei…

Inzwischen war die günstige Zeit für Kriegszüge vorbei, das ganze Land war tief in Schnee gehüllt, und ein milder Frühlingswind wehte. Binnen kurzem würde zweifellos die Schneeschmelze einsetzen, wahrscheinlich noch bevor man das Heer erneut zusammentrommeln konnte, und selbst wenn das gelänge, wäre es blanker Irrsinn, zu dieser Jahreszeit einen Kriegszug zu beginnen.

Mein Bruder Tumi war kampfesfreudig, das muss man ihm lassen, dem Plagegeist. Er wollte diese Schmach rächen… Ich sagte, dass meiner Meinung nach Rache an einzelnen Männern keinen Sinn hätte, erklärte mich aber doch einverstanden, dass er ein paar Männer nahm, Ásbjörn Guðmundsson, die beiden Schweden und fünf andere, und sich mit ihnen klammheimlich nach Norden aufmachte. Dort wohnte ein Mann namens Mörður Eiríksson, der in der Schlacht von Örlygsstaðir dabei gewesen war. Er besaß einen Speer, den er aus der Schlacht mit nach Hause gebracht hatte und der ganz verbogen war. Er prahlte vor jedem, der es hören wollte, damit, dass der Speer so krumm geworden sei, als er damit auf unseren Vater Sighvatur eingestochen habe. Er war im ganzen Land bekannt dafür, dass sich sein Speer »an den Knochen des Goden so verbogen hat«.

Mein Bruder Tumi war vielleicht kein großer Mann, und viele hielten ihn für einen missratenen Menschen, aber zu dieser Unternehmung brach er voll Mut und Entschlossenheit auf. Wir verabschiedeten uns im Abendrot und sahen uns nie mehr wieder. Das einzige, was ich drei Wochen später von ihm erfuhr, war, dass sie alle unbemerkt nach Hvammur im Tal Vatnsdalur gekommen waren und dort diesen Mörður Eiríksson umgebracht hatten. Sie hatten ihn mit seinem eigenen verbogenen Speer erstochen. Aber währenddessen war ein Wetterumschwung eingetreten, mit Tauwetter und schweren Regenfällen, so dass die Flüsse anschwollen und über ihre Ufer traten. Und als sie nach Staður im Hrútafjord kamen, führte der Fluss dort Hochwasser und war unpassierbar. Da sollen einige seiner Männer, unter anderen Ásbjörn Guðmundsson, versucht haben, auf ihren Pferden schwimmend über den Fluss zu kommen, und dabei ertrunken sein. Tumi und die anderen warteten am Ufer, bis die Verfolger aus dem Norden sie einholten und alle dort an Ort und Stelle niedermetzelten.

Jetzt war ich der einzige noch lebende von uns Brüdern. An einen Kriegszug nach Norden war derzeit nicht zu denken, und ich wartete mit meinem kleinen Trupp das Ende des Frühlings ab.

Kolbeinn der Junge

Der Sommer war gekommen, mit mildem, schönem Wetter, und meine Gesundheit verbesserte sich zusehends. Eigentlich verspürte ich keinerlei Beschwerden mehr... Ich ritt durch den Bezirk und flößte den Leuten Mut ein, sagte, dass nun die entscheidende Schlacht zwischen mir und Þórður Kakali bevorstehe, einer von uns beiden müsse fallen, und das wäre nicht ich, denn klarerweise würden wir Nordländer siegen. Wir hatten bei unseren Kämpfen gegen die Sturlungen noch nie den Kürzeren gezogen, und warum sollten wir nun damit anfangen? Mit dem besseren Wetter vergaßen die Leute die Strapazen des Winters, und auch das elende Ende von Tumi Sighvatsson und seinen Männern hatte das Blatt zu unseren Gunsten gewendet. Jetzt waren wir im Vormarsch und sie auf der Flucht – das Kriegsglück war auf unserer Seite. Ich sandte Späher in die Westfjorde, ließ dort die Nachricht verbreiten, dass sich alle meine Männer bewaffneten. Wir würden jeden einzelnen Hof in den Westfjorden zerstören, wenn das der einzige Weg sei, dass sich Þórður dort nie mehr verstecken, dort nie mehr ein Heer gegen mich und meine Männer ausheben könnte – und wenn es soweit sei, dass wir nach Westen kämen, würden wir uns sehr wohl daran erinnern, wer auf unserer Seite gestanden hatte und wer auf der Seite der Sturlungen.

Ich hatte sechshundert Mann beisammen, schwer bewaffnet, abgehärtet und gehorsam. Wir hielten Kriegsrat. Der

Plan bestand darin, über den Hochpass Laxárdalsheide nach Dalir zu reiten und dort alle greifbaren Sturlungen zu töten, um dann weiter in die Westfjorde zu marschieren. Aber ich war nicht ganz zufrieden mit diesem Plan. Um die Siedlungen in den Westfjorden anzugreifen, ist es am Besten, man kommt von der See. Der Weg über Bergpfade und Hochheiden kann für einen berittenen Trupp beschwerlich sein und viel Zeit fordern. Ich besaß einige Schiffe, darunter ein hochseetaugliches, das im Frühsommer mit Korn, Met und Bauholz aus Norwegen kam. Ich beschloss, es fürs Erste nicht wieder fortsegeln zu lassen, und erkundigte mich, was an halbwegs tauglichen Booten hier im Nordland aufzutreiben war. Bald hatten wir an die zwanzig große Boote im Skagafjord beisammen. Ich ließ sie alle für den Krieg ausrüsten, ließ auf beiden Seiten Schilde anbringen und Enterhaken. Die größeren Schiffe würden leicht jeweils vierzig Mann mit voller Bewaffnung tragen, die kleineren zwanzig bis dreißig Bewaffneten Platz bieten. Und als ich zur Mittsommernacht alle Schiffe voll bemannt hatte, segelten wir bei schönem Wetter und günstigem Wind den Fjord hinaus in Richtung Hornbjarg zur Nordwestspitze der Westfjorde.

Þórður

Vergangenen Winter wären meine Verwandten und Freunde im Westen noch bereit gewesen, mir in den Kampf zu folgen. Jetzt zog einer nach dem anderen den Schwanz ein. Einige Großbauern meinten, sie würden sich überreden lassen mitzukommen, »wenn es alle anderen auch täten«, aber keiner wollte den Anfang machen. Sturla Þórðarson hatte vor, seine Leute in Dalir zu den Waffen zu rufen, aber nur zur eigenen Verteidigung, falls Kolbeinn sie von Norden aus angriffe. Ein Angriff im Skagafjord nur mit einem kleinen Heer wäre seiner Ansicht nach ein fataler Fehler und würde nur den sicheren Tod bedeuten. Vielleicht hatte er Recht... Mir blieben noch die Dufgussöhne und mein Neffe Teitur sowie der Großteil unserer alten Mannschaft, insgesamt um die vierzig Mann. Ich schickte einige los, um noch mehr Männer zu sammeln. Noch einmal sollten sie herumstreunende Fischer und Landstreicher rekrutieren, diesmal konnte ich sie mit Geld kaufen. Damit waren wir gut siebzig Mann. Und zweifellos hätten wir, wenn es sein musste und hart auf hart ging, unter Versprechungen oder Drohungen noch ein paar Männer mehr auftreiben können, aber trotzdem waren wir noch viel zu wenige...

Dann kamen Späher aus dem Eyjafjord, um ihren Landsmann Teitur Styrmisson zu treffen, und er führte sie zu mir. Sie brachten die Nachricht, dass Kolbeinn in ganz Nordisland Männer rekrutierte, aber vielen Menschen im Eyjafjord graute bei dem Gedanken, mit dem Erzfeind Kolbeinn dem Jungen und seiner skrupellosen Schar aus dem Skagafjord gegen den Sohn ihres geliebten und geachteten Goden Sighvatur Sturluson zu ziehen. Also lautete die Botschaft der Bauern an mich: Wenn es mir gelänge, mit einer Schar Bewaffneter in den Eyjafjord zu kommen, dann würden sie sich mir im Kampf gegen Kolbeinn den Jungen anschließen.

Das schien unsere einzige Hoffnung zu sein …

Allerdings war es denkbar schwierig, mit einem bewaffneten Trupp von den Westfjorden in den Eyjafjord zu kommen, denn dieser Weg führt quer durch den Skagafjord und das weitläufige Herrschaftsgebiet Kolbeinns des Jungen. Somit stand als einzige Möglichkeit nur der Seeweg offen und dazu brauchten wir Boote. Wir bemannten mein Schiff, den »Meeresschreck«. Am Hof Sandur im Dýrafjord erhielten wir ein halbwegs großes Schiff, das den Namen »Rotseite« trug, einen Zehnruderer, der in letzter Zeit nur mehr zum Transport von Heu und Tieren gedient hatte. Im Önundarfjord überließ man uns ein Haifischfangboot sowie einen recht brauchbaren Heilbuttfänger. Auf diesen Schiffen umrundeten wir die Nordwestspitze Hornbjarg und segelten zu den Strandir, wo wir hofften, noch mehr Schiffe auftreiben zu können.

Acht weitere Boote waren unsere Ausbeute dort, die meisten davon erpressten wir mit Geld und Drohungen von den Fischern. Viele ergriffen auch auf ihren Kähnen die Flucht, als sie von unserem Kommen hörten, denn sie wollten weder selbst in den Krieg hineingezogen werden, geschweige denn ihre Boote dafür riskieren. Mir erschien unsere Flotte viel zu klein und erbärmlich, bis mir klar wurde, dass sie mehr als groß genug war, um meine kleine Mannschaft zu tragen – zusätzlich zu den vorher genannten war sie hauptsächlich noch um die Besatzungen der Schiffe angewachsen. Wir bewaffneten alle Männer und luden Steine in die Boote – ich befürchtete, dass Kolbeinn unsere Flotte von Land aus bemerken und uns mit seinen Schiffen angreifen könnte, und da wäre unsere einzige Chance, genug Steine mit an Bord zu haben. So gesehen war es Glück im Unglück, dass wir zu wenige Männer waren, um alle Kähne voll zu bemannen. Es war noch reichlich Platz für Steine in allen Booten, und wir füllten sie bis an die Wasserlinie …

Dann brach ich mit meiner Flotte von Trékyllisvík auf. Ich wollte in den Eyjafjord segeln, wo mich hoffentlich ein ansehnliches Heer erwartete.

Mitten in der Bucht Húnaflói gerieten wir plötzlich in eine totale Flaute. Wir beratschlagten, was zu tun sei. Es war weit, bis in den Eyjafjord zu rudern, und andererseits sehr bedenklich, auf dem Weg irgendwo mitten in Kolbeinns Herrschaftsgebiet an Land Schutz suchen zu müssen. Während wir hin und her überlegten, fragte plötzlich einer aus meiner Mannschaft und spähte mit zusammengekniffenen Augen in die Bucht hinaus: »Liegen dort Seehunde auf dem Treibeis?«

»Dort hat kein Treibeis zu sein«, sagte ein Seemann aus den Westfjorden ein wenig barsch.

Und als wir die Sache genauer untersuchten, sahen wir, dass es sich um Schiffe handelte, genauer gesagt: eine ganze Flotte, die dort in der Flaute auf spiegelglatter See lag und mit schlaff hängenden Segeln auf Fahrtwind wartete. Eine unheimliche Ahnung stieg in mir auf, aber ohne ein weiteres Wort darüber zu verlieren, befahl ich meinen Männern, zu den Rudern zu greifen und auf die Flotte zuzurudern …

Und als wir näher kamen, gab es keinen Zweifel mehr: Das war das Heer Kolbeinns des Jungen. Ihre Schiffe waren viel zahlreicher als unsere, viel größer und alle voll mit Kriegern bemannt, bis zu den Zähnen bewaffnet …

Svarthöfði

Wir hatten die Steine an Bord …

Beim Anblick von Kolbeinns Kriegsflotte erschraken wir allerdings zuerst – all diese großen, vollbesetzten Schiffe, und wir eine Hand voll Leute auf ein paar Booten. Ich sah, dass Þórður auch erschrak, denn wir hatten einen Fehler gemacht. Wir hätten den Landweg in den Eyjafjord gewählt, wenn wir erwartet hätten, dass sie auf Schiffen kämen – die Überlegung hinter der Seglerei war ja gewesen, ihnen eben nicht in die Arme zu laufen … Þórður saß einen Augenblick lang wie vom Blitz getroffen da, kniff die Augen zusammen, wie um besser zu erspähen, was jeder deutlich sehen konnte. Dann drehte er sich zu uns um und sagte: »Steinigen wir sie zu Tode!«

Die Männer griffen zögernd zu den Rudern, und als wir uns auf unseren zwölf Booten ihrer Flotte näherten – zwanzig Schiffen, manche auf beiden Seiten mit Schilden bestückt –, da warteten sie in voller Rüstung an den Schiffswänden auf uns und ließen ihre Zähne blitzen, vor allem vor Lachen, denn sie meinten uns mehr als nur gewachsen zu sein. Sie warfen ein paar Speere und Seehundharpunen, die im Wasser landeten, und einer oder zwei versuchten, mit Pfeil und Bogen auf uns zu schießen. Dann warfen sie ein paar Steine, die sie an Bord fanden, ganz so, als wollten sie uns necken. Zwei oder drei von uns, die von einem Stein getroffen wurden, schrien vor Schmerz auf und stürzten hin. Einer lag bewusstlos in Þórðurs Schiff, das unsere Flotte anführte.

Dann waren ihre Wurfgeschosse und Steine zu Ende. Wir unternahmen immer noch nichts. Beide Seiten warteten ab. Wir blickten Þórður an. Der erhob seine Stimme und rief zu Kolbeinns Männern hinüber. Er forderte sie auf, sich zu ergeben und ihre Waffen niederzulegen, dann würden alle verschont werden.

Für einen Augenblick versank alles ringsum im Gegröle und grimmigen Gelächter der Gegner über diese unerhörte Schmähung. Die Männer auf dem vordersten Schiff griffen zu den Rudern und kamen langsam auf uns zu. Sie rasselten mit den Waffen und machten sich bereit, unsere Boote zu entern. Aber da erhob Þórður abermals die Stimme und befahl uns, mit dem Steinewerfen zu beginnen. – Schon die erste Salve war entsetzlich. Wir kampferprobten Männer, die wir vielleicht an Land am treffsichersten gewesen wären, waren jetzt nicht die Gefährlichsten. Das waren die Fischer, die ihr ganzes Leben lang zur See gefahren sind und kaum das Gleichgewicht halten können, wenn nicht alles unter ihnen schwankt. Sie waren jetzt in ihrem Element. – Und natürlich der Einhändige: Es war ein Genuss, ihn in diesem Kampf zu beobachten, wie jeder seiner Würfe traf, wie er einen Mann nach dem anderen auf den Schiffen der Feinde fällte, und immer wenn einer zu Boden ging, dann lachte er vor Freude, wie ein Kind …

Kolbeinns Männer erschraken, wie zu erwarten war, und wichen, so gut es in dem Gedränge bei ihnen an Bord eben ging, zurück. Sie suchten Schutz hinter den Schiffswänden oder versuchten, sich hinter dem Rücken anderer zu verbergen, bis die schlimmste Salve vorüber wäre. Wahrscheinlich hatten sie mit einem raschen Nachlassen des Steinregens gerechnet, wie es bei ihnen gewesen war. Aber unser Angriff ließ nicht nach. Wir konnten uns ihren Schiffen nähern, von welcher Seite wir wollten, denn bei ihnen hielt es keiner an den Schiffswänden aus, und keiner vermochte während des Steinhagels seine Waffen gegen uns zu richten. Unsere Männer wurden von wildem Eifer und großer Freude ergriffen. Sie waren wie kleine Jungen beim Steinewerfen und hatten angefangen zu lachen und einander zuzurufen: »Habt ihr das gesehen, habt ihr das gesehen?« Und dort lagen die tüchtigen Kämpen Kolbeinns, das Heer, das die Macht der Sturlungen in Örlygsstaðir vernichtet hatte. Sie krochen am Boden und flehten zu Gott, er möge ihnen beistehen. Sie jammerten und weinten unter dem Steinhagel unserer Männer, die so nahe gekommen waren, dass sie die Steine schleudern konnten, wohin sie wollten. Sie konnten sich aussuchen, auf wen sie zielten und ob ihn der Wurf am Rücken, auf den Händen oder am Kopf treffen sollte. Viele bäumten sich auf, wenn sie ein schwerer Brocken im Rücken traf, und im selben Augenblick bekamen sie einen anderen aus kurzer Entfernung ins Gesicht. Manche hatten schon aufgehört, sich unter den Würfen zu krümmen, denn sie waren bereits tot. Leichen lagen wie Kleinholz auf den meisten ihrer Schiffe herum, und sogar ihr Anführer, Kolbeinn der Junge, konnte sich nur hinter den Schilden verbergen, die seine Männer in verzweifelter Hast über ihn zu halten versuchten. Lange Zeit war kaum ein anfeuernder Ruf oder Befehl von ihm zu hören gegen den entsetzlichen Lärm der Steine, die auf Brustpanzer, Helme und nacktes Fleisch trafen. Dazu kam noch das qualvolle Geschrei der Getroffenen und das wahnsinnige, blutdürstige Gelächter unserer Männer.

Und als der Steinhagel endlich nachließ, war fast keiner aus ihren Reihen mehr unverwundet. Männer mit gebrochenen und zerquetschten Gliedern krochen unter den Haufen der Toten und Bewusstlosen hervor und blickten mit blutunterlaufenen Augen und schmerzverzerrten Gesichtern über die glänzende Meeresoberfläche, die sich in der leisen Dünung langsam hob und senkte. Und da erst fanden sie Gelegenheit, nach ihren Waffen zu tasten, zumindest diejenigen, die überhaupt noch Mut und Kraft genug hatten, sich zu bewegen …

Þórður

Wenn ich nicht siege, bin ich tot.

Und wenn ich siege, muss ich anfangen zu regieren und zu herrschen …

Ich überlasse das Regieren meiner Schwester Steinvör. Sie ist eine Herrscherin, und die Leute hören auf das, was sie sagt. Und Sturla Þórðarson kann in Streitfragen der Richter sein.

Kluge und versöhnungswillige Männer seien stets willkommene Gäste bei mir, und Schachbretter und Getränke sollen immer bereitstehen für jene, die ihre Angelegenheiten im Guten und mit Fröhlichkeit bereinigen wollen.

Wenn getötet werden muss, dann sollen dumme Menschen das unter sich erledigen. Und jeder, der das Kirchenasyl nicht respektiert und Frauen und Kinder ermordet, soll vogelfrei sein.

Ich würde mit den Leuten einen Vertrag schließen: Wenn ihr Ruhe gebt, werde ich mich in nichts einmischen.

Kolbeinn der Junge

Ich habe schon oft ein Blutbad gesehen, aber noch nie etwas Vergleichbares. Die Männer schwammen in Lachen von Blut…

Den Blutdurst, die Grausamkeit und die Raserei in den Gesichtern dieser Männer zu sehen… Ich habe schon viel erlebt, oft ist Blut in Strömen vergossen worden, aber noch nie hat mich das Grausen derart gepackt… Ich hatte eigentlich genug von Blut, von hässlich klaffenden Wunden und dem Stöhnen und Weinen der Sterbenden. Warum war ich nicht einfach nur Psalmendichter, wie mein Onkel Kolbeinn? Höre, Schöpfer des Himmels und der Erde, worum der Skalde bittet…

Dort begegneten wir dem Grauen…

Es kam mir vor wie eine Ewigkeit. Es war eine Ewigkeit, die verging, von dem Moment, in dem sie mit dem Steinewerfen anfingen, bis endlich alles zu Ende war. Sie kamen immer näher, denn wir konnten nichts tun, als nur zu warten und uns zu schützen, während die Steinbrocken auf uns eindonnerten und überall rundum Schädel barsten mit dumpfem Krachen und grausigem Knacken. Man sah Blut und Gehirne fließen und konnte nichts anderes tun als zum Schöpfer des Himmels und der Erde beten, dass das eigene Blut und Gehirn nicht mit dem Blut und den Gehirnen der anderen zusammenfließe…

Wir haben noch gelacht, als wir sie auf uns zukommen sahen über die spiegelglatte See, auf diesen Fischerbooten, die kaum über die Wasseroberfläche hinausreichten. Man hatte den Eindruck, das seien lecke, morsche Kähne und sie lägen deshalb so tief im Wasser, dass die oberste Planke kaum über den Wasserspiegel emporreichte. Aber wir hätten uns etwas mehr Gedanken darüber machen sollen, denn sie waren so schwer von lauter Steinen. Von schwerem, vom Meer abgerundetem Geröll. Wir waren viel zahlreicher als sie und unsere Schiffe größer, meine Männer – ein Heer von guten Soldaten mit prächtigen Waffen. Und als Þórður dort mitten auf dem Meer – man konnte gerade noch die blaue Spitze von Hornbjarg im Westen und die Halbinsel Skagi im Osten erkennen – seine Stimme erhob und seinen Männern befahl, sie sollten uns mit Steinen bewerfen, da klang auch das noch lächerlich. Steinewerfen ist das letzte Mittel, zu dem man greift, wenn einem Pfeile und Schleuderwaffen ausgegangen sind und sich die Klingen der Schwerter von den Griffen lösen, wenn die Äxte gebrochen sind und es keinen Ausweg mehr zu geben scheint. Erst wenn es so weit ist, beugt man sich in letzter Verzweiflung über den Boden und reißt Steine, Schotter und Grasbüschel aus der Erde…

Aber sie griffen dort draußen auf dem Meer sofort zu diesem letzten Mittel. Uns lachte das Herz in der Brust, und wir dachten: Auch wenn der eine oder andere fällt, werden die Steine bald zu Ende sein, und zum Meeresgrund hinab ist es zu tief, um neuen Wurfvorrat zu holen…

Aber dann waren zehn Mann gefallen, und dann mehr als zwanzig, dreißig, und noch viel mehr lagen mit gebrochenen Gliedern und verletzt an Bord, vierzig waren schon tot, und manche Schiffe glichen schon Pfuhlen von Leichen und Blut. Zum Schluss waren mehr als sechzig Männer gefallen, die meisten von diesem teuflischen Steinhagel erschlagen…

Und alles schwamm in Blut…

Ich hatte geglaubt, das wäre ein für alle Mal erledigt, nach der Schlacht von Örlygsstaðir, wo ich mich damit abfand, diese Verwandten von mir, die Sturlungen, töten zu müssen, um dann für immer Ruhe zu haben vor ihnen und dem Unfrieden, den sie stiften. Aber sehen zu müssen, wie sie auf uns zuruderten, Þórður und diese Riesen aus den Westfjorden! Schweigend und mit verbissenen Gesichtern, auf zehn oder zwölf schmierigen Heilbuttfischern und Haifischbooten, die meisten Männer schlecht bewaffnet, manche in verrosteten Brustpanzern. – Wir dagegen auf zwanzig Schiffen, ich selbst auf einem stolzen Langschiff, auf beiden Seiten mit Schilden bestückt, sie dagegen nur mit blindem Zorn, Blut- und Rachedurst bewaffnet. Dieses Heer aus den Westfjorden bestand zum Großteil aus ängstlichen Bauernlümmeln und Fischern. Bis auf die Mannschaft rund um Þórður, die war grauenerregend: diese Halbtrolle von Dufgussöhnen, einer kraftstrotzender und fürchterlicher als der andere. Sie vermögen sich scheinbar erst dann richtig zu freuen und zu lachen, wenn sie, von einer Übermacht in die Enge getrieben, im Blut ihrer Gegner und in ihrem eigenen waten. Und Þórður selbst war der grimmigste von allen. Ihm scheint es versagt zu sein, Gefahren zu erkennen oder so viel Verstand zu besitzen, seine eigene Haut zu retten. Es ist fast, als wolle er so bald wie möglich sterben, all dem ein Ende bereiten und dabei so viele wie möglich mit sich in den Tod reißen. Dieser rasende Grimm beim Kampf in seinen Augen – das ist das Entsetzlichste. Wir hatten es nicht mit Menschen zu tun. Menschen kann man verstehen, aber nicht Þórður und seine Halbtrolle, die am Ende noch dort, wo es den geringsten Widerstand gab, auf unsere Schiffe herübersprangen. Sie verwundeten und töteten diejenigen, die noch am Leben waren. Und bevor wir anderen recht begriffen hatten, was geschah, und zu unseren Waffen greifen konnten, war alles schon vorüber. Bleiernes Schweigen hatte sich über unsere Schiffe gelegt, und die scheußlichen Ungeheuer ruderten davon. Beinahe hätten sie ihren Anführer Þórður vergessen, der sich nicht losreißen konnte vom Gemetzel, obwohl er schon alleine vielen gegenüberstand und sich zum Schluss über Bord stürzen und zu seinen Leuten schwimmen musste. Er zog eine blutig rote Spur durchs Wasser. Seine Horde, die zuvor so wolfsgrau und rostbraun ausgesehen hatte, hatte sich mit dem Blut meiner Männer geschmückt. Schweigsam und gekrümmt ruderten sie davon, und man sah, dass sie nichts als Rücken waren, so wie Männer von vielem Rudern werden. Sie steuerten auf die blauen Steilfelsen von Hornbjarg zu, hinein in den Abendwind, der einen Nebeldunst vom Meer hereinzog. Meine Männer, schwer verwundet und von Angst gezeichnet, waren unfähig, sie zu verfolgen. Auch weil sie sich auf ihren Schiffen kaum bewegen konnten, wegen all der toten Körper, und weil unsere Schiffe viel zu groß und zu schwer zum Rudern waren, um die Boote dieser zähen Fischer einholen zu können …

Sie waren schon lange hinter dem Horizont verschwunden und zweifellos bereits an Land gegangen, als es mir gelang, halbwegs Ordnung in mein Heer zu bringen. Wir sortierten die Männer nach Toten, nach solchen, die wegen ihrer Wunden kampfunfähig waren, und schließlich denjenigen, die noch auf eigenen Beinen stehen konnten. Dann brachen vier Schiffe nach Hause Richtung Osten auf, voll beladen mit Toten und Sterbenden …

Ich wusste, dass ich nun Farbe bekennen musste, obwohl ich selbst mehr als genug von allem hatte. Wenn wir jetzt Þórður und seine Männer nicht verfolgten, Rache übten, ein paar Menschen töteten, dann wäre nicht nur diese Schlacht verloren, sondern auch der ganze schmutzige Krieg. Aber es war keine leichte Aufgabe, meinen angeschlagenen und verschreckten Männern wieder Kampfgeist einzuflößen, selbst als ich all meine Redekunst einsetzte: »Meine Männer, ihr habt euch tapfer geschlagen, aber unser Werk ist noch nicht vollbracht!«

Nein, unser Werk ist niemals vollbracht. Es nimmt kein

Ende, bis wir alle diesen gleichen, schrecklichen Tod erlitten haben …

»Meine Männer!«

»Wir wollen die Westfjorde tyrannisieren, Höfe in Brand stecken, Äcker abbrennen und Knechte niedermetzeln, Boote in den Häfen zerschlagen und in Brunnen pissen, Essensvorräte verderben und die Siedlungen verwüsten, damit Þórður Kakali dort niemals mehr ein Heer gegen uns aufstellen kann!«

Dann versuchten wir, gegen die steife Brise anzukreuzen, und endlich gelang es uns, die Nordwestspitze zu umsegeln. Als unsere Schiffe in den nördlichsten Fjord hineinglitten, waren meine Männer völlig erschöpft. Sie blickten zu den bedrohlichen, himmelhohen Bergen, die auf beiden Seiten aufragten, hoch und wussten, dass es ihre Aufgabe war, sie wenn möglich bis auf den Grund einzureißen und die Steine ins Meer zu fegen. Und obwohl ich immer noch versuchte, mir mit kernigen Worten selbst genug Mut zu machen, um die Mannschaft anzufeuern, spürte ich, dass das nicht einmal mehr bei mir etwas nützte. Wir steuerten schließlich die Insel Æðey an. Dort stand der Bauer mit seiner Frau und seinen fünf Kindern und sah mit Entsetzen in den Augen mit an, wie dieses Heer von Männern mit gequälten und hassverzerrten Gesichtern an Land ging. Gemäß dem, was ich zuvor gesagt hatte, hätten wir sogleich beginnen müssen, Frau und Kinder dort am Strand zu massakrieren und den Bauern zu foltern, allein deshalb, weil er ein Mann von den Westfjorden war, wie dieses Lumpengesindel des Kakali. Aber ich befahl ihm nur, meinen Männern zu essen und ein Dach über dem Kopf zu geben, irgendwo in Schuppen oder Scheunen, denn inzwischen hatte es begonnen, in Strömen zu regnen. Ich selbst durfte mich ins Bett der Eheleute legen und will am liebsten nie mehr wieder aufstehen. Und kann doch nicht ruhig liegen bei dem Gedanken an all dieses Blut, all dieses Entsetzen, und im Schlaf wird es nur noch schlimmer, denn dann verfolgen mich die von Grimm entstellten Gesichter der Männer mit den Steinen, die Fratzen der Scheusale, der Bösen, die niemals aufgeben und in alle Ewigkeit neu auferstehen …

Þórður

Als wir nach dem Blutbad in der Bucht Richtung Land ruderten, überfiel mich ein Zittern …

Ich zitterte nicht vor Kälte, denn mein Gesicht war heiß, es glühte, und dennoch wurde ich unaufhörlich von Schüttelfrost gebeutelt. Ich rief meinen Männern die Befehle in kurzen Worten und mit lauter Stimme zu, damit nicht alles zu einem einzigen, krampfhaften Schluchzen geriet …

In der Hoffnung, dass sich bei der schweren, zähen Ruderbewegung mein Zustand besserte, setzte ich mich selbst an ein Ruder, aber es half wenig. Ich sah, dass auch andere zittrige Hände hatten, alle saßen schweigsam und mit geröteten Gesichtern da. Die Männer waren dem Zusammenbruch nahe und voll von Siegesfreude, aber gleichzeitig machten wir uns klar, dass noch viele Gegner am Leben waren – und sie waren viel zahlreicher und besser bewaffnet als wir. Wir sprachen kein Wort, ruderten nur und erreichten die Bucht Trékyllisvík. Ein Boot nach dem anderen kehrte zurück, und es war fast keiner von unserer Mannschaft gefallen. Aber die Männer waren so erschöpft, dass manche kaum von ihren Ruderbänken aufstehen konnten. Nur die Allerhärtesten kümmerten sich darum, die Boote an Land zu ziehen. Dann brachen die Männer am Strand zusammen, sie fielen wie nasse Säcke in den Sand, lagen hier und dort …

Aber die Angst vor den Verfolgern trieb uns weiter, auch wenn man sich nicht einig war, wohin man gehen sollte. Viele wollten nach Hause zu ihren Höfen, als Schutz und Beistand für ihre Familien, wenn Kolbeinn angreifen sollte. Falls er seine Drohung wahr machte, die Siedlungen in den Westfjorden so zu verwüsten, dass dort keiner jemals mehr ein Heer gegen ihn sammeln könnte. Die Besitzer der Boote wollten, dass wir blieben, den Trupp in Trékyllisvík beisammen hielten. Sie argumentierten, es wäre besser, die Boote zur Hand zu haben, wenn wir in Eile fliehen müssten. Ich versuchte mein Zittern für einen Augenblick zu unterdrücken und verschaffte mir Gehör: »Kameraden«, sagte ich, »lasst uns von hier aufbrechen und einen sicheren Unterschlupf suchen. So, wie ihr euch heute geschlagen habt, meine Freunde und Schwurbrüder, ist mir das Leben jedes Einzelnen von euch mehr wert als alle diese schäbigen Boote.«

Es gab ein paar Pferde dort in der Bucht, auf die setzten wir vier der am schwersten Verwundeten. Ein paar andere, die zu erschöpft zum Weitergehen waren, ließen wir in der Kirche zurück.

Dann brachen wir in Richtung Hochheide auf, und bald trennten sich unsere Wege. Die Männer zogen in kleinen Gruppen nach Hause. Ich ging mit meinen treuesten Gefährten nach Holt im Önundarfjord. Wir fürchteten, dass Kolbeinns Flotte bald am Horizont auftauchen müsste, und waren auf das Schlimmste gefasst.

Ich hatte immer noch dieses Zittern im Leib, zitterte so sehr, dass ich kaum schlafen konnte. Vor meinen Augen schwirrten die Bilder der Gefallenen und von den Steinen Verwundeten auf den Schiffen. Ihre Schmerzensschreie gingen mir nicht aus dem Kopf.

Als wir am nächsten Tag beim Essen saßen, kam ein Mann mit der Nachricht gelaufen, dass man Kolbeinns Flotte in den Fjorden nördlich des Ísafjordes gesehen habe. Wir stießen die Tische um und sprangen auf. Die Männer ergriffen ihre Waffen und Rüstungen, und wir sandten Boten in alle Richtungen aus, um mehr Männer auf den Hof zu holen. Sie stellten sich im Laufe des Tages ein, aber es waren nur so viele, dass wir es nicht für ratsam hielten, aus dem Önundarfjord aufzubrechen. Wir warteten. Und ich merkte, wenn ich etwas sagen oder einen Becher zum Mund führen wollte, dass ich immer noch dieses Zittern im Leibe hatte, dieses Glühen im Gesicht … Aber am nächsten Tag erreichte uns die Nachricht, dass Kolbeinns Flotte wieder aus den Fjorden hinausgesegelt war und nach Norden steuerte, als ob sie auf dem Weg nach Hause in den Skagafjord sei.

Ich versuchte, dahinter zu kommen, welche List Kolbeinn wohl nun im Schilde führte … Die drohende Gefahr schien fürs Erste abgewandt, aber ich konnte dennoch nicht schlafen. Der Schüttelfrost beutelte meinen Körper, und die Gesichter der von den Steinen Erschlagenen verfolgten mich.

Teitur

Wie soll ich die Freude, die Erleichterung beschreiben, die mich erfasste, als ich die Nachricht hörte? Der Siegesrausch nach der Seeschlacht war vorüber, und die lähmende Angst, dass ich nie mehr aus den Westfjorden, nie mehr von diesem Kriegszug gegen die Übermacht heimkehren würde – die Angst, nie mehr zu meinen Eltern nach Hause zurückkehren zu können –, diese Furcht hatte mir allen Mut genommen. Daher konnte ich nicht anders, als bei dieser Nachricht in Tränen auszubrechen. Ich konnte mich nicht beherrschen und lief zu meinem Onkel Þórður Kakali, der ebenfalls über das ganze Gesicht strahlte. Aber er versuchte trotzdem, nicht zu leichtgläubig zu sein, sich nicht zum Narren halten zu lassen, und sandte nach Svarthöfði und dessen Brüdern.

»Ist es nicht wahrscheinlich, dass uns Kolbeinn hereinlegen will, wie er es schon einmal getan hat?«, fragte Þórður.

Svarthöfði musterte die drei Boten, die mit dieser Nachricht über Kolbeinn gekommen waren. Er dachte eine Weile nach und sagte dann: »Das könnte natürlich sein, aber ich bin mir nicht sicher…«

Und das klang ungeheuer ermutigend, weil es von einem so lebenserfahrenen Mann wie Svarthöfði kam…

Ich durfte an der Expedition nach Nordisland teilnehmen, bei der es darum ging, herauszufinden, was an den guten Nachrichten dran sei. Wir waren zu acht, und der baumstarke Kämpe Kolbeinn Schnauzbart war unser Anführer.

Alles stellte sich als wahr und richtig heraus: Die Nordländer hatten das bewaffnete Heer aufgelöst und die Wachtposten zum Großteil abgezogen – Kolbeinn der Junge war ins Kloster Þingeyri gegangen und hatte Þórður die Herrschaft überlassen. Þórður Kakali war das geworden, was keiner unserer hochmütigen Verwandten erreicht hatte: der mächtigste Mann Islands.

Als wir durch den Skagafjord ritten, durch das Reich Kolbeinns des Jungen, begegnete man uns mit Höflichkeit, gemischt mit Angst. Wir waren die Abgesandten des neuen Machthabers, sie die Besiegten. Wir gehörten zu den neuen Herren. All das war so merkwürdig und neu für mich. Dann trennten sich unsere Wege. Die anderen ritten nach Westen zu Þórður zurück, aber ich bekam die Erlaubnis, zu meinen Eltern heimzukehren. Man kann mit Fug und Recht behaupten, dass sie sich über mein Kommen freuten. Sie hatten die Nachricht von unserem Sieg schon vernommen. Vielerorts im Eyjafjord wurde gefeiert. Meine Eltern hatten schon angefangen, ihre Sachen zu packen, und wollten wieder auf ihren alten Hof in Bjarnarstaðahlíð zurück – sie hatten nie darum gebeten, in Grund zu wohnen. Kolbeinn der Junge hatte es so befohlen. Und sie wollten, dass Þórður Kakali den alten Familiensitz bezog.

Ich war eben dabei, nach Westen aufzubrechen, um Þórður dann hierher nach Norden zu begleiten, als ich die Botschaft von ihm bekam, ich solle nach Gásar reiten und dort in seinem Namen eine Schiffsladung voll Malz und Wein, die vor kurzem angelangt war, in Beschlag nehmen. Es brauchte viele Packpferde für all die Fässer. Den Kaufleuten sagte ich, alles würde in Kürze bezahlt, und ich hatte den Eindruck, sie glaubten mir. Dann wurden die Rosse mit dem Getränkevorrat nach Hause nach Grund getrieben.

Die Leute fingen an, mich Herr zu nennen …

Halldóra

Þórður kam selbst, mich abzuholen. Er hatte ein Pferd dabei und einen reich verzierten Damensattel. Er brachte mich nach Hause nach Grund, übergab mir die Schlüssel zur Vorratskammer und die Führung des Haushalts. »Alles soll so werden wie früher«, sagte Þórður, »jetzt wird alles so, wie es sein soll. So, wie es früher war …«

Es war gut zu wissen, dass dieser eine von meinen Söhnen am Leben war und die angetane Schmach gerächt und die Übermacht besiegt hatte. Er hatte dort einige gute Jungen um sich, und sogar ich musste mich über all das freuen, zumindest einen Augenblick lang. Aber ich war dort nicht mehr zu Hause … Die Leute, zu denen ich gehöre – und zu ihnen bin ich zurückgekehrt –, sind die Landstreicherinnen. Ihre Sorgen wiegen schwerer als Blei. Sie haben ihre Kinder oder Männer verloren. Und obwohl in Grund beinah jeden Tag und jede Nacht Freude und Fröhlichkeit und Trunkenheit herrschte, konnte ich mich mit meinem einzigen verbliebenen Sohn nicht so sehr freuen, dass ich alle anderen vergaß.

Alles sollte so sein wie früher, alles wieder gut sein, wie es früher gewesen war. Aber wo war mein Mann Sighvatur? Wo meine Söhne Tumi, Sturla, Kolbeinn, Markús, Þórður Haken, Tumi der Jüngere? Wo?

Kolbeinn der Junge

Meine Verwandten und Großväter haben alle ihre Gebiete regiert. Wir haben seit vielen Mannesaltern hier im Skagafjord geherrscht. Die längste Zeit davon sicherten sie den Frieden, saßen in Streitfällen zu Gericht, wie es Aufgabe der Obrigkeit ist. Nur ich bin ins Kloster geflohen. Hier verbringen die Männer ihre Zeit mit Schreiben – wenn ich nur schreiben könnte! – und Beten. Hier herrscht Friede, nichts als Friede, unbegrenzt, ungestört, endlos …

Obrigkeiten können mehr tun als Kriege führen und Menschen töten. Meine Verwandten ließen die Leute Bünde schließen, ließen die Bauern Zäune ziehen, Wege anlegen, Landungsstellen für Boote bauen, kümmerten sich um die Nutzung der Hochweiden und leiteten die Schafsuche. Aber ich bin im Kloster, und Þórður Kakali führt die Herrschaft. Und es wird nichts getan als getanzt und gelacht. Wenn ich bei voller Gesundheit wäre, würde ich wieder von hier weggehen …

Uns stand nichts anderes zu Gebote als Krieg. Aber jetzt ist angeblich alles ruhig. Ist es das, was das einfache Volk will? Disziplinlosigkeit, Chaos und zügellose Freude?

Was für Zeiten …

Svarthöfði

Endlich zog Friede ins Land ein…

Ich sollte mich später noch mit meinem Vater Dufgus und mehreren klugen Männern, die ein gutes Gedächtnis hatten, darüber unterhalten. Alle waren sich einig, dass hier knapp zwei Mannesalter lang beinahe ununterbrochen Krieg geherrscht hatte. Bis die Gelage in Grund anfingen.

Das waren gute Gelage, und es fehlte nie an Essen oder Trinken. Wir Brüder verbrachten dort den ganzen ersten Winter, aber dann wollte meine Verlobte nicht, dass ich noch länger dort blieb. Sie hatte genug von all dem unverheirateten Weibsvolk, das dort zusammenlief und lange Zeit blieb. Genug von den Besäufnissen und Schlägereien und dem Schachspiel. Nach dem Thing im nächsten Sommer zog ich ins Westland und gründete dort einen Haushalt. Ich ruhte mich bei der Landarbeit vom Lotterleben in Grund aus. Aber meine Brüder blieben dort, und zum Glück führten mich verschiedene Aufgaben immer wieder dorthin zurück, nicht zuletzt, wenn mir Þórður auftrug, Getränke von Schiffen im Südland und im Westen zu kaufen und sie nach Norden transportieren zu lassen. Und es war jedes Mal eine Lust, Þórður zu treffen, meine Brüder und all die Kameraden, und an der Ausgelassenheit dort teilzunehmen, an der Unterhaltung mit Brettspiel und alten Sagen. Auch wenn es vielleicht nur für eine Woche war…

Mögen diese wundervollen Tage nie vergehen, dachte ich…

Aber nach dem dritten Winter wurde Þórður nach Norwegen zum König berufen und sollte nie mehr zurückkehren. Das Blutvergießen begann von neuem, grauenhafter als je zuvor…